Ursula Neeb

Weihrauch

Ursula Neeb

Weihrauch

Ein Krimi aus dem Frankfurt
der Belle Èpoque.

Frei bearbeitet
nach einer wahren Begebenheit.

s\v

Der Umwelt zuliebe nicht in Folie verpackt.

1. Auflage

Satz: Bruno Dorn, Societäts-Verlag
Umschlaggestaltung: Bruno Dorn, Societäts-Verlag
Umschlagabbildung: istockphoto/suteishi
Druck und Verarbeitung: CPI books GmbH, Leck
Printed in Germany 2022
ISBN 978-3-95542-420-6

Besuchen Sie uns im Internet:
www.societaets-verlag.de

Für Bettina Querfurth,
meine fabelhafte Agentin.

»Man konnte nicht Wesens genug machen von der ›schnöden Gewinnsucht‹, die das einzige Motiv des Mörders gewesen. Die Presse und der Staatsanwalt, sie waren sich darin einig, dass dieses Motiv der Verworfenheit Gipfel bedeute. Und wo ist nun die Grenze, die die beiden scheidet: den ›gesunden Erwerbssinn‹ und die ›schnöde Gewinnsucht‹?«

»KLEINE PRESSE« FRANKFURT, DIENSTAG, 20. JANUAR 1914

1. TEIL/EROS

»Das Geheimnis der Liebe ist größer als das Geheimnis des Todes.«

OSCAR WILDE

KAPITEL 1

Frankfurt am Main, 6. November 1912:

Das Schumanntheater war an diesem regnerischen Novemberabend voll bis unters Dach, oder besser gesagt, bis unter die 28 Meter hohe Kuppel, unter der bei Zirkusvorstellungen Hochseilartisten auftraten. Nahezu der gesamte Bevölkerungsquerschnitt war im Publikum vertreten, einfache Menschen vom Lande genauso wie das Frankfurter Bildungsbürgertum. Das spiegelte sich auch in den Getränken wider, tranken die ›besseren Leute‹ Sekt oder Wein, begnügte sich die Arbeiterklasse mit Bier, nicht selten hatten sie auch selbstgeschmierte Stullen dabei.

4.500 Zuschauer blickten erwartungsvoll auf die halbkreisförmige Bühne, denn es war gleich 20 Uhr und die Vorstellung konnte jeden Moment beginnen. So unterschiedlich die Besucher auch sein mochten, wurden sie doch in jenem magischen Moment wieder alle zu Kindern, die ganz gebannt waren von der filigranen Schönheit des Jugendstil-Palasts, der sie zurück in eine Zeit versetzte, als Märchen noch wahr wurden.

Der schwere purpurrote Samtvorhang öffnete sich wie von Geisterhand und ein Conférencier in Pailletten besticktem Frack und Zylinder trat vor das Publikum. Während er sich nach allen Seiten hin verneigte, erklang höflicher Applaus.

»Guten Abend, mein hochverehrtes Publikum!«, richtete er salbungsvoll das Wort an die Menge.

»Es ist mir eine große Freude, Ihnen einen unvergleichlichen Artisten ankündigen zu dürfen. Er ist eine Berühmtheit weit über Frankfurts Grenzen hinweg. Er ist Weltmeister in der Kunst des Säbelfechtens und das große Gesprächsthema auf jeder Abendgesellschaft. Seine Vorstellungen sind seit Wochen ausverkauft, ganz Frankfurt reißt sich um die Eintrittskarten und alle Frauen zwischen zwanzig und sechzig sind hoffnungslos verliebt in ihn.«

Der Ansager verzog die rotgeschminkten Lippen zu einem koketten Lächeln und legte eine Kunstpause ein, ehe seine sonore, wohltönende Stimme um einige Oktaven lauter durch den weitläufigen Saal hallte:

»Es ist mir eine ganz besondere Ehre, den weltbekannten Degenkünstler Captain Charles Veston gemeinsam mit seiner reizenden Assistentin Mary Jane bei uns im Schumanntheater begrüßen zu dürfen!«

Unter tosendem Applaus eilte ein stattlicher Mann in Kapitänsuniform mit der federnden Geschmeidigkeit einer Raubkatze auf die Bühne.

Während er die Beifallsstürme mit heiterer Gelassenheit und charmantem Lächeln entgegennahm, gemahnten seine Haltung und der amüsierte Blick seiner hellen Augen an einen absolutistischen Herrscher, der die Huldigungen seiner Untertanen empfing. Auf der blütenweißen Uniformbrust prangte eine Vielzahl an Medaillen und Auszeichnungen.

Er besaß ein atemberaubendes Charisma und hatte das Publikum nur durch seine schiere Gegenwart, ohne irgendetwas getan oder geäußert zu haben, bereits völlig in den Bann gezogen. Selbst der leichte Silberblick der schmalen Augen wirkte eigentümlich betörend und dem stattlichen, muskulösen Körper, der sich unter der enganliegenden Uniform abzeichnete, haftete etwas Unbändiges, Animalisches an.

Die hübsche Assistentin im hautengen Matrosen-Trikot, das ihre weiblichen Rundungen vorteilhaft betonte, verblasste neben ihm völlig.

Nachdem sich der Conférencier zurückgezogen hatte und die Scheinwerfer Bühne und Artisten in gleißendes Licht tauchten, begann die Vorstellung. Die Assistentin warf zunächst verschiedene Früchte in die Luft, die der Captain mit der funkelnden Klinge seines Degens mit Leichtigkeit im Fallen zerteilte. Jeder Hieb wurde von lauten Pfiffen und Jubelrufen des Publikums begleitet.

Auch Fabian von Weyrauch, der in der prunkvollen Loge oberhalb der Bühne saß und die Hand seiner Schwester hielt, stieß ein begeistertes »Famos!« aus.

Nachdem der Degenfechter noch etliche andere Gegenstände wie einen Bogen Papier, ein hartgekochtes Ei, einen an den Hinterbeinen aufgehängten toten Hammel und den Korken einer Champagnerflasche mit einem Hieb zerteilt hatte, näherte sich die Vorstellung ihrem Höhepunkt.

Untermalt von dramatischem Trommelwirbel ließ sich Mary Jane auf einem Stuhl nieder, lehnte sich nach hinten und platzierte einen Apfel auf ihrem Hals.

Captain Charles Veston, dessen athletischer Körper angespannt war wie eine Bogensehne, holte mit dem Florett zum Schlag aus und zerteilte den Apfel in zwei glatte Hälften, ohne dass der Hals seiner Assistentin den kleinsten Kratzer abbekommen hatte, wie Mary Jane anschließend den Zuschauern demonstrierte.

Nachdem die Vorstellung zu Ende war und sich die Artisten unter den stehenden Ovationen der Zuschauer hinter die

Bühne zurückgezogen hatten, verließ auch das junge Geschwisterpaar seine Loge.

Draußen auf dem Gang wandte sich Fabian, der in seiner eleganten, exquisiten Kleidung wie der Inbegriff des Dandys anmutete, an Fabiola, die sich bei ihm untergehakt hatte. Groß und feingliedrig, gemahnte er in seinem vom renommiertesten Herrenausstatter der Londoner Savile Row maßgeschneiderten Gehrock aus graphitgrauer Kaschmirwolle an den legendären Sonnenkönig, was von dem schulterlangen, kastanienbraunen Lockenhaar, das einer Allongeperücke glich, noch verstärkt wurde. Sein blasses, feingeschnittenes Gesicht war von fast überirdischer Schönheit.

»Lass uns doch zu seiner Garderobe gehen, ich möchte gerne ein Autogramm von ihm«, äußerte er aufgeregt.

Die Frau in der vornehmen Abendrobe und dem weißen Perlenhaarnetz auf dem hochgesteckten tizianroten Haar zog erstaunt die Augenbrauen in die Höhe.

»Du bist ja vor Begeisterung ganz aus dem Häuschen, so kenne ich dich gar nicht.«

»Warum auch nicht, der Mann ist ein Ass und sieht außerdem noch blendend aus«, konterte der Dandy.

Sie musterte ihn achselzuckend.

»Dann tu, was du nicht lassen kannst, aber ohne mich. Ich habe nämlich keine Lust, diesem eitlen Pfau auch noch hinterherzurennen. Ich warte unten in der Champagner-Lounge auf dich«, beschied sie ihn kühl, ließ es aber zu, dass er sie zum Abschied auf die Wange küsste, ehe sie sich oberhalb der Treppe trennten.

Nachdem sich die Schlange der Autogrammjäger vor der Garderobentür, bei denen es sich in der Hauptsache um Damen der besseren Gesellschaft handelte, endlich gelichtet hatte, gab der Wächter Fabian die Erlaubnis, einzutreten.

Captain Charles Veston thronte, in einen knöchellangen schwarzen Satinmorgenmantel gehüllt, auf einem Ohrensessel und warf einen kurzen Blick auf die Visitenkarte, die der Aspirant zuvor dem Wächter ausgehändigt hatte.

Denn nur, wer über eine Visitenkarte verfügte, durfte das Allerheiligste betreten. So wurde gewissermaßen schon die Spreu vom Weizen getrennt und der Captain musste seine wertvolle Zeit nicht mit irgendwelchen Hungerleidern vergeuden.

Wovon in diesem Fall, wie ihm der illustre goldgeprägte Name auf dem Kärtchen verriet, keineswegs die Rede sein konnte.

Über sein markantes Gesicht breitete sich ein wohlwollendes Lächeln, als er dem Besucher nicht nur zur Begrüßung die Hand reichte, sondern ihm auch noch einen Stuhl anbot.

Nach dem Austausch von Bonmots übergab er dem Mann mit dem außergewöhnlichen Lockenhaar, der aus Ehrerbietung seinen Zylinder abgenommen hatte, eine signierte Autogrammkarte mit dem Aufdruck:

Ich bin ein deutscher Fechter
Bekannt im deutschen Land,
Nennt man die besten Namen,
Wird auch der meine genannt.

Captain Charles Veston wollte sich schon von Fabian, der sich aufrichtig bei ihm bedankte, mit den Worten verabschieden: »Beehren Sie mich gerne wieder und meine Empfehlung auch an Ihren Herrn Vater«, als sich Fabian räusperte und ihn eindringlich anschaute.

»Kann ich Sie wiedersehen, Herr Kapitän? Privat meine ich, das würde mir sehr viel bedeuten«, sagte er mit leicht bebender Stimme.

»Sehen wir mal«, erwiderte der Degenfechter ausweichend und überlegte kurz. Dann nannte er ihm den Ort, wo er sich später einzufinden habe.

Fabian war selig. Er ahnte nicht, dass er hiermit einen Pakt geschlossen hatte, der sein ganzes Leben verändern sollte.

Fabiola von Weyrauch betrat indes die Champagner-Lounge, die sich im linken Flügel des Erdgeschosses befand und blickte sich selbstbewusst nach einem geeigneten Tisch um.

Sogleich erschien ein livrierter Kellner, der sie zuvorkommend begrüßte und sich bei ihr erkundigte, ob sie reserviert habe. Sie verneinte und bat höflich, aber bestimmt um einen Tisch am Panoramafenster, mit Blick auf die Bahnhofspromenade und den kurz vor der Jahrhundertwende im repräsentativ klassizistischen Stil erbauten Hauptbahnhof. Der Kopfbahnhof war nicht nur der größte Bahnhof Europas, sondern stellte in seiner architektonischen Ästhetik und modernsten Funktionalität ein gigantisches Gesamtkunstwerk dar, gekrönt von einer marmornen Atlas-Statue auf dem halbkreisförmigen Dach und einer Uhr über dem Haupteingang, die von zwei Frauenfiguren flankiert wurde, welche die Nacht und den Tag symbolisierten.

»Sehr wohl, Madame«, erwiderte der Kellner und geleitete sie zu dem einzigen freien Tisch an der Fensterfront, entfernte das Reservierungsschild und rückte ihr erbötig einen Stuhl vor.

Sie bestellte ein Glas Champagner und ließ ihn wissen, dass sie noch jemanden erwarte. Er könne also für zwei Personen eindecken. Nachdem sie etwas länger als eine halbe Stunde gewartet hatte und immer häufiger zur Eingangstür blickte, orderte sie ein zweites Glas Champagner.

Nach weiteren dreißig Minuten verlangte sie schließlich die Rechnung und verließ ungehalten und gleichzeitig auch besorgt das ganz in Purpurfarben und Gold gehaltene Wein- und Champagnerrestaurant im Louis-seize-Stil, mit seinen zierlichen Fauteuils ›à la reine‹ und den ›Louis-seize-Bergère-Polsterstühlen‹ rings um die runden Goldtische. In den großen, goldgerahmten Spiegeln an den Wänden wirkte sie seltsam verloren und fehl am Platz.

Noch nie zuvor hatte sie es erlebt, dass Fabian sie warten ließ.

Da muss etwas passiert sein, dachte sie bange. Vielleicht haben wir uns ja auch verfehlt, oder er hat mich missverstanden und wartet im Holländischen Café oder in der Likörstube auf mich.

Kurzerhand suchte Fabiola die beiden Lokale im rechten Flügel des Erdgeschosses auf, wo sie suchend ihre Blicke über die Tische schweifen ließ, doch sie konnte ihn nirgendwo ausmachen.

Hektisch eilte sie anschließend die breite Marmortreppe zum Eingangsportal des Schumanntheaters hinauf und fand es, wie nicht anders zu erwarten, verschlossen.

Hinter den geschwungenen Glasflügeln im Jugendstil-Dekor war alles dunkel, es ging bereits auf Mitternacht zu und das Theater hatte nur bis zum Ende der letzten Vorstellung geöffnet.

Er wird doch nicht unten im Bierkeller sein, ging es ihr durch den Sinn, da sie den im Keller des Gebäudes untergebrachten »Biertunnel« bei ihrer Suche außen vor gelassen hatte.

Nie und nimmer, beschied sie sich selber. Unter diese feisten, biertrinkenden Proleten würde sich ihr schöngeistiger Bruder niemals mischen – was selbstredend auch auf sie zutraf, daher verzichtete sie auch jetzt darauf, sich in die Niederungen dieses Biertunnels zu begeben.

Als sie auf die Straße hinaustrat, spürte sie einen Kloß im Hals und ein wahrlich ungutes Gefühl machte sich in ihr breit.

Erst in der Mietdroschke, die sie an der Bahnhofspromenade bestiegen hatte, ließ sie ihren Gefühlen freien Lauf. Die Tränen und die Regentropfen auf der Fensterscheibe erschwerten ihr die Sicht, dennoch spähte sie immer wieder hinaus – auf den fast menschenleeren Opernplatz, die breiten Bürgersteige der Bockenheimer Landstraße, wo noch vereinzelt Passanten unterwegs waren, in der Hoffnung, ihn irgendwo zu entdecken.

Fabian war ihr Seelenzwilling, schon so lange sie denken konnte, bestand zwischen ihnen eine tiefe Verbundenheit, die durch nichts und niemanden zu erschüttern war – oder etwa doch? Unvermittelt sah sie Fabians Blicke wieder vor sich, als er nach der Vorstellung vorgeschlagen hatte, den Degenfechter um ein Autogramm zu bitten. Seine Augen hatten vor Begeisterung geglänzt, fast schon fiebrig angemutet, wie es ihr im Nachhinein mit tiefem Befremden bewusst wurde. Er war ja geradezu besessen von diesem Artisten! Sie vermisste plötzlich unsagbar seine Nähe und es schmerzte sie fast körperlich, dass er abwesend war und sie einfach so versetzt hatte. Mit einer Leichtfertigkeit, als würde man mit dem Finger schnippen, während ihr förmlich das Herz blutete. Letztendlich aber wollte und konnte sie es einfach nicht glauben, dass ausgerechnet der Mensch, der schon ein Leben lang immerzu für sie eintrat und unverbrüchlich zu ihr hielt, sie wissenden Auges einfach sitzen gelassen hatte. Niemals, es kann sich nur um ein Missverständnis handeln!

Vielleicht ist er schon längst zu Hause und macht sich um mich ähnliche Sorgen wie ich mir um ihn, versuchte sie sich selbst zu beruhigen.

Währenddessen hatte die Kutsche den Palmengarten erreicht, bog in den Grüneburgweg ein, der an den gleichnamigen Park grenzte, und hielt vor der feudalen Gründerzeitvilla mit der Hausnummer 15 an, die sie gemeinsam bewohnten.

Ihre Hände zitterten vor Erregung, als sie den Kutscher bezahlte, das schmiedeeiserne Tor aufschloss und wenig später die Haustür entriegelte.

Das dunkle Dachgeschoss verriet ihr, dass das Hauspersonal bereits schlafen gegangen war.

Bestürzt musste sie jedoch erkennen, dass auch in den anderen Etagen kein Licht brannte. Weder im Erdgeschoss noch in der Beletage, wo ihr gemeinsames Schlafzimmer und der Salon lagen.

Sie schaltete in der Halle die Deckenbeleuchtung an, hastete ins Erdgeschoss, wo er sein Atelier hatte und rief in wachsender Panik seinen Namen.

Nichts regte sich. Sie stürzte in den Salon und das Schlafzimmer, doch er, ihr Ein und Alles, den sie mehr liebte als jeden anderen Menschen, war wie vom Erdboden verschwunden.

Das beklemmende Gefühl, den geliebten Bruder, ohne den sie nicht leben konnte, unwiederbringlich verloren zu haben, ergriff schlagartig von ihr Besitz. Schon einmal hatte sie etwas Vergleichbares erlebt, als sie vor einigen Jahren in Paris ihren Bruder fast an jemand anderen verloren hätte.

Sie schrie ihren Schmerz gegen die Wände, die über und über mit goldgerahmten Gemälden, prunkvollen Spiegeln und Seidenstoffen bedeckt waren – ein prätentiöser Schutzpanzer gegen die Außenwelt, der mit jedem Schrei Risse bekam.

KAPITEL 2

Er ist seit dem Abend im Schumanntheater nicht mehr der Mensch, der er einmal war.«

Fabiola, die auf einer gepolsterten Ottomane lag, tupfte sich die Tränen aus den Augenwinkeln.

»Er hat sich ein Stück weit von Ihnen gelöst, aus Ihrer inzestuösen Bindung befreit, das stellt für Sie eine schwere narzisstische Kränkung dar«, erwiderte der Psychiater Gerhard Rossmann, ein dunkelhaariger Mann mit Vollbart, der hinter dem Kopfende der Couch saß und sich auf einer in schwarzes Leder gebundenen Kladde Notizen machte.

»Als er im Morgengrauen nach Hause kam, stank er so widerwärtig, dass ich ihn verwies und ihn aufforderte, in seinem Atelier zu schlafen«, berichtete Fabiola beklommen. »Und seither schläft er dauerhaft dort. Das ist jetzt schon drei Tage her. Als ich ihn tags darauf aufforderte, doch wieder in unserem Zimmer zu schlafen, wie es uns, seitdem wir in unserer eigenen Villa leben, zur lieb gewordenen Gewohnheit geworden ist, lehnte er kurzerhand ab, ohne mir einen Grund dafür zu nennen. Da ich davon ausging, dass er noch gekränkt war, weil ich ihn nach seiner nächtlichen Exkursion nicht hier haben wollte, versuchte ich auf eine liebevoll scherzhafte Art, die Unstimmigkeiten aus dem Wege zu räumen, doch Fabian ging nicht darauf ein. Desgleichen war er nach wie vor in keinster Weise dazu zu bewegen, irgendetwas über seinen Verbleib zu äußern, außer sich bei mir für den Verdruss zu entschuldigen, den er mir mit seinem Fortbleiben bereitet hatte.«

»Roch Ihr Bruder etwa nach Sex? War es das, was Sie so mit Abscheu erfüllte?«, insistierte der junge Psychiater, der in seinem Arbeitszimmer in der Frankfurter Anstalt für Irre und Epileptische, welche im Volksmund »Irrenschloss« genannt wurde, seit Anfang des Jahres die von Professor Freud entwickelte Psychoanalyse erstmals an ausgesuchten Patienten anwandte.

Im Falle der frischgebackenen Ärztin Fabiola von Weyrauch handelte es sich indessen um eine sogenannte ›Lehranalyse‹, die eine Grundvoraussetzung für die von ihr angestrebte Ausbildung als Psychoanalytikerin war.

An diesem stürmischen Novemberabend war ihre zehnte Sitzung und die Übertragung zwischen der Patientin und dem Therapeuten wurde zunehmend intensiver, da Fabiola während der Psychoanalyse ihre dunkelsten Geheimnisse offenlegte, wie es eine der Grundvoraussetzungen für Freuds neue, bahnbrechende Behandlungsmethode darstellte.

»Er stank wie ein geiler Ziegenbock, es war widerwärtig«, stieß die junge Frau im Zuge der freien Assoziation hervor und sie erschauderte vor Ekel.

»Hat es Sie zornig gemacht, dass Ihr Bruder Sie, als seine reine unbefleckte Göttin, niemals mit seiner Lust besudelt und seine zügellose Triebhaftigkeit woanders gestillt hat?«

»Niemals!«, empörte sich Fabiola. »Unsere tiefe Liebe und Verbundenheit ist rein platonischer Natur und gerade das ist es, was ich daran so liebe. Fabian und ich sind von frühster Kindheit an Seelenzwillinge gewesen, wir sind eine verschworene Gemeinschaft gegen die feindliche Außenwelt und halten zusammen wie Pech und Schwefel. Er war immer mein Komplize und hatte nie Geheimnisse vor mir. Das ist es, was mich seit dieser verhängnisvollen Nacht so verletzt und kränkt und wahnsinnig eifersüchtig macht: Er verhält sich so, als ob er einen anderen Komplizen, oder besser gesagt, eine andere Komplizin gefunden hätte und dieser Akt der Treulosigkeit schmerzt mich unsagbar.«

»Dann suchen Sie sich doch auch einen neuen Komplizen und fangen endlich an, Ihre Lust auszuleben, die bei Ihnen schon viel zu lange ein Schattendasein führt. Befreien Sie das arme Stiefkind aus seinem Kellerverlies und machen es zu Ihrem Lieblingskind, dem Sie jeden Wunsch von den Augen ablesen.«

»Wenn ich wirklich tun würde, was Sie mir empfehlen, wären Sie entsetzt, das kann ich Ihnen versichern«, brach es aus Fabiola mit kehliger Stimme heraus.

»Sie können mir als Ihrem Analytiker alles anvertrauen, wie schockierend es auch sein mag, Frau Doktor von Weyrauch«, erklärte der junge Psychiater entgegenkommend.

Fabiola gab einen tiefen Seufzer von sich, ehe sie hervorstieß:

»Nun gut, wenn Sie mich ausdrücklich dazu auffordern, sollen Sie wissen, dass Sie das Objekt meiner Begierde sind.«

Der Psychiater musste ob dieses Geständnisses unversehens grinsen, was der Patientin auf dem Sofa jedoch verborgen blieb.

»Das ist Teil der Übertragung und kommt in der Psychoanalyse häufiger vor, verehrte Frau Kollegin. Selbstredend ist es mir als Ihrem Psychoanalytiker untersagt, solcherart Gefühle zu erwidern. In diesem Falle müssten wir die Analyse abbrechen, das ist Ihnen ja bekannt.«

Der Tonfall des Nervenarztes war seltsam befangen.

Er fuhr sich fahrig mit der Hand durch das volle, gewellte Haar und notierte in seiner Kladde die Anmerkung:

Eine sexuelle Beziehung zwischen dem Analytiker und seiner Patientin ist ein absolutes Tabu.

»Daran wird deutlich, dass nicht nur Ihr Bruder sich verändert hat, sondern, dass es auch bei Ihnen eine gravierende Veränderung gibt«, äußerte der Psychiater eindringlich. »Sie leben zwar noch gemeinsam in ihrem Elfenbeinturm, aber ihre traute Zweisamkeit hat an Exklusivität verloren, die zuvor so extrem war, dass man schon von Abschottung sprechen musste. Diese geradezu pathologische Fixierung zwischen Brüderlein und Schwesterlein hat eine erhebliche Lockerung erfahren, insofern, dass Ihr Bruder und inzwischen auch Sie angefangen haben, ihre Libido auf Objekte außerhalb ihrer Zweisamkeit zu richten – und das halte ich doch insgesamt für eine sehr positive Entwicklung.«

»Da rief das Schwesterlein, trink nicht, Brüderlein, sonst wirst du ein wildes Tier und zerreißt mich«, zitierte Fabiola gedankenversunken eine Zeile aus dem besagten Märchen der Gebrüder Grimm. »Und nun hat er seinen Durst gestillt und ist nicht mehr der Fabian, der er einmal war. Er ist zwar nach Hause zurückgekehrt, aber nicht zu mir und wirkt oft so sonderbar abwesend – wie jemand, der mit seinen Gedanken ganz woanders ist.«

»Bei seiner neuen Geliebten womöglich«, entgegnete Doktor Rossmann provozierend.

»›Ich stelle die Liebe zu meiner Schwester über alles. Außerdem liebe ich die Malerei und den Symbolismus, meinen verehrten Meister Fernand Khnopff, Franz von Stuck, Charles Baudelaire und Oscar Wilde‹, so lautete Fabians Glaubensbekenntnis, das er bei den von uns so gehassten, aber unvermeidlichen Familientreffen gerne zum Besten gab.« Sie erwähnte jedoch nicht, dass sie in letzter Zeit Fabian gegenüber häufiger von ihrem Analytiker geschwärmt hatte, der atemberaubend gut aussah, was Fabian gekränkt und eifersüchtig gemacht hatte, obgleich sie stets betonte, dass der gutaussehende Psychiater für sie tabu sei, eine unverbrüchliche Regel im Rahmen der Psychoanalyse.

»Sie wollen bei Ihrem Bruder immer an erster Stelle stehen, vor allen anderen. Sobald er eine Geliebte gefunden hat und sich glühend in sie verliebt, sind Sie entthront. Davor fürchten Sie sich ungeheuer und versuchen Ihr geliebtes Brüderlein mit Klauen und Zähnen festzuhalten. Doch das ist vergebliche Liebesmühe, das ist nun mal der natürliche Lauf der Welt. Die eigene Schwester auf ein Podest zu stellen und anzubeten wie eine Säulenheilige, ist hingegen hochgradig neurotisch, das wissen Sie, die Freuds Schriften über den Inzest eingehend studiert hat, doch selber am Besten – und auch Sie, wenn auch nur im Rahmen der Psychoanalyse, strecken doch auch bereits vorsichtig Ihre Fühler aus, gleich einer Honigbiene nach dem süßen Nektar des Lebens, mit dem uns die Libido so verschwenderisch beschenkt.«

Fabiola gab einen tiefen Seufzer von sich. »An Ihnen ist ein Poet verloren gegangen, Doktor Rossmann«, sie kicherte verhalten, »wenn nicht gar ein Don Juan, als solcher kommen Sie in meiner Fantasie und meinen Träumen vor. Ein unglaublich viriler, heißblütiger Südländer, der all seinen Patientinnen die Herzen bricht – und mir am allermeisten«, fügte sie mit leicht bebender Stimme hinzu. Einmal mehr musste sie feststellen, wie hingerissen sie von Doktor Rossmann war. Er sah nicht nur atemberaubend gut aus, sondern war blitzgescheit, ohne auch nur einen Hauch von Arroganz zu verströmen, wie es bei Intellektuellen leider häufiger der Fall war. Außerdem war er humorvoll und hatte das Herz am rechten Fleck – *was für ein Mann*, verfiel Fabiola wieder unversehens ins Schwärmen über ihren fabelhaften Analytiker.

»Nun, das schmeichelt mir, Verehrteste, wenngleich es noch nicht einmal annähernd der Realität entspricht«, äußerte der Psychiater launig. »Wie Ihnen vermutlich bekannt ist, bin ich mit 30 Jahren immer noch Junggeselle und gewissermaßen mit meinem Beruf verheiratet. Soviel dazu.«

Der Mann mit den einprägsamen Gesichtszügen warf einen Blick auf seine Taschenuhr und ließ Fabiola wissen, die Sitzung sei beendet. Seine klugen grauen Augen streiften sie mit einem charmanten Lächeln.

»Wir sehen uns dann wie immer am Donnerstag um 18:00 Uhr, meine Liebe, und bringen Sie das nächste Mal bitte Ihr Traumtagebuch mit. Ich denke, da haben wir einiges aufzuarbeiten.«

Er reichte Fabiola, die ihn in ihrer kühlen androgynen Schönheit einmal mehr an eine Sphinx erinnerte, zum Abschied die Hand. Der bleiche, alabasterfarbene Teint mit den hohen Wangenknochen und den schräggeschnittenen grünen Augen waren von zeitloser Schönheit und faszinierten ihn.

Wie stets genoss es die junge Frau in dem eleganten Schneiderkostüm, das ihre wohlproportionierte Figur vorteilhaft zur Geltung brachte, die warme Männerhand in der ihren zu spüren. Ein wohliger Schauder breitete sich über ihren ganzen Körper aus.

Als Fabiola anschließend den langen Flur der Station II. der Unheilbaren entlanglief, grüßte sie die Patienten höflich und hatte für jeden ein Lächeln, obgleich der größte Teil der Männer ihren Gruß nicht erwiderte.

»Wie kann man denn nur an solch einem Ort lächeln, Sie müssen wahnsinnig sein«, bemerkte einer der Kranken abfällig, worauf Fabiola humorig entgegnete, »lächle, es ist das zweitbeste, was du mit deinen Lippen tun kannst.«

»Und was ist das beste?«, rief der Grantler hinter ihr her, doch Fabiola blieb die Antwort schuldig und ging weiter.

In der Mitte des Ganges befand sich ein hübscher Vogelbauer aus glänzendem Messing, in dem zitronengelbe Kanarienvögel fröhlich vor sich hin zirpten.

Auch heute fiel Fabiola auf, dass einige der Patienten unablässig auf- und abgingen, andere dagegen standen an die Wand gelehnt herum und starrten ins Leere.

Nur die wenigsten sprachen miteinander, die meisten verharrten in Schweigen und schienen in ihrer eigenen Welt gefangen.

Da kam plötzlich ein kleiner, ausgemergelter Mann, der sich ein weißes Handtuch turbanartig um den Kopf gewunden hatte, mit gehetztem Blick auf Fabiola zu.

»Wussten Sie, dass Jack the Ripper eine Frau war?«, richtete er mit gedämpfter Stimme das Wort an die junge Frau mit dem hochgesteckten roten Haar.

Ehe Fabiola noch darauf reagieren konnte, kam ein hünenhafter Krankenwärter herbeigeeilt, hakte den Patienten resolut unter und zog ihn mit sich.

»Lass das Fritz, man spricht keine fremden Damen an«, ermahnte er den Kranken scherzhaft.

»Aber sie ist doch gar nicht fremd, ich kenne sie. Sie kommt jeden Montag-, Dienstag-, Donnerstag- und Freitagabend pünktlich um sechs Uhr auf die Station. Vor genau drei Wochen war sie das erste Mal hier, das war der zwölfte Oktober, ich habe es mir aufgeschrieben. Sie ist immer sehr schick gekleidet, eine richtig feine Dame, und geht in das Sprechzimmer von Doktor Rossmann, wo sie exakt fünfzig Minuten drinnen bleibt. Dann kommt sie aus dem Zimmer und lächelt immer so verklärt. Wer weiß, was die zwei da so treiben«, hallte die kehlige Stimme des Kranken durch den Flur, sodass Fabiola jedes Wort hören konnte. Sie fühlte sich irgendwie ertappt und musste unwillkürlich schmunzeln.

Sie trat durch die zweiflügelige Stationstür und ging die breite Marmortreppe herunter, bis sie die weitläufige Eingangshalle erreichte, die von einem lebensgroßen Gemälde des ehemaligen Anstaltsleiters und -gründers Heinrich Hoffmann geziert wurde.

Wie stets, wenn sie dort vorbeiging, nickte Fabiola dem von ihr so verehrten und bewunderten Psychiater grüßend zu, den sie im Kindesalter im Hause ihres Großvaters Naphtali Weyrauch persönlich kennengelernt hatte.

Der alte Herr mit dem grauen Vollbart, der auch das von Fabian und Fabiola so geliebte Kinderbuch ›Struwwelpeter‹ geschrieben hatte, war sehr kinderlieb und humorvoll.

Sie erinnerte sich noch genau daran, als in der Familie bei Tisch die Rede davon war, dass der Irrenarzt seinerzeit bei dem Stammhalter der Familie Geld für seine Anstalt gesammelt hatte und da habe sich der alte Geizkragen nicht lumpen lassen und mehr gestiftet als alle anderen, weil er unbedingt seinen Konkurrenten Rothschild übertrumpfen wollte.

»Wenn ich groß bin, will ich auch Irrenarzt werden«, hatte die Fünfjährige damals verlauten lassen, was für allgemeine Heiterkeit gesorgt hatte.

»Und ich Professor«, hatte Fabian gerufen, worauf ihr großer Bruder Leonhard, der immer so frech und gemein zu seinen kleineren Geschwistern war, »Brotfresser, Brotfresser« gefeixt hatte.

Nicht ohne Stolz gewahrte Fabiola den Namen ›Weyrauch‹ auf der kunstvollen Marmortafel im Foyer, wo die Namen der Frankfurter Stifterfamilien eingemeißelt waren, in der ersten Reihe.

Professor Hoffmann, der im Frankfurter Vereins- und Kulturleben engagiert und beliebt war, hatte damals eine erfolgreiche Sammelaktion unter der Frankfurter Bürgerschaft ins Leben gerufen, um eine zeitgemäße Versorgung der Kranken sicherzustellen.

Die neue Einrichtung sollte erstmals auch für die medizinische Versorgung jüdischer Bürgerinnen und Bürger offenstehen, die sich an der Finanzierung des Baus beteiligt hatten.

Der ganzheitliche Ansatz, den Heinrich Hoffmann verfolgte, unterschied sich von der hergebrachten Psychiatrie grundlegend und prägte auch die Planung der weitläufigen Anlage.

Obgleich Fabiola von Freuds bahnbrechenden Theorien über die Geheimnisse der menschlichen Seele überaus fasziniert war, blieb doch Heinrich Hoffmann ihr großes Vorbild.

Sein Leitspruch, »Es muss vor allem so sein, dass der Eintritt des Arztes in eine Abteilung etwas von Sonnenaufgang an sich habe«, hing gerahmt in ihrem Arbeitszimmer über dem Schreibtisch.

Im Jahre 1904, vor rund acht Jahren, als sie ihre Eltern zu der fünfzigjährigen Jubiläumsfeier der *Anstalt für Irre und Epileptische* im großen Vortragssaal des herrschaftlich anmutenden Gebäudes im neogotischen Stil begleitet hatte, war Fabiola begeistert von der Psychiatrischen Anstalt.

Nichts wünschte sie sich sehnlicher, als in dieser illustren Nervenklinik, wo die namhaftesten Nervenärzte Europas, wie Hoffmanns Nachfolger Emil Sioli, Alois Alzheimer, der Entdecker des Morbus Alzheimer und der junge Freudianer Gerhard Rossmann tätig waren, als Psychiaterin mitwirken zu können.

Da es Frauen in Deutschland zum damaligen Zeitpunkt noch verwehrt war, zu studieren, schrieb Fabiola sich 1907 an der Universität Zürich für ein Medizinstudium ein, das eine Grundvoraussetzung für die Facharztausbildung für Psychiatrie war. Obgleich sie vom Studium begeistert war, war es ein schreckliches Jahr für sie und Fabian, die einander schmerzlich vermissten. Als die Ludwigs-Universität in Gießen im Jahre 1908 erstmals Frauen die Immatrikulation ermöglichte, war Fabiola überglücklich und wechselte an die Universität Gießen, da die hessische Universitätsstadt nur rund 60 Kilometer von Frankfurt entfernt war. Fabiola war damals eine der ersten Studentinnen in den Hörsälen der medizinischen Fakultät.

Ähnlich wie ihr großes Vorbild, die russische Ärztin und Psychoanalytikerin Sabina Naftulowna Spielrein, eine Patientin und Schülerin von Carl Gustav Jung und die erste Frau, die im Jahre 1911 mit einer psychoanalytischen Arbeit promovierte, ließ sich Fabiola von den spöttischen Blicken und törichten Bemerkungen der männlichen Kommilitonen nicht beeindrucken und ging unbeirrt ihren Weg.

Überaus fleißig und hochintelligent, gelang es ihr nicht ohne einen gewissen Triumph gegenüber den angehenden jungen Ärzten, pünktlich nach der Regelstudienzeit von zwölf Semestern, ihr Studium abzuschließen – mit einem Summa cum laude, der höchsten Auszeichnungsstufe für eine Dissertation.

Inzwischen hatte Fabiola ihre Approbation erhalten und durfte sich seit Anfang Oktober dieses Jahres Frau Doktor nennen, sehr zum Stolz ihrer Familie, die im Palmengartengesellschaftshaus ein rauschendes Fest für die frischgebackene Ärztin ausgerichtet hatte.

Obgleich Fabian während ihres Studiums stets gemurrt hatte, dass Fabiola, die in Gießen ein möbliertes Zimmer bewohnte, nur noch an den Wochenenden und der vorlesungsfreien Zeit bei ihm in Frankfurt war, hatte er sich doch nicht lumpen lassen und ihr das wundervolle Gemälde ›Die Entführung der Psyche‹ des französischen Malers William Adolphe Bouguereau zum Abschluss des Studiums geschenkt. Auf der Glückwunschkarte, die Fabiola aufbewahrt hatte, stand geschrieben: »Endlich sind Amor und Psyche wieder vereint – Dein dich liebender Bruder Fabian«.

Schon häufiger hatte sie Fabian vorgeschlagen, doch zu ihr nach Gießen zu ziehen, was jedoch daran gescheitert war, dass er ihr entgegengehalten hatte, sie wäre doch dann den ganzen Tag im Hörsaal und er mutterseelenallein in einer fremden Stadt.

Und jetzt ist er derjenige, der mich alleine lässt, dachte sie erbittert und machte sich gleichzeitig klar, dass sich derartige Empfindungen tatsächlich aus einer narzisstischen Kränkung speisten, wie Doktor Rossmann während der Analyse zutreffend erkannt hatte. Es war Fabiola längst zu einer zweiten Natur geworden, eigene Verhaltensweisen und die anderer einer sorgfältigen Analyse zu unterziehen, so auch das höchst befremdliche Verhalten ihres Bruders.

Fabiola gab dem Pförtner hinter seinem Glasschalter ein Zeichen und er kam nach vorne und entriegelte das Portal.

»Danke schön, Herr Maurer, und noch eine ruhige Spätschicht«, sagte sie zu dem grauhaarigen Herrn, der ihr höflich den Türflügel aufhielt und ihr einen schönen Abend wünschte.

Als sie auf das Affensteiner Feld hinaustrat, auf dem sich das weitläufige Areal des ›Irrenschlosses‹ befand, bauschte ihr eine Windböe den knöchellangen Rock auf.

Obgleich es sehr windig war und die Herbststürme von kalten Regenschauern begleitet wurden, ließ es sich Fabiola auch heute nicht nehmen, über das ausgedehnte Anstaltsgelände zu spazieren.

Im Januar nächsten Jahres würde sie an der Frankfurter Anstalt für Irre und Epileptische als Assistenzärztin ihre Facharztausbildung für Psychiatrie beginnen – das waren noch gute sechs Wochen und Fabiola konnte es kaum abwarten, so sehr fieberte sie ihrer neuen Aufgabe entgegen.

Vorbei an den Gärten und Parzellen zum Anbau von Obst und Gemüse sowie an den nach Geschlecht und Krankheit getrennten Außenbereichen, denn Aufenthalte an der frischen Luft und gesunde Ernährung sollten einen Ausgleich für die erkrankte Psyche schaffen.

Im Sinne der Trennung der Kranken nach ihren Leiden gab es einen abgegrenzten ›Hof für die Tobsüchtigen‹ und einen eigenen ›Garten für die Unruhigen‹, die jedoch in der kalten Jahreszeit eher selten genutzt wurden.

Am Rande des Geländes wartete ihre Kutsche auf sie und auch dieses Mal konnte es sich der vierschrötige Kutscher nicht verkneifen, ihr Vorhaltungen zu machen.

»Dass Sie keine Angst haben, gnädiges Fräulein, als Frau alleine über das stockdunkle Irrenhaus-Gelände zu flanieren, das soll mal einer verstehen! Da könnte doch jederzeit ein entlaufener Irrer hinter einem Baum stehen und sie anspringen …«, murrte er kopfschüttelnd. »Aber nein, ich darf nicht bis vors Portal fahren, sondern hab hier unten am Rande des Affensteins auf Sie zu warten.«

»Sie haben eine gänzlich falsche Vorstellung von Geisteskranken, Leonhard, das habe ich Ihnen schon mehrfach gesagt. Das sind seelisch kranke Menschen und keine Ungeheuer, wie es den leider noch weit verbreiteten Vorurteilen entspricht. Außerdem sollte jemand wie ich, der eine Tätigkeit in einer Nervenklinik anstrebt, grundsätzlich keine Angst vor Patienten haben, sonst ist er dort fehl am Platz«, erwiderte sie forsch und stieg in die Kutsche ein.

»Dieser Dickschädel muss doch immer das letzte Wort haben«, fluchte der Kutscher zwischen den Zähnen und trieb die Pferde an.

Nach seinem Dafürhalten war seine junge Herrin für eine Dame ohnehin viel zu aufmüpfig.

Aber anstelle der verzogenen Göre mal anständig den Hintern zu versohlen, hat der alte Weyrauch seinen Augapfel nur noch mehr verhätschelt – und das hat er nun davon. Anstatt zu heiraten und Kinder zu kriegen, wie es sich für eine Frau gehört, will sie in der Klapsmühle arbeiten, wo normale Leute einen großen Bogen drum machen, sinnierte der alte Diener, der früher in Fabiolas Elternhaus in Stellung war und die junge Frau schon von klein auf kannte, und lenkte das Gefährt in Richtung Westend.

KAPITEL 3

Als Fabiola die Beletage betrat, um im Salon am Kamin nach der zugigen Fahrt in der Kutsche noch einen Tee zu trinken, waren von dort Stimmen zu vernehmen, was sie verwunderte.

Zumal sie und ihr Bruder in ihrem »Dornröschenschloss«, wie sie das im Stil der Neugotik erbaute Gebäude mit seinen zahlreichen Dachgauben, Türmchen und Erkern untereinander zu nennen pflegten, nur selten Gäste empfingen.

Sie öffnete die Tür und blickte sich neugierig in dem rund 100 Quadratmeter großen Raum um, dessen luxuriöses Interieur im Stil von König Ludwig XVI. gehalten war.

Fabian, der mit einem männlichen Besucher am Esstisch saß, auf dem eine Champagnerflasche im Eiskübel, Hummer, Beluga Kaviar und Austern standen, strahlte Fabiola an.

»Schön, dass du da bist, meine Liebe – dann kann ich dir auch endlich meinen neuen Fechtlehrer vorstellen«, äußerte er erfreut und schien in aufgeräumter Stimmung zu sein.

»Darf ich bekannt machen, mein Fechtlehrer Captain Charles Veston – meine Zwillingsschwester, die frischgebackene Ärztin, Doktor Fabiola von Weyrauch«, stellte er die beiden einander vor.

»Sehr erfreut, Madam«, bemerkte der Degenfechter galant und küsste formvollendet ihre Hand. Doch Fabiola, die schon beim Eintreten bemerkt hatte, wie stark es nach Aftershave roch, war immun gegen seinen Charme. Ein Duft, der ihr fremd war und der mitnichten von ihrem Bruder kam. Als ihr bei dem

Handkuss das Bukett von Rum und Nelkenpfeffer förmlich in die Nase stach, wusste sie, woher die Duftwolken stammten. Fabians Gast musste sich ja regelrecht mit dem Aftershave übergossen haben, so stark wie er danach duftete. Wenngleich das Rasierwasser alles andere als billig roch, war ihr doch der dominante Geruch unangenehm.

»Ganz meinerseits, mein Herr«, erwiderte Fabiola, die es kaum kaschieren konnte, dass sie beim Anblick des Fechtlehrers förmlich aus allen Wolken fiel, mit leicht brüchiger Stimme.

Als sie Fabians Einladung folgend am Tisch Platz nahm, war sie fassungslos und der aalglatte Mann mit dem kalten, stechenden Blick, der sich an den Speisen gütlich tat und genussvoll eine Auster schlürfte, war ihr auf Anhieb unsympathisch.

Nun, da hat er ja für seinen neuen Fechtlehrer nur das Feinste aufgetischt, dachte sie gereizt, als Fabian nach dem Dienstmädchen läutete, um seiner Schwester ein Glas und ein Gedeck zu bringen.

Wenig später stießen sie miteinander an und Veston kam auf das große Gemälde in dem prunkvollen Rahmen zu sprechen, das oberhalb der mit Goldbrokat bezogenen Louis-seize Chaiselongue an der Wand hing und von zwei kostbaren Duftlampen flankiert wurde.

»Es trägt den wunderbaren Titel ›Weihrauch‹ und ist ein Meisterwerk des von mir so verehrten belgischen Malers Fernand Khnopff. Das Bild stellt Marguerite, die Schwester des Malers dar, die Khnopff geradezu anbetet und die sein liebstes Modell ist«, erläuterte Fabian stolz. »Meine Schwester hat es mir zum Geburtstag geschenkt, es hat ein Vermögen gekostet, aber ich liebe es über alles.«

»›Weihrauch‹ lautet der Titel, na, dann passt es doch perfekt hierher«, entgegnete der Degenfechter markig.

»Ich pflege in den Duftlampen immer Weihrauch aus Saudi-Arabien zu entzünden, das ist der beste Weihrauch, den es gibt, wenn Sie möchten, kann ich Sie ein wenig beweihräuchern«, erbot sich Fabian und streifte seinen Fechtlehrer mit einem Blick, der Fabiola regelrecht durch Mark und Bein ging.

Es war die grenzenlose Ergebenheit, die daraus sprach, die sie so befremdete.

»Nur zu, das kann ja nichts schaden«, forderte Veston ihn auf und machte Fabiola, als der Dame des Hauses, Komplimente zu der überaus geschmackvollen Ausstattung des Salons, während Fabian sich vom Tisch entfernte, um die Duftlampen anzuzünden.

»Wie lange wohnen Sie denn schon in dieser herrlichen Villa?«, erkundigte er sich bei Fabiola, die bei aller Leutseligkeit und betonter Beiläufigkeit in seinem Tonfall auch eine gewisse Verschlagenheit in den kalten Haifischaugen zu erkennen glaubte.

»Seit zwei Jahren etwa«, erwiderte sie leicht unterkühlt und nahm einen Schluck Champagner, ehe sie sich mit dem zierlichen Löffel aus Horn mit einem Silbergriff im Jugendstildekor etwas Kaviar auf den Teller füllte, den sie mithilfe des dazu passenden Kaviarbestecks auf dem mit Butter bestrichenen Toast verteilte.

»Ich bin übrigens seit Jahren Stammkunde in dem exklusiven Geschäft Ihres Familienunternehmens unweit des Opernplatzes«, wandte sich Veston an Fabian, der wieder zum Tisch zurückgekehrt war.

»Vielen Dank, Captain, das freut mich sehr«, erwiderte Fabian etwas betreten. »Aber im Grunde genommen sind die Weyrauchs nichts anderes als Emporkömmlinge«, bemerkte er abschätzig. »Meine Vorfahren zogen noch mit dem Tornister über die Lande, der angefüllt war mit Spitzen, Samtbändern und Knöpfen. Angeblich trugen sie 190 Pfund auf ihren Rücken.«

»Und das ist daraus geworden«, warf seine Schwester ein und wies auf ihre kunstvollen Ohrgehänge aus Schildpatt. »Das Kurzwarengeschäft der Gebrüder Weyrauch & Söhne wurde 1892 aufgegeben, die Firma spezialisierte sich auf Luxusartikel und erlebte einen enormen wirtschaftlichen Aufschwung. Dem Geschäft in Frankfurt folgten weitere in Berlin, Wien, London und Paris und unser Familienunternehmen ging als Aktiengesellschaft an die Börse. 1902 konvertierte mein Vater zum Protestantismus und wurde noch im gleichen Jahr von Kaiser Wilhelm in den Adelsstand erhoben.«

Fabian nahm einen Schluck Champagner.

»Das hätte ja alles so schön sein können, wenn es in unserer vortrefflichen Familie nicht, ich zitiere meinen Vater, ›diese eigensinnigen Zwillinge‹ gegeben hätte – die immer aus der Reihe tanzen mussten.«

Der Degenfechter hatte ihm interessiert zugehört.

»Aber Sie sind keine eineiigen Zwillinge«, konstatierte er lächelnd an Fabiola gewandt. »Fabian hat kastanienbraune Haare, während Ihre tizianrot sind. Auch die Farbe Ihrer Augen ist unterschiedlich.«

Fabiola nickte. »Wir sind auch vom Wesen her verschieden. Fabian interessiert sich für die Kunst und ich für die Wissenschaft.«

»Es hat in unserer Familie Tradition, dass die Söhne im Alter von vierzehn Jahren ins Geschäft eintreten müssen und von der Pike auf eine Lehre absolvieren, um später das Unternehmen zu leiten«, fuhr Fabian fort. »Und mir, als dem jüngsten Sohn der Familie, mangelte es von Anfang an am unternehmerischen

Geist. Im Gegensatz zu meinen älteren Brüdern Samuel und Leonhard, die ganz in den Fußstapfen unseres Vaters wandelten, tat ich mir von Anfang an im Geschäft schwer und konnte dem Kaufmännischen nie etwas abgewinnen. Ich ließ meinen Vater bei jeder Gelegenheit wissen, dass ich nun mal kein Kaufmann, sondern ein Künstler sei, der sich ganz seiner eigentlichen Neigung, der Malerei, widmen möchte, doch diese Krämerseele wollte davon einfach nichts wissen«, äußerte Fabian und verdrehte die Augen.

»Fabiola ging es auch nicht viel besser«, fügte er hinzu. »Sie hatte andere Pläne, als das langweilige Leben einer höheren Tochter zu führen, die in der Öffentlichkeit stets eine gute Figur machen soll, um einen reichen Mann zu heiraten, damit das Familienvermögen vermehrt wird.«

»Schon vor meinem Medizinstudium betätigte ich mich als Privatgelehrte«, erläuterte Fabiola knapp.

Der Captain erkundigte sich bei ihr, ob sie ein Spezialgebiet habe.

»Ich habe mich schon früh für die Schriften des Wiener Psychiaters Sigmund Freud begeistert und stehe mit dem Erforscher des Unbewussten in reger Korrespondenz«, gab sie zur Antwort, was bei dem Fechtlehrer indessen nur auf mäßiges Interesse zu stoßen schien.

»Freud – noch nie gehört«, bemerkte er borniert und forderte Fabian auf, weiter zu erzählen.

»Nun – da ich nach wie vor nicht die geringste Lust verspürte, für das Familienunternehmen tätig zu sein«, ergriff Fabian wieder das Wort, »und meine Schwester die ewige Litanei nicht mehr ertragen konnte, dass sie noch immer nicht verheiratet war, mit der ihr unser Vater tagein, tagaus in den Ohren lag, fassten wir vor zwei Jahren in den Semesterferien meiner

Schwester kurzerhand den Entschluss, gemeinsam nach Paris durchzubrennen. Wir mieteten uns eine Wohnung am Place Pigalle und verkehrten überwiegend in Künstlerkreisen«, erläuterte er sarkastisch. »Die meisten dieser Künstler waren unbekannt und erfolgslos und lebten in bitterer Armut. Es zog uns in die Künstlercafés am Montmartre und auf die Boulevards von Saint-Germain-des-Prés, wo wir Vincent de Galle, einen verkannten Künstler und Hungerleider kennenlernten, der mich unter seine Fittiche nahm – um mich nach Strich und Faden auszunutzen.«

»Und das haben Sie sich bieten lassen?« Der Captain runzelte indigniert die Stirn.

»Eine Zeit lang zumindest«, erwiderte Fabian. »Vincent konnte in Saint-Germain-des-Prés keine zehn Schritte gehen, ohne einen Bekannten zu treffen und liebte die Konversation. Er hatte keinen festen Wohnsitz und trug seine ganze Habe bei sich. Daher war er froh, in unserer komfortablen Wohnung einen Unterschlupf zu finden. Obwohl er völlig mittellos war, verachtete er Sparsamkeit als Tugend der Kleinbürger. In einer Nacht verjubelte er das ganze Geld, das er sich von mir geliehen hatte. Da für Vincent ständige Affären mit Frauen zum guten Ton gehörten, besaß er sogar die Stirn, mit Fabiola anzubandeln, aber mit diesem Hanswurst wurde meine kluge Schwester alleine fertig und zeigte ihm auf ihre unnachahmliche Art die kalte Schulter. Als Fabiola im Laufe der Zeit mitbekam, dass Vincent von Gläubigern und Gerichtsvollziehern verfolgt wurde, die in Anbetracht von seinen notorisch leeren Taschen bei mir die Hand aufhielten, setzte sie den Schnorrer kurzerhand vor die Tür und wir waren ihn endlich los«, erklärte Fabian mit triumphierendem Lächeln und füllte noch einmal die Champagnerkelche auf. Feierlich erhob er sein Glas und streifte den Degenfechter mit einem Blick, aus dem tiefste Bewunderung sprach.

»Auf Captain Charles Veston, in dem ich endlich meinen Meister gefunden habe!«, skandierte er mit ehrfürchtigem Lächeln und stieß mit Veston an. Vor lauter Begeisterung bemerkte er gar nicht, dass Fabiola geflissentlich auf das Anstoßen verzichtet hatte und nur gedankenabwesend vor sich hinstarrte.

»Nun denn – wenig später lernte ich dann in dem unter Künstlern sehr beliebten Café Momus eine völlig andere Spezies kennen«, fuhr Fabian, der bereits reichlich angetrunken anmutete, mit seiner Schilderung fort.

»Einen englischen Theaterkritiker, der in seiner kühlen Unnahbarkeit wirkte wie ein englischer Aristokrat. Wir trafen uns regelmäßig im Kaffeehaus und er machte mich mit der Lebensphilosophie des Dandytums vertraut, die mich, wie ich zugeben muss, zutiefst beeindruckte und die ich mir zu Eigen gemacht habe.«

Der Captain musterte den jungen Mann spöttisch.

»Mit Erfolg, wie mir scheint«, entgegnete er. »Sie sind weltmännisch und können sich auf jedem Parkett bewegen. Sie legen großen Wert auf Ihre Kleidung und Ihr Äußeres, auch auf Accessoires, wie Handschuhe, Krawatte und Hut, die allesamt von exquisiter Qualität sind. Sie lieben es, sich fein zu machen und ausgiebig zu baden. Solche Gewohnheiten setzen Muße voraus und ein ausreichendes Einkommen, von dem man zehren kann, ohne arbeiten zu müssen. Glücklicherweise verfügen Sie über ein solches, um dem Müßiggang zu frönen und ganz nach Ihren Neigungen zu leben, mein junger Freund. Eine wohlhabende Kaufmannsfamilie wie die Ihre kann auch einen Künstler verkraften.«

Fabian, der förmlich an den Lippen des Captains hing, nickte zustimmend.

»Das haben schließlich auch mein Vater und meine Brüder eingesehen. Geschäftstüchtig wie sie nun einmal sind, sind sie zu dem Schluss gekommen, dass eine Brise Kunst und Wissenschaft einer Unternehmerfamilie nichts schaden kann und haben für Fabiola und mich diese hübsche Villa am Palmengarten erworben, wo wir ganz unbehelligt unseren Neigungen frönen können. Insofern war unsere Exkursion nach Paris letztendlich von Erfolg gekrönt und wir können endlich das Leben führen, das wir wollen. Die Familie zahlt uns eine großzügige Apanage, damit wir standesgemäß leben können. Geld genug ist ja vorhanden und der Familienrat ist alles andere als kleinlich. Dennoch verachte ich ihr Streben nach Geld und ich verabscheue diese Krämerseelen, ihre geschäftliche Tätigkeit und ihren Hang nach Familienleben.« Das blasse feingeschnittene Gesicht des jungen Mannes erstarrte vor Verachtung.

»Sie sollten doch bei aller Larmoyanz nicht vergessen, mein junger Freund, dass es die von Ihnen so verachteten Krämerseelen sind, die es Ihnen ermöglichen, das privilegierte Leben zu führen, um das Sie jeder, der hart für sein täglich Brot arbeiten muss, uneingeschränkt beneidet. Mich selber übrigens nicht ausgenommen.«

Der Tonfall des Captains war unversehens eisig geworden und er bedachte seinen Schüler mit einem Blick, der alles andere als gewogen war.

»Deswegen ist jetzt auch Schluss mit dieser weibischen Verzärtelung, der Dandy hat ausgedient – und dem Absinth und dem Laudanum sagen Sie auch Adieu«, erklärte er mit einer Strenge, die keinen Widerspruch duldete.

»Morgen früh um acht heißt es Antreten zum Dauerlauf durch den Grüneburgpark mit anschließenden Leibesertüchtigungen und dann beginnen wir mit unseren Fechtübungen.«

Fabiola war sprachlos – vor allem über ihren Bruder, der den im Kasernenhofton geäußerten Befehl widerspruchslos entgegennahm und devot äußerte: »Sehr wohl, mein Captain.«

KAPITEL 4

Fabiola lag in ihrem Himmelbett und war noch tief und fest am Schlafen, als Fabian sie behutsam weckte und die Schlaftrunkene wissen ließ, es kämen später noch Handwerker vorbei, die in seinen Atelierräumen Renovierungsarbeiten vornehmen würden.

Er verabschiedete sich von ihr mit einem Kuss auf die Wange und hastete mit der Erklärung aus dem Schlafgemach, er sei in Eile, denn er müsse pünktlich sein. Der Captain erwarte ihn am Eingang des Grüneburgparks zum morgendlichen Dauerlauf.

Da sie nicht mehr einschlafen konnte, weil ihr das gestrige Zusammentreffen mit dem Degenfechter aus dem Schumanntheater durch den Sinn ging und ihr zunehmend Verdruss bereitete, wie dies bereits vor dem Einschlafen der Fall gewesen war, läutete sie nach dem Dienstmädchen und ließ sich eine Wiener Melange und ein Croissant ans Bett bringen.

Das Verhalten ihres Bruders war ihr unbegreiflich.

Fabian, der wie sein großes Idol, der belgische Maler Fernand Khnopff, ein weltabgewandtes Dandytum kultiviert und das Leben eines exzentrischen Aristokraten geführt hatte, ließ sich von einem dahergelaufenen Artisten sagen, was er zu tun und zu lassen hatte. Unglaublich! Selbst wenn sie die Vernachlässigung und Eifersucht als Erklärung dafür nahm, die Fabian wegen ihrer Schwärmerei für Doktor Rossmann empfunden haben mochte, konnte sie diese absolute Unterwürfigkeit nicht einmal annähernd plausibel machen.

Vor ihrem geistigen Auge sah sie den geliebten Bruder, in einen knöchellangen orientalischen Seidenkaftan gewandet, der zur Musik Richard Wagners seine wundervollen, symbolistischen Bilderrätsel malte, die stets um sein Lieblingsmotiv kreisten: das Antlitz seiner Schwester.

Wie glücklich waren sie doch in ihrem Elfenbeinturm gewesen, wurde es Fabiola bewusst, und wie großartig sie sich bei aller Verschiedenheit ergänzt hatten, wie es nur zwei Seelenzwillingen möglich war.

War Fabians Kunst inspiriert von der Seele der Dinge, stand Fabiola ganz im Bann der neuesten Erkenntnisse über die Geheimnisse der menschlichen Seele.

Ebenso wie sein Vorbild Khnopff von seiner Schwester Marguerite war auch Fabian von Fabiola wie besessen. In ihrer Androgynität verkörperte sie für ihn das absolute Schönheitsideal. »Meine Sphinx«, pflegte er sie oftmals zu nennen.

Mitunter war Fabiola diese ewige Beweihräucherung erheblich auf die Nerven gegangen, aber nun, da sie so jäh von ihrem Marmorsockel heruntergestoßen worden war und Fabian einem anderen Säulenheiligen den Vorzug gab, war ihr das auch nicht recht.

Nachdem das Dienstmädchen die schweren Übergardinen aus nachtblauem Samt zurückgezogen, Fabiola das Frühstückstablett aufs Bett gestellt und im Kamin ein Feuer angezündet hatte, nahm Fabiola gedankenversunken ihren Morgenkaffee zu sich und verzehrte das noch ofenwarme Croissant.

Währenddessen beobachtete sie die Regentropfen auf den bleiverglasten Fensterscheiben und sinnierte nicht ohne eine gewisse Schadenfreude, dass Fabian sich für seinen Dauerlauf durch den Park nicht gerade das beste Wetter ausgesucht hatte.

Wie so oft in letzter Zeit musste sie auch wieder an Doktor Rossmann denken und wie sehr sie das nächste Treffen herbeisehnte, das leider erst am morgigen Abend stattfinden würde. Die Gedanken an den attraktiven jungen Nervenarzt, der eine Saite in ihr berührt hatte, die bisher nur ins dunkle Reich lustvoller Tag- und Nachtträume verbannt worden war, vertrieb ihr wenigstens ein Stückweit die finsteren Grübeleien über Fabian und erfüllten sie mit lüsterner Sinnlichkeit.

Sie holte ihr Analysetagebuch aus der zierlichen Jugendstil-Nachtkonsole und schrieb hinein:

»Wenn ich an Dich denke, werde ich so sündig und lasterhaft wie die Große Hure Babylon.« Sie wusste gar nicht genau, was es im Detail war, warum sie regelrecht verrückt nach dem jungen Psychiater war, es musste das Zusammenspiel der verschiedensten Komponenten sein, die ihm innewohnten und ihn in ihren Augen so faszinierend machten. Der kühle Kopf, der unbestechliche analytische Blick, der männlich herbe Geruch, der ihn umgab, von dem sie einfach nicht genug kriegen konnte, und die animalische Wildheit, die er zuweilen verströmte, wenn er sie anschaute. Es war das reine Begehren darin, das ihr förmlich aus der Seele sprach.

Fabiola hatte den Satz gerade zu Ende geschrieben, als unten die Türglocke läutete und sie laute Schritte und Männerstimmen aus dem Erdgeschoss vernahm, wo Fabian seine Atelierräume hatte.

Während sie anschließend im angegliederten Badezimmer ein morgendliches Bad nahm und sich ankleidete und herrichtete, waren der Lärm und das Scheppern aus dem Erdgeschoss immer stärker geworden, sodass sie beschloss, hinunterzugehen, um nach dem Rechten zu sehen.

Als sie das Vestibül von Fabians Atelierräumen betrat, mochte sie ihren Augen nicht trauen.

Die drei Marmorbüsten von Hypnos, dem Gott des Schlafes, Nyx, der Nacht, und Thanatos, dem Gott des Todes, fehlten.

Fabian, der von der griechischen Mythologie fasziniert war und Hypnos besonders verehrte, hatte die Büsten nach eigenen Entwürfen von einem Frankfurter Bildhauer anfertigen lassen, der dafür eigens den kostspieligen Marmor aus Carrara verwendet hatte.

Fabiola, die wusste, wie viel Fabian die Plastiken bedeuteten, eilte ins vordere Atelier, um die Handwerker zur Rede zu stellen.

Allerorts waren große Holzkisten aufgestellt, die mit Stoffen und anderen Kunstgegenständen angefüllt waren. Zu ihrem Befremden entdeckte Fabiola in dem kunterbunt zusammengewürfelten Wirrwarr auch die Büsten, die lieblos übereinandergestapelt waren wie Bauklötze.

Fabiola ging auf einen der Handwerker zu.

»Was geht hier vor sich?«, fragte sie den vierschrötigen Mann verärgert.

»Wir sind noch am Entrümpeln, damit werden wir auch den halben Tag zu tun haben, so viel Krempel, wie hier überall herumsteht«, erwiderte der Angesprochene mürrisch.

»Was heißt hier ›Krempel‹ – das sind handgefertigte Jugendstilmöbel, kostbare Kleinodien und teure Brokatstoffe«, empörte sich Fabiola. »Sie sollten unbedingt sorgsamer damit umgehen! – Darf ich erfahren, was genau Sie hier eigentlich vorhaben?«

»Ich dachte, das wüssten Sie, hat Ihr Mann Ihnen das denn nicht gesagt?«, erwiderte der Arbeiter unwillig.

»Mein *Bruder* hat lediglich von Renovierungsarbeiten gesprochen, nicht aber, dass Sie hier den reinsten Kahlschlag veranstalten.«

»Herr von Weyrauch hat uns den Auftrag erteilt, in seinem Atelier eine Fechtbahn zu errichten. So eine Planche muss vierzehn Meter lang und mindestens zwei Meter breit sein, sie besteht aus einer Spezialkupferlegierung in Form von quadratischen Metallplatten, die nahtlos aneinandergefügt werden müssen. Da darf nicht die kleinste Unebenheit sein, damit die Fechter beim Fechtkampf nicht stolpern. Unsere Firma ist darauf spezialisiert und damit wir unsere Arbeit machen können, muss der ganze Kram hier verschwinden. Das ist auch mit Herrn von Weyrauch abgesprochen. Er hat uns zudem eine Adresse gegeben, wo die Sachen hingeschickt werden sollen ...«

»Welche Adresse?«, unterbrach Fabiola den Handwerker scharf.

»Da müssen Sie den Vorarbeiter fragen, das ist der Große mit der braunen Schiebermütze, der dahinten an dem Wasserbassin steht ...«

Fabiola strebte zu dem großen in den Boden eingelassenen Springbrunnen aus milchblauem carrarischem Marmor mit einer Nachbildung der auf einem Panther ruhenden Ariadne, und musste zu ihrem Entsetzen mit ansehen, wie der Vorarbeiter und ein Gehilfe mit Hämmern und Meißeln versuchten, die Skulptur vom Sockel zu lösen.

»Hören Sie auf der Stelle damit auf, Sie machen die Statue mit ihrem groben Werkzeug noch kaputt«, herrschte sie die Männer an, die vor Schreck fast ins Becken gefallen wären.

»Wer sind *Sie* denn?«, fragte der Mann mit der Schiebermütze unwirsch.

»Fabiola von Weyrauch, die Dame des Hauses und Schwester von Fabian von Weyrauch, wenn's gestattet ist«, erwiderte Fabiola schnippisch. »Und jetzt sagen Sie mir als erstes, wohin die Sachen aus dem Atelier meines Bruders geschickt werden sollen.«

»Von mir aus«, grummelte der Vorarbeiter und nestelte einen Zettel aus der Tasche seiner blauen Arbeitshose.

»An einen Herrn Karl Höpf, Bülowstraße 13, im Frankfurter Gutleutviertel«, bemerkte der Mann und steckte die Notiz anschließend wieder in seine Tasche.

»Ich kenne keinen Karl Höpf, deswegen kommt es auch überhaupt nicht in Frage, dass Sie die wertvollen Kunstgegenstände und das erlesene Mobiliar dorthin schicken. Ich muss darauf bestehen, dass Sie mit dem Abtransport so lange warten, bis ich mit meinem Bruder gesprochen habe.«

Der Vorarbeiter wirkte verunsichert.

»Das könnte Ärger geben, weil mit Ihrem Herrn Bruder ganz klar vereinbart wurde, die Sachen so schnell wie möglich aus dem Weg zu schaffen, damit wir mit der Installation des Fechtbodens beginnen können. Er hat durchblicken lassen, dass er uns sogar einen Bonus zahlt, wenn wir morgen Abend mit allem fertig werden und den wollen meine Männer und ich uns selbstredend nicht entgehen lassen. Wenn wir jetzt mit dem Abtransport noch warten, verzögert sich das alles und wir wissen ja auch gar nicht, wann Herr von Weyrauch wieder zurück ist.«

»Das weiß ich auch nicht, aber trotzdem muss ich darauf bestehen, dass Sie die Sachen erst wegfahren, wenn ich das mit meinem Bruder geklärt habe.«

Fabiola musterte den großen, stattlichen Mann mit dem verwegenen Gesicht mit unerbittlicher Miene.

»Also dann, auf Ihre Verantwortung«, fügte er sich mit sichtlichem Widerwillen Fabiolas Anordnung, die ihn daraufhin fragte, was aus dem Marmorbassin werden solle.

»Das muss zugemauert werden, damit wir Platz für die Fechtbahn haben. Laut Verordnung des Deutschen Fechter-Bunds muss sie ...«

»Vierzehn Meter lang und mindestens zwei Meter breit sein ... Ich weiß schon«, schnitt ihm Fabiola harsch das Wort ab und blickte sich bestürzt in dem Raum um, der so verwüstet war, dass sie ihn kaum wiedererkannte.

Sie erinnerte sich mit Tränen in den Augen, dass sein Atelier für Fabian immer wie ein Tempel war, um sich darin zurückzuziehen und sich ganz in die Kunst versenken zu können. Er hatte Fabiola seinerzeit bei der Gestaltung zu Rate gezogen. Es sollte ein Gesamtkunstwerk werden und alle Sinne ansprechen.

Die handverlesenen Gäste, denn nur wenige Besucher sollten in den Genuss kommen, Fabians Atelierräume zu betreten, wurden im ganz in tiefem blau gehaltenen Vestibül von den auf schwarzen Marmorsäulen ruhenden Büsten von Hypnos, seiner Mutter Nyx und seinem Bruder Thanatos empfangen und gelangten danach in den vorderen Atelierraum, auf dessen Marmorboden sich ein goldener Tierkreis befand, in deren Mitte Fabians Staffelei stand. Auf der nachtblauen Decke des Raums war in leuchtendem Gold das Sternbild der Jungfrau zu sehen, Fabians und Fabiolas Sternzeichen.

An den Wänden befanden sich Reproduktionen der von ihm bewunderten Symbolisten Fernand Khnopff, Gustave Moreau, Franz von Stuck und Edward Burne-Jones.

Vorhänge aus mit Goldfäden durchwirkter weißer Seide verhüllten den Zugang zu dem kleineren Atelierraum, den Fabian sein Allerheiligstes nannte.

Die Wände wurden von Mosaiken mit stilisierten gelben Wasserlilien geziert. Hier bewahrte Fabian die in Arbeit befindlichen Werke auf. Zwei seiner Lieblingsgemälde, die nebeneinander aufgehängt waren, dominierten den Raum. Das eine stellte ihn als Narziss dar, der selbstverliebt sein in einem Seerosenteich gespiegeltes Antlitz bewunderte, das andere war ein

Bildnis von Fabiola, auf dem sie als Symbol der Reinheit eine weiße Lilie in ihren in weiße Seidenhandschuhe gehüllten Händen hielt.

Wie eine Schlafwandlerin strebte sie dorthin und schob den goldschimmernden Vorhang zur Seite. Zu ihrer großen Erleichterung war alles noch unverändert.

»Der Raum soll so bleiben, hat Herr von Weyrauch angeordnet«, erklang die Stimme des Vorarbeiters aus dem Hintergrund. »Der erste Raum ist mit seinen zwanzig Metern ja lang genug für die Fechtbahn.«

»Na, dann bin ich aber beruhigt«, erwiderte Fabiola sarkastisch und war sich gleichzeitig bewusst, dass davon keinesfalls die Rede sein konnte.

KAPITEL 5

Es war bereits ein Uhr nachmittags, als Fabian nach Hause kam, wo er von Fabiola bereits ungeduldig erwartet wurde. Er wirkte erschöpft und abgespannt und ließ Fabiola wissen, dass er zuerst ein Bad nehmen wolle.

»Wo kommst du denn jetzt her, du warst ja gute fünf Stunden weg, so lange kann euer Dauerlauf doch nicht gedauert haben?«, erkundigte sich Fabiola bei ihrem Bruder.

»Wir haben eine Stunde Dauerlauf gemacht, dann eine Stunde Leibesertüchtigungen. Anschließend haben wir einen einstündigen Fußmarsch zum ›Affensteiner Felsenkeller‹ gemacht, das ist das Ausflugslokal am Affensteiner Feld, unweit des Irrenschlosses. Du kennst es, da haben wir uns doch schon mal zum Abendessen getroffen, nach deiner psychoanalytischen Sitzung. Jedenfalls haben wir dort ein opulentes Frühstück zu uns genommen und uns anschließend getrennt. Der Captain hat sich auf den Weg zu seiner Wohnung im Gutleutviertel gemacht, um nach seiner kranken, bettlägerigen Frau zu schauen und ich bin hierhergelaufen. Jetzt bin ich so erledigt, dass ich nur noch baden und anschließend ein Mittagsschläfchen halten möchte, wenn mein liebes Schwesterlein es gestattet«, endete er und knuffte Fabiola liebevoll in die Seite.

Fabiola, die für die Unterredung mit ihrem Bruder reichlich Kreide gefressen hatte, da sie ihre »Mimose«, wie sie Fabian scherzhaft zu nennen pflegte, nicht gleich mit Vorwürfen und

Fragen überfallen wollte, mühte sich um ein freundliches Lächeln, ehe sie beiläufig bemerkte, sie habe vorhin die Arbeiten im Atelier in Augenschein genommen.

Fabian blickte ein wenig betreten, als er sie fragte, was sie von seinen neuen Plänen halte.

»Nun, es ist deine Entscheidung, aus deinem Atelier einen Fechtboden zu machen – du hast mich ja bei der Planung nicht zu Rate gezogen, wie das sonst zwischen uns stets der Fall ist, sondern mich gewissermaßen mit vollendeten Tatsachen konfrontiert«, erwiderte Fabiola und spürte unversehens einen Kloß im Hals. »Gehe ich richtig in der Annahme, dass es sich hierbei um eine Idee deines Herrn und Meisters handelt, dem du neuerdings aus der Hand frisst wie ein devotes Schoßhündchen«, brach sich ihre Erbitterung mit dem ihr eigenen Zynismus Bahn.

Fabians schönes Gesicht verhärtete sich sogleich. »So ist es«, schnaubte er beleidigt, »aber wie du anfangs richtig erkannt hast, ist es meine Entscheidung.«

»In Gottes oder des Teufels Namen, das sei dir unbenommen«, erwiderte sie mit spöttisch erhobenen Brauen. »Aber erlaubst du mir dennoch eine Frage?«

»Nur zu«, entgegnete Fabian achselzuckend und war in jenem Augenblick wieder ganz der Alte, mit dem feinen Unterschied, dass sich seine kühle Reserviertheit gepaart mit der Arroganz eines englischen Aristokraten gegen Fabiola richteten, seine ehedem so vergötterte Schwester, die nie zuvor ein böses Wort von ihm gehört hatte.

Umso mehr schmerzte sie die ungewohnte Kälte im Wesen ihres Bruders, der Fabiola bisher nur auf Händen getragen hatte.

»Wer in Dreiteufelsnamen ist denn ein gewisser Karl Höpf, wohnhaft in der Bülowstraße 13 in Frankfurt – zu dem die Pretiosen und das kostbare Mobiliar aus deinem Atelier geschickt werden sollen?«, fragte sie mit belegter Stimme, da sie ihren Bruder kaum noch wiedererkannte.

»Er wurde von mir damit beauftragt, die Sachen zur Versteigerung an das renommierte Auktionshaus Rudolf Bangel weiterzuleiten. Da du zum Teil an der Anschaffung der Gegenstände mitbeteiligt warst, wird dir ein angemessener Anteil aus dem Erlös zu gegebener Zeit zukommen«, erwiderte Fabian kühl und indem er sich entfernte, um »endlich ein Bad zu nehmen«, ließ er seine Schwester unmissverständlich wissen, dass für ihn die Angelegenheit somit erledigt sei.

Nachdem Fabiola den Handwerkern schweren Herzens Bescheid gegeben hatte, dass sie nun den Abtransport der Kunstgegenstände und Möbel in die Wege leiten könnten, ging sie in ihr Arbeitszimmer, um sich den Schmerz und die Enttäuschung über ihren Bruder, der seinem Fechtlehrer absolut verfallen schien, von der Seele zu weinen.

Anschließend wusch sie sich das verquollene Gesicht mit Rosenwasser und rieb es zur Beruhigung mit Creme Mouson ein, denn sie wollte es sich nicht anmerken lassen, wenn sie nachher mit ihrem Bruder reden und ihm einen Vorschlag unterbreiten wollte. So schnell würde sie nicht aufgeben und diesem dahergelaufenen Fechtlehrer widerstandslos das Terrain überlassen, noch ehe der Kampf überhaupt begonnen hatte.

Fabiola verstand zwar nichts vom Degenfechten, aber eine ihrer besonderen Stärken war ihr Eigensinn, mit dem sie in ihrem Leben schon Berge versetzt oder das Unmögliche möglich gemacht hatte, indem sie die ihr zugewiesene Rolle einer Tochter aus wohlhabendem Elternhaus und die daraus folgende Konsequenz, durch Heirat das Familienvermögen zu vermehren, beharrlich verweigert hatte. Nachdem sie aus diesem beschwerlichen, zähen Ringen siegreich hervorgegangen war, sollte sie doch auch diesem Gefecht gewachsen sein.

Schließlich kannte sie ihren Bruder besser als jeder andere Mensch und wusste genau, wie sie ihn zu nehmen hatte – und sie war bereits dabei, einen Plan zu schmieden.

Ein betörender Duft nach Moschus und Amber mit einem Hauch von Patschuli hing in der Luft, als Fabian in einem knöchellangen japanischen Samurai-Kimono aus schwerer schwarzer Seide den Salon betrat, um auf seiner Lieblingsliege ruhend unter dem Gemälde ›Weihrauch‹ die Musik Richard Wagners zu genießen.

Nachdem er die Duftlampen zu beiden Seiten des Bildes mit Weihrauch gefüllt und angezündet hatte, ging er zur Musikkonsole mit dem von Thomas Alva Edison im Jahre 1911 erfundenen Diamond Disc Phonographen. Behutsam nahm er eine sogenannte ›Diamantenschallplatte‹ mit der Ouvertüre des Tannhäuser aus der Schutzhülle, die im Gegensatz zur herkömmlichen Schellack-Platte unzerbrechlich war, und legte sie auf den Plattenteller. Dann schenkte er sich aus der Kristall-Karaffe mit spanischem Sherry ein Glas ein – denn Absinth und Laudanum hatte ihm der Captain ja strengstens verboten, von Sherry, Wein und Champagner war indessen nicht die Rede gewesen.

Da er harte körperliche Ertüchtigung nicht gewohnt war, schmerzten ihm die Glieder und das Rekeln auf dem weichen Sofa tat ihm unendlich wohl. Bereits nach wenigen Schlucken Sherry und den erhabenen Horn-Klängen der Ouvertüre fühlte er eine wohlige Müdigkeit in sich aufsteigen und fing an zu dösen.

Das unangenehme Kratzen der Phonographen-Nadel auf der abgelaufenen Schallplatte riss ihn jäh aus seinem Schlummer.

Er wollte sich schon unwillig aus der Ottomane erheben, um das quälende Geräusch zu unterbinden, als Fabiola mit einem Briefkuvert in der Hand in den Salon geeilt und ihm zuvor kam.

Nachdem sie den Phonographen in Ruhestellung versetzt hatte, näherte sie sich Fabian und überreichte ihm freudig das Kuvert.

»Das ist eine Einladung zu einem Konzert des Richard Wagner-Verbandes zugunsten der Richard-Wagner-Stipendien-Stiftung am Hoch'schen Konservatorium«, erläuterte sie gutgelaunt. »Es findet um acht Uhr im Gesellschaftshaus des Palmengartens statt und ich würde sehr gerne mit dir hingehen – und vorher könnten wir im Palmen-Restaurant noch eine Kleinigkeit essen, was hältst du davon?«

Sie streichelte ihm liebevoll über die glattrasierte Wange und blickte ihn fragend an.

In Fabians grünen Augen spiegelte sich Bedauern, als er Fabiolas Hand zärtlich an seine Brust drückte.

»Leider bin ich heute Abend schon verabredet, meine Liebste, nimm mir das bitte nicht übel und lass dir versichern, dass ich es so rasch wie möglich wieder gutmachen werde, dir diesen schnöden Korb gegeben zu haben.«

Fabiolas ebenmäßiges Gesicht, das eben noch so frohgemut war, hatte sich schlagartig verdüstert.

»Darf ich raten mit wem?«, fragte sie mit höhnisch verzogenen Mundwinkeln. »Sagtest du nicht, dein werter Fechtlehrer hätte eine kranke Frau zu Hause, kann er die Arme denn so oft alleine lassen?«

»Das tut er doch gar nicht, er bemüht sich sehr um sie und wenn er aus beruflichen Gründen nicht bei ihr sein kann, wird sie von einer Pflegerin versorgt. Der Captain möchte mich heute Abend seiner Frau Wally vorstellen. Das ist eine große

Ehre für mich und das kann und will ich keinesfalls absagen, das verstehst du doch hoffentlich«, sagte Fabian mit flehendem Unterton, dem es sichtlich unangenehm war, dass Fabiola so gekränkt war, und musterte sie eindringlich.

»Ich verstehe gar nichts mehr«, zischte sie verächtlich. »Wie kannst ausgerechnet du, mit deinem ausgeprägten Snobismus, dessen elitären Ansprüchen nur die Wenigsten genügen konnten, dich mit solch einem Mann gemein machen?«

»Weil ich in ihm meinen Meister gefunden habe«, lautete Fabians prompte Antwort. »Und ich darf mich glücklich schätzen, dass ich *seinen* Ansprüchen genüge, gegen welche die meinigen nichts als Larifari sind, die keinerlei Niveau haben.«

Fabiola schlug fassungslos die Hände zusammen.

»Es ist mir unbegreiflich, du bist diesem Mann ja absolut verfallen«, brach es aus ihr heraus. »Wenn ich nicht so eine aufgeklärte Person wäre, die der Wissenschaft den Vorrang gibt, könnte mir der Gedanke kommen, dass dich dieser Mensch mit seinen seelenlosen kalten Augen verhext hat.« Sie sank vor der Ottomane in die Knie und schloss Fabian in die Arme.

»Komm doch bitte wieder zu mir zurück, mein geliebter Seelenzwilling, und meide die Gesellschaft dieses Mannes, er tut dir nicht gut und ist das reinste Gift für dich, das spüre ich mit jeder Faser meines Herzens«, stieß sie mit tränenerstickter Stimme hervor.

»Da täuschst du dich ausnahmsweise, meine kluge Schwester. Der Captain hat mir gezeigt, was meine wahre Natur ist, er hat mich gelehrt, wozu ich berufen bin und ich war noch nie zuvor so glücklich. Diesem wunderbaren Menschen, oder keinem, möchte ich auf ewig angehören. Bitte missgönne mir doch nicht dieses Glück und sei ihm gewogen, darum bitte ich dich inständig. Du bist und bleibst doch trotzdem meine geliebte Schwester.«

»Dann sei offener zu mir und teile mit mir deine Erlebnisse, so wie wir es immer gehalten haben. Wir haben einander alles anvertraut und hatten nie Geheimnisse vor dem anderen. Das ist nun anders und das schmerzt und enttäuscht mich unsäglich und bewirkt, dass ich deinen Captain nur hassen kann, anstatt ihn als deinen neuen Freund aufzunehmen und willkommen zu heißen, wie es der Anstand normalerweise gebieten würde.«

Fabian dachte angestrengt nach und wand sich vor Unbehagen. Er schien in einer regelrechten Zwickmühle zu stecken.

»Ich verstehe dich ja, meine Liebste, und glaube mir bitte, auch für mich ist es schwer ... gewisse Dinge vor dir zurückzuhalten, aber ich kann nun mal nicht anders.«

Fabiola schüttelte befremdet den Kopf. »Wieso denn das? Du bist doch ein freier Mensch und kannst selbst entscheiden, wem du was sagst.«

Sie fixierte den Bruder bestürzt, dessen Gesichtszüge vor Anspannung bebten, und schien eine plötzliche Eingebung zu haben.

»Du sagst mir jetzt auf der Stelle, was in der Nacht passiert ist, als wir im Schumanntheater waren. Wir haben uns nach der Vorstellung getrennt, weil du noch ein Autogramm von ebenjenem Degenfechter haben wolltest und vereinbarten, uns später in der Champagner-Lounge zu treffen, wo du nie erschienen bist. Von dem Tisch aus, an dem ich gesessen habe, hatte ich einen guten Überblick auf den Bahnhofsvorplatz und die ganzen Kutschen und Mietdroschken, die dort parkten. Im Nachhinein bin ich mir sicher, dass ich dich hätte sehen müssen, wenn du das Theater verlassen und den Bürgersteig entlanggelaufen wärst, oder die Straße überquert hättest. Doch dem war nicht so. Ich habe sowohl im Holländischen Café als auch in der Likörstube nach dir gesucht, doch dort warst du auch nicht. Es kam mir vor, als hättest du dich in Luft aufgelöst, was natürlich nicht sein konnte – daher möchte ich jetzt von dir wissen, wo warst du, während ich alles nach dir abgesucht habe?«

Die tiefe Verzweiflung in ihren Augen, mit denen sie Fabian anblickte, bewirkte immerhin, dass sich der eiserne Tresor, der seine Seele wie ein gordischer Knoten umschloss, für einen Sekundenbruchteil öffnete.

»Ich war mit dem Captain im Biertunnel, dort geht er nach den Vorstellungen gerne hin, um Billard zu spielen«, stieß Fabian hervor und blickte sich panisch um, als befürchte er, für seinen Frevel in nächster Minute vom Blitz getroffen zu werden.

Fabiola fehlten zunächst die Worte. »Hat dir dein Herr und Meister verboten, darüber zu reden?«, fragte sie außer sich.

»Ich sage gar nichts mehr«, erwiderte Fabian wie ein trotziges Kind, und hatte es mit einem Mal eilig, den Salon zu verlassen.

KAPITEL 6

Es ist Zeit für meine Medizin, Karl«, gemahnte Wally Höpf ihren Ehemann mit schwacher Stimme und streifte sich den Ärmel des Nachthemds hoch bis über die Armbeuge ihres abgemagerten Arms, der nur noch aus Haut und Knochen bestand.

Fabian, der soeben der Ehefrau des Captains höflich die schweißfeuchte Hand geschüttelt und ihr eine baldige Genesung gewünscht hatte, stand betreten vor dem Krankenbett.

Da ihm jedwede Form von Krankheit und Hinfälligkeit, vor allem aber die abscheulichen Ausdünstungen körperlicher Gebrechen, zutiefst zuwider waren, nahm er die Bemerkung der Kranken bereitwillig zum Anlass, entgegenkommend zu äußern, er könne gerne hinausgehen und draußen warten, um bei der Versorgung nicht im Wege zu sein.

»Du bist nicht im Weg, setz dich da vorne auf den Stuhl, es dauert nicht lange«, instruierte ihn sein Meister knapp, und Fabian war sogleich bemüht, sich seinen Unmut nicht anmerken zu lassen und der Anweisung Folge zu leisten.

Vom Captain wusste er, dass die aus Dresden stammende Wally seine dritte Frau war, die er im April 1912 in London geheiratet hatte.

Kurz nach der Heirat sei Wally dann an einer scheußlichen Magen-Darmsache erkrankt, die er seit Monaten mit wirkungsvollen Medikamenten behandle und inzwischen sei sie Gottlob wieder auf dem Weg der Besserung.

Woran Fabian jedoch stille Zweifel hegte, wenn er sich das leichenblasse, eingefallene Gesicht der 30-Jährigen ansah, die mit ihren fiebrig glänzenden dunklen Augen wie eine Greisin anmutete.

Die Kranke breitete ihren linken Arm mit der Innenseite nach oben auf der Federdecke aus und fixierte ihren Gatten, der die Schublade der Nachtkonsole aufzog, mit einem Blick, der Fabian seltsam berührte, da es eine lodernde Gier war, die darin flackerte und die er in Anbetracht ihrer Gebrechlichkeit, als überaus befremdlich empfand.

Als sie die schwarze Lederschatulle und das Medizinfläschchen in den Händen ihres Mannes gewahrte, entrang sich ihr ein wollüstiger Seufzer und Fabian war es, als habe sie das Wort »endlich« von sich gegeben. Die Mundwinkel ihrer bleichen Lippen verzogen sich zu einem glückseligen Lächeln.

Während der Captain die Utensilien auf der Nachtkonsole platzierte, die Schatulle öffnete und eine Spritze herausnahm, konnte Wally kaum noch an sich halten.

Der knochige Arm fing unwillkürlich an zu beben.

»Halt Ruh«, knurrte der Captain gereizt, stach mit der Nadel in die Gummierung des Fläschchens und zog die klare Flüssigkeit konzentriert in den Glaszylinder.

»Das ist das neue Wundermittel der Firma Bayer aus Wuppertal-Elberfeld und trägt den eindrucksvollen Namen ›Heroin‹. Ich habe das Medikament 1910 auf einer Amerikareise kennengelernt, wo es weitaus verbreiteter ist als in Europa. Es bietet die gleichen Vorteile wie Morphin, hat aber im Gegensatz zu diesem so gut wie keine Nebenwirkungen und was das Allerbeste ist: Es macht nicht süchtig.«

Wally, die sich zu Fabians Erstaunen mit dem Gürtel ihres Morgenmantels mit bebenden Händen den Oberarm abband, erklärte mit plötzlicher Redseligkeit an Fabian gewandt, dass ihr das ›Heroin‹ unsagbar wohl tue.

»Die Krämpfe und Koliken, die mich immerzu plagen, sind wie weggeblasen und es erfüllt mich mit einer inneren Ruhe und Gelassenheit, die durch nichts zu erschüttern ist«, lispelte sie strahlend.

»Wenn du möchtest, kannst du diese Wunderdroge auch einmal ausprobieren. Gegen das machtvolle Heroin ist dein Laudanum ein Witz, das kann ich dir versichern. Es hilft gegen eine ganze Reihe von Erkrankungen und wird auch gegen die Entzugssymptome von Morphin und Opium eingesetzt, was bei deiner Laudanum-Abhängigkeit durchaus hilfreich wäre«, richtete der Captain das Wort an Fabian, dessen anfängliche Furcht sich zunehmend in Interesse wandelte. »Aber du solltest es erst abends nehmen, weil es faul und träge macht und das können wir tagsüber gar nicht gebrauchen, wo wir gegen deine Verzärtelung ankämpfen müssen, die sich bei dir schon vor geraumer Zeit eingeschlichen hat.«

»Bitte, Karl«, flehte Wally, die wie hypnotisiert auf die aufgezogene Spritze starrte und schon die ganze Zeit die Hand zur Faust ballte, ihren Mann inständig an, dem es ein gewisses Vergnügen zu bereiten schien, sie ein wenig zappeln zu lassen.

Die gestaute blaue Vene trat in der Armbeuge deutlich hervor, als der Captain schließlich mit routinierter Präzision die Nadel hinein stach, bis sich ein feiner Blutstrom mit der farblosen Flüssigkeit im Glaszylinder mischte und der Ehemann ihr mit sanftem Druck auf den Kolben die Droge injizierte.

Wally schloss die Augen und stöhnte lustvoll auf.

»Wohl bekomm`s«, murmelte Karl Höpf mit zynischem Lächeln und presste Wally einen Tupfer auf die Armbeuge, nachdem er die Nadel aus ihrer Vene gezogen hatte.

Das besagte Wundermittel, welches Karl seinerzeit in Amerika in einem Selbstversuch getestet hatte – allerdings nur dieses einzige Mal, da das Zeug so teuflisch gut war, dass er fürchtete, ihm mit Haut und Haaren zu verfallen, wenn er künftig nicht tunlichst die Finger davon ließe – erfüllte beiWally durchaus seinen Zweck: Es machte sie zu einem willenlosen Geschöpf, das keine lästigen Fragen stellte.

*

Fabiolas Hand zitterte, als sie gegen 17:00 Uhr, kurz nachdem Fabian das Haus verlassen hatte, den Telefonhörer ergriff und die Dienstnummer von Doktor Rossmann wählte. Nachdem das Freizeichen zu hören war, wartete sie angespannt eine Weile und wollte schon wieder auflegen, als aus dem Hörer plötzlich die sonore, wohltönende Stimme des Psychiaters erklang, die Fabiola eine Gänsehaut bescherte.

»Fabiola von Weyrauch am Apparat, guten Abend Herr Doktor Rossmann«, meldete sie sich bemüht selbstbewusst, was jedoch das Beben in ihrer Stimme nicht kaschieren konnte. »Entschuldigen Sie bitte, dass ich Sie noch kurz vor Feierabend behellige ... aber ... mir geht es nicht gut und ich brauche unbedingt Ihre Hilfe ...«

Sie hätte sich ohrfeigen können, dass sie derart die Fassung verlor und versuchte krampfhaft, die Tränen zu unterdrücken, die ihr unvermittelt über die Wangen strömten.

»Ist es wegen Ihres Bruders?«, erkundigte sich der Psychiater mitfühlend.

»Ja«, erwiderte Fabiola gepresst und tat sich schwer damit, den Doktor um ein Treffen zu bitten.

»Ich hätte ja vorgeschlagen, dass Sie in die Anstalt kommen und wir in Ruhe über alles reden, doch ich bin heute Abend leider verhindert«, kam ihr Doktor Rossmann zuvor und obgleich sein Tonfall verriet, dass er es bedauerte, stürzte Fabiola doch ob seiner Absage, die nach Fabians Korb umso schmerzhafter war, ins Bodenlose.

»Ich verstehe«, hauchte sie in den Hörer, »da kann man nichts machen, wir sehen uns dann morgen ...«

»Ich hatte nämlich vor, nachher zur Antrittsvorlesung des Psychologen und Privatdozenten Dr. Max Wertheimer zu gehen, der ein guter Freund von mir ist. Ich hatte ihm schon fest zugesagt, zu kommen, und möchte keinesfalls wortbrüchig werden. Aber wenn Sie möchten, könnten Sie mich doch dorthin begleiten und wir könnten anschließend bei einem Tee in dem Café um die Ecke über alles sprechen«, äußerte er entgegenkommend und obwohl ihre Tränen noch nicht getrocknet waren, hätte Fabiola vor Freude lauthals jubeln können.

»Sehr gerne, das wäre wunderbar«, erwiderte sie mit deutlich beschleunigtem Herzschlag.

»Sehr schön, dann treffen wir uns doch um kurz vor 18:00 Uhr vor dem Eingang der Akademie für Sozial- und Handelswissenschaften. Das ist das große Gebäude unweit des Naturmuseums Senckenberg in der Senckenberganlage. Die Veranstaltung beginnt um 18:00 Uhr im Hörsaal F, ›Probleme der Völkerpsychologie‹ ist der Titel der Vorlesung.«

»Das klingt sehr interessant«, erwiderte Fabiola erfreut. »Sehr schön, dann bis nachher«, verabschiedete sie sich von Doktor Rossmann, legte jauchzend den Hörer auf die Gabel und hastete mit Schmetterlingen im Bauch in ihr Ankleidezimmer, um sich für den Abend gebührend herzurichten.

In ihrem knöchellangen cognacfarbenen Samtmantel mit dem nerzverbrämten großen Schalkragen, dem dazu passenden Nerz-Muff und dem ausladenenden schwarzen Hut mit einem mächtigen Gebilde aus braunen Straußenfedern, war Fabiola, die vor dem Eingangsportal der Akademie für Sozial- und Handelswissenschaften stand, ein Blickfang für die ein- und ausgehenden Passanten.

Nach wenigen Minuten traf Doktor Rossmann ein, der als passionierter Automobilfahrer einen beigen Staubmantel und eine sportliche Schiebermütze trug.

Er reichte Fabiola mit einer Verbeugung die Hand und überließ ihr am Portal höflich den Vortritt.

»Wir müssen die Treppe hochgehen, der Hörsaal F befindet sich im ersten Stock«, erläuterte er lächelnd und stieg an Fabiolas Seite die breiten Marmorstufen hinauf.

Der weitläufige im Stil eines Auditorium Maximum erbaute Hörsaal war bereits voller Menschen, in der Hauptsache Männer mit vergeistigten Gesichtern, die dem Alter nach bereits eine akademische Ausbildung absolviert hatten, aber es waren auch zahlreiche Studenten zu sehen. Vereinzelt waren Frauen auszumachen, eher schlicht und unauffällig gekleidet, unter denen Fabiola in ihrer mondänen Eleganz deutlich hervorstach.

»Für uns sind zwei Plätze in der ersten Reihe reserviert«, erklärte der Psychiater und strebte zu den zwei freien Klappstühlen hin, an denen Zettel mit seinem Namen befestigt waren.

Nachdem sie sich dort niedergelassen hatten, ließ Fabiola ihre Blicke über die Reihen schweifen.

Einige Plätze weiter gewahrte sie das bekannte Gesicht des berühmten Nervenarztes Alois Alzheimer, der an der Seite des Direktors der Anstalt für Irre und Epileptische, Emil Sioli, saß, mit dem er gut befreundet war.

Auch der vor kurzem erst in den Ruhestand versetzte Frankfurter Oberbürgermeister Franz Adickes und seine Gattin waren in der ersten Reihe vertreten.

Fabiola fühlte sich geehrt, in der Nachbarschaft dieser illustren Herrschaften zu sitzen und streifte das markante Profil ihres Begleiters mit verhaltenem Wohlgefallen.

Das Kribbeln im Bauch, das sie seit ihrem Telefonat mit Gerhard Rossmann verspürte, wurde durch die körperliche Nähe zu dem Objekt ihrer Begierde noch intensiver.

Unter dem tosenden Applaus der Besucher erschien Doktor Max Wertheimer, der Begründer der Gestaltpsychologie, am Rednerpult und begann nach einer kurzen Begrüßungsansprache mit seinen wissenschaftlichen Ausführungen.

Obgleich der Redner mit seinem bärtigen Gelehrtengesicht sehr charismatisch war und die Vorlesung eloquent gestaltete, war Fabiola mit ihren Gedanken ganz woanders und hätte man sie im Nachhinein gefragt, wovon der Vortrag gehandelt habe, hätte sie nichts dazu sagen können.

Sie dachte auch nicht mehr an ihren Bruder und seine unselige Verwandlung, die in den vergangenen Tagen zu einem quälenden Dauerthema für sie geworden war, sondern konzentrierte ihre Aufmerksamkeit nur noch auf ihr Knie und das von Doktor Rossmann, die sich immer häufiger »zufällig« berührten – als wären sie zwei Magnete, die sich unaufhaltsam anzogen.

Jede Berührung elektrisierte Fabiola von den Haarspitzen bis in die Zehen und entfachte in ihr eine betörende Sinnlichkeit. Sie war so vertieft in ihre Empfindungen, dass sie alles um sich herum vergaß und schreckte regelrecht zusammen, als die Vorlesung zu Ende war und das laute Klopfen auf die Pulte und Applaudieren sie aus ihren süßen Tagträumen riss.

Während Fabiola noch mechanisch in die Hände klatschte, eilte ihr Begleiter mit der Erläuterung an sie, er sei gleich wieder zurück, zum Rednerpult, um Max Wertheimer, ebenso wie seine Kollegen, zu seinem gelungenen Vortrag zu gratulieren.

Wenig später gesellte er sich wieder an Fabiolas Seite und ließ sie wissen, dass Doktor Wertheimer seinen alten Freund und Weggefährten zu einem kleinen Umtrunk eingeladen habe und er würde sich sehr darüber freuen, wenn Fabiola mitkommen würde. Allerdings hätten sie dann sicher nicht die Gelegenheit, über das zu sprechen, was Fabiola auf der Seele laste, fügte er bedauernd hinzu, denn Doktor Wertheimer habe verlautbaren lassen, er habe für die Feier eigens eine argentinische Tango-Combo engagiert, die er auf einer Studienreise in Buenos Aires kennengelernt hatte.

»Oh, wie wunderbar, ich liebe Tango«, erwiderte Fabiola begeistert und fügte launig hinzu, dass sie noch genug Gelegenheit haben würden, über ihre Seelenpein zu sprechen und sie Gerhard wahnsinnig gerne begleiten würde.

KAPITEL 7

Die Tangomanie, die vor geraumer Zeit die europäischen Metropolen ergriffen hatte, war längst auch in der weltoffenen Messestadt Frankfurt am Main angekommen.

Der Kristallpalast in der Großen Gallusstraße, das Schumanntheater unweit des Hauptbahnhofs, der Vergnügungspalast Groß-Frankfurt in der Großen Eschenheimer Straße und andere namhafte Music Halls und Varieté-Theater in der Stadt übertrumpften sich gegenseitig nur so mit Tango-Nummern.

Auch das Publikum erlag dem Tango-Fieber, schmiegte sich lasziv aneinander und wiegte sich zu den Klängen des Bandoneons in atemberaubender Erotik – kein Wunder also, dass Kaiser Wilhelm II. seinen Soldaten das Tango-Tanzen verboten hatte.

Der Tango hatte sich die Tanzflächen erobert, in den glamourösen Ballsälen der Frankfurter Grandhotels und Luxus-Herbergen bis hin zu den Restaurants und Caféhäusern spielten Tango-Kapellen mit argentinisch klingenden Namen zum Tanz auf.

Argentinische Tangotänzer und Tanzlehrer fanden in den namhaftesten Tanzschulen der Stadt ein lukratives Einkommen und erfreuten sich regen Zulaufs.

Jeder, der etwas auf sich hielt und en vogue sein wollte, lernte Tango.

Wobei der ursprünglich von der Halbwelt goutierte argentinische Tango in den Tanzschulen des gehobenen Bürgertums zum ›Balltango‹ zurechtgestutzt und stilisiert wurde.

So drehte sich auch das Gespräch, das Fabiola und Gerhard während der Fahrt in dem pastellgelben Audi Typ C auf der langgezogenen Bockenheimer Landstraße führten, um das Thema Tango.

»Können Sie denn Tango tanzen?«, fragte Fabiola den Psychiater, der den 14/35 PS gekonnt durch den regen Abendverkehr von Kutschen und Automobilen lenkte.

»Bedauerlicherweise nein, ich habe leider nicht die Zeit, eine Tanzschule zu besuchen – und Sie?«, erkundigte er sich bei seiner Beifahrerin, die sich an seiner Seite so wohl fühlte, dass sie mit ihm bis ans Ende der Welt gefahren wäre, obgleich sie ansonsten der altmodischen Kutsche gegenüber dem lärmenden und stinkenden Personenkraftfahrzeug den Vorzug gab.

»Zumindest die Grundschritte sind mir geläufig, aber von jeglicher Grandezza sind wir noch meilenweit entfernt«, gab Fabiola zur Antwort. »Mein Bruder und ich, meine ich«, ergänzte sie ein wenig bedrückt, da ihr die Erwähnung Fabians unwillkürlich einen Stich versetzte. »Wir besuchen jeden zweiten Freitagabend einen Tango-Kurs, den die Tanzschule Wiegand im Festsaal des Hotels Schwan am Steinweg veranstaltet. Unsere Tangolehrer aus Buenos Aires, Senor und Seniora Alvarez, beherrschen den Tanz meisterlich und es ist ein Hochgenuss, ihnen beim Tanzen zuzuschauen. Außerdem haben wir zu Hause mehrere Tango-Schallplatten, die wir gelegentlich auf dem Phonographen abspielen, um die Tanzschritte zu üben, doch in letzter Zeit ist das etwas zu kurz gekommen. Am kommenden Freitag haben wir unsere nächsten Kursstunden – ich habe nur so meine Zweifel, ob Fabian mitkommt, denn momentan gibt es für ihn ja nur seinen Fechtlehrer und sonst gar nichts, wobei wir wieder beim alten Thema wären.« Sie musterte Doktor Rossmann verschmitzt. »Was ich jedoch nicht weiter vertiefen möchte, um Ihnen und mir nicht den Abend zu verderben«, äußerte sie entschlossen und ergab sich wieder ganz dem Hochgefühl, welches sie in Gegenwart des Arztes erfüllte und das sie sich durch nichts und niemanden zunichtemachen ließe, auch von Fabian nicht.

Der Umtrunk in den ganz im zeitgemäßen Jugendstil gehaltenen Räumen eines beliebten Cafés begann sehr vielversprechend mit einem Glas eisgekühlten Feist Cabinet Hochgewächs aus der traditionellen ›Feist-Sektkellerei AG‹ in der Neuen Mainzerstraße, zu dem köstliche Canapés mit Roastbeef, Räucherlachs und Trüffelpastete gereicht wurden.

Obgleich zahlreiche Psychologen, Nervenärzte und Psychiater unter den Gästen waren, denen man nicht umsonst nachsagte, für den einen oder anderen unter ihnen sei das Studium des Seelenlebens nichts anderes als ein großangelegter Weg zur Selbstheilung, war die Stimmung erstaunlich locker.

Was nicht zuletzt am Gastgeber lag, da sich Max Wertheimer, der eine Koryphäe auf seinem Gebiet war, als humorvoller, erfrischend unprätentiöser Zeitgenosse erwies.

Es wurde viel gelacht, gefachsimpelt und zuweilen auch geklatscht, wovon selbst die akademische Welt nicht ganz frei war, und der eine oder andere Kollege konnte es sich nicht verkneifen, Doktor Rossmann mit einer Mischung aus Neid und Bewunderung zuzuraunen, wo er denn die tolle Frau aufgegabelt habe.

Als der Psychiater dann wahrheitsgemäß entgegnete, sie mache bei ihm eine Lehranalyse, gaben die meisten ein »Oha« von sich und verdrehten die Augen.

Gerhard wusste nur allzu gut, was dieses »Oha« zu bedeuten hatte, war er doch dem Zauber der geheimnisvollen Sphinx-

Frau schon längst erlegen – weswegen er sich auch nicht zum ersten Mal einen unprofessionellen Narren schalt.

So einen Tabubruch kannst du dir keinesfalls erlauben, ermahnte sich der gewissenhafte, ehrgeizige Psychiater, dem man in Fachkreisen eine vielversprechende Karriere prognostizierte.

Notfalls wirst du die Lehranalyse abbrechen müssen, sinnierte er mit Blick auf Fabiola, die sich angeregt mit dem jungen Franz Sioli, dem Sohn von Anstaltsleiter Emil Sioli unterhielt, der ebenfalls Psychiater war und in der Psychiatrischen Heil- und Pflegeanstalt in Bonn beschäftigt war.

In ihrem dunkelbraunen Nadelstreifen-Kostüm, dessen Jacke in modischer Strenge den Herren-Jacketts nachempfunden war, sah sie einfach hinreißend aus und Gerhard ergab sich dem Sog, den Fabiola auf ihn ausübte, und trat zu den beiden hin.

Sie sprachen über Freuds Abhandlung zur Dynamik der Übertragung, wie Gerhard mit einer gewissen Belustigung feststellte.

Nicht zum ersten Mal staunte er darüber, wie gut sich Fabiola mit den Schriften Freuds auskannte, was seinen Kenntnissen in nichts nachstand. Gerhard, der schon immer eine Vorliebe für kluge Frauen gehegt hatte, musste sich eingestehen, dass Fabiola sein Vorurteil, schöne Frauen seien im seltensten Fall Intelligenzbestien, Lügen strafte.

»›Wenn die Liebesbedürftigkeit eines Individuums von der Realität nicht restlos befriedigt wird, muss sie sich mit ihren libidinösen Erwartungsvorstellungen jeder neu auftretenden Person zuwenden‹«, zitierte sie Freud wortgetreu und streifte Doktor Rossmann mit einem Lächeln, von dem ihm ganz heiß wurde.

»›Und es ist durchaus wahrscheinlich, dass beide Portionen seiner Libido, die bewusstseinsfähige wie die unbewusste, an dieser Einstellung Anteil hat‹«, beendete er das Zitat.

»Daher ist es auch nach Freuds Dafürhalten völlig normal, wenn die erwartungsvoll bereitgehaltene Libidobesetzung der teilweise Unbefriedigten sich auf die Person des Psychiaters richtet«, warf Franz Sioli ein und sprach in diesem Zusammenhang von einem »Vater-Imago«.

»Es kann genauso gut auch ein ›Bruder-Imago‹ sein«, bemerkte Doktor Rossmann und musterte Fabiola vielsagend.

Sie stand schon im Begriff, darauf etwas Geistreiches zu erwidern, als der Gastgeber gebieterisch in die Hände klatschte und um Ruhe bat, da er die Tango-Musiker aus Buenos Aires herzlich willkommen heißen wolle.

Die Combo, die aus einem Flötisten, einem Geiger, einem Gitarre- und einem Bandoneon-Spieler bestand, stimmte das bekannte melodramatische Lied ›Mi noche triste‹ von Pascual Contursi an und das Publikum, Fabiola nicht ausgenommen, applaudierte begeistert.

Ehe Gerhard sich's versah, verneigte sich Franz Sioli vor Fabiola und forderte sie mit den Worten, »Darf ich bitten«, kurzerhand zum Tanzen auf. Auch andere Paare begaben sich auf die kleine improvisierte Tanzfläche vor der Tango-Gruppe, wo Tische und Stühle beiseite geräumt worden waren, um der Festgesellschaft die Gelegenheit zum Tanz zu bieten.

Gerhard Rossmann nahm sich ein weiteres Glas Sekt vom Tablett des zwischen den Besuchergruppen hindurchgehenden Kellners und leerte es in einem Zug. Dann näherte er sich dem Tanzboden und beobachtete interessiert die tanzenden Paare.

Sein Blick blieb wie gebannt an Fabiola und Franz Sioli hängen, die sich lasziv im Tango-Rhythmus bewegten und dabei engen Körperkontakt hatten. Er betrachtete fasziniert Fabiolas eng geschnittenen Rock, der ihre Rundungen wie eine zweite Haut zu bedecken schien. Ebenso wie die anderen Damen hatte sie ihren extravaganten, wagenradgroßen Hut vor dem Tanzen abgenommen und man sah ihre tizianroten hochgesteckten Haare, was sie nur noch verführerischer und verruchter aussehen ließ.

Besonders kokett war jedoch der lange seitliche Schlitz an ihrem knöchellangen Rock, der Gerhard vorher gar nicht aufgefallen war. Bei den Tangoschritten wurden die wohlgeformten Beine in den schwarzen Seidenstrümpfen sichtbar, an den Füßen trug sie elegante Pumps, die mit einer Ristspange parkettsicher waren und ihre schlanken Fesseln betonten.

Gerhard spürte ein unbändiges Verlangen nach Fabiola in sich aufsteigen, das zu seiner großen Verwunderung gekoppelt war mit der Eifersucht eines Sizilianers, wie er sie so noch nie zuvor bei sich erlebt hatte.

Es wurde immer unerträglicher für ihn, dass ein anderer Mann, der überdies ein guter Tänzer war, mit einer solchen Intimität Fabiolas Körper an sich presste und ihre Hüften sich in beischlafartigen Bewegungen berührten.

Am liebsten hätte er diesen Wüstling geohrfeigt und Satisfaktion von ihm gefordert, auch wenn er der Sohn seines Chefs, und das Duellieren zweier Kontrahenten im modernen 20. Jahrhundert reichlich aus der Mode gekommen war.

Als das Lied zu Ende war und Sioli offensichtlich nicht die Absicht hatte, es bei diesem Tanz bewenden zu lassen, bahnte sich Gerhard entschlossen seinen Weg an den auf der Tanzfläche verharrenden Paaren vorbei, bis er vor Franz und Fabiola angelangt war, wo er kurzerhand in die Hände klatschte und die Dame um Ablösung bat, was ihm von der verblüfften Fabiola auch nicht versagt wurde.

Franz Sioli verabschiedete sich mit einer höflichen Verbeugung von seiner Tanzpartnerin und trollte sich mit säuerlichem Lächeln von der Tanzfläche.

»Ich kann zwar keinen Tango tanzen, aber wir werden das schon hinkriegen«, gab Gerhard, der noch voller Adrenalin steckte, atemlos von sich und umfasste Fabiolas Taille, wie er es auch bei anderen Tänzern beobachtet hatte, als auch schon die ersten Takte des neuen Liedes erklangen.

»Es heißt ›Emancipación‹ und ist ein Lied von Juan ›Pacho‹ Maglio. Als eine Hommage an die Weiblichkeit gewährt es der Tänzerin die Möglichkeit, ihren Partner zu führen, wenn dieser gewillt ist, sich ihrer Führung anzuvertrauen, was für einen echten argentinischen Macho jedoch ein Unding ist, in Paris aber durchaus schon praktiziert wird und als der letzte Schrei im Tango gilt«, raunte sie Gerhard mit kokettem Lächeln zu. »Ich kann Sie führen, wenn Sie möchten ...«

»Da habe ich eine bessere Idee«, erwiderte Doktor Rossmann, »wir wechseln uns mit der Führung ab, Sie fangen an und wenn ich firm genug bin, übernehme ich.«

Bereits nach den ersten Tanzschritten erkannten sie verblüfft, dass sie perfekt miteinander harmonierten. In stiller Übereinkunft warfen sie nach und nach alle Regelsysteme über Bord und tanzten gewissermaßen ihren eigenen Tango. Bewegten sich mit traumwandlerischer Sicherheit, als hätten sie nie etwas anderes getan.

Sie tanzten auch den nächsten Tanz und als sie von der Tanzfläche zurückkehrten, hätten sie nicht zu sagen vermocht, wie lange sie gemeinsam über das Parkett gewirbelt waren. Noch eine ganze Weile standen sie ganz unter dem Zauber des einzigartigen Erlebnisses.

»Lass uns gehen«, flüsterte Gerhard mit kehliger Stimme.

»Unbedingt«, stimmte ihm Fabiola zu und sie folgte Gerhard wie in Trance, der dem Ausgang zustrebte, ohne sich vom Gastgeber oder anderen Bekannten und Kollegen zu verabschieden.

Erstaunlicherweise schien es auch niemandem aufzufallen, dass sie sich einfach so davonstahlen.

Im Auto verschlangen sie einander förmlich in wilden Küssen und bemerkten die zudringlichen Blicke der Passanten gar nicht, bis ein grobschlächtiger Bursche aus einer Gruppe junger Männer keck gegen die Seitenscheibe klopfte und anzügliche Gesten machte.

»Wir können zu mir fahren, das ist ganz in der Nähe, direkt am Grüneburgpark«, schlug Fabiola, die noch ganz außer Atem war, vor.

Gerhard ließ den Motor an und lenkte den Wagen die Bockenheimer Landstraße hinauf in Richtung Palmengarten.

Wenig später waren sie vor dem ›Dornröschenschloss‹ angelangt und strebten schon Arm in Arm auf das Gartentor zu, als vor dem Bürgersteig plötzlich eine Kutsche anhielt. Ein Mann stieg aus und näherte sich ihnen mit ungelenken Schritten.

»Fabian«, stieß Fabiola hervor und musterte ihren Bruder beklommen. »Hast du etwa getrunken?«

»Mitnichten, Schwesterlein, ich hatte nur ein unerwartetes Rendezvous mit Hypnos«, gab Fabian mit schwerer Zunge von sich, geriet unversehens ins Straucheln und torkelte gegen Doktor Rossmann, der ihn auffing und sich ihm höflich als Gerhard Rossmann, Psychiater an der Anstalt für Irre und Epileptische, vorstellte.

»Na, dann kann ja nichts mehr schiefgehen«, erwiderte Fabian spöttisch und erklärte, dass er Fabian von Weyrauch sei.

»Sie müssen wissen – ich bin ein großer Verehrer von Hypnos, dem Gott des Schlafes«, nuschelte er an Doktor Rossmann gewandt, der ihm am runden Mahagonitisch im Salon gegenübersaß, wo ihnen das Dienstmädchen Tee und Konfekt servierte, da Fabiola angesichts von Fabians Verfassung geflissentlich darauf verzichtet hatte, geistige Getränke bringen zu lassen.

»Hypnos ist eine sehr sanftmütige Gottheit, der durch den Schlaf die Hälfte des menschlichen Lebens besitzt. Für mich ist der Schlaf das Vollkommenste in unserer Existenz«, fuhr Fabian mit seinen Erläuterungen fort, wobei ihm immer wieder die Lider zufielen.

»Was in Gottes Namen hast du denn zu dir genommen?«, fragte Fabiola den Bruder angstvoll. »Du bist ja gar nicht mehr richtig bei dir.«

Fabian, der einen Heißhunger auf Süßigkeiten zu haben schien, ignorierte ihre Frage und schob sich stattdessen ein weiteres Petit Four in den Mund, welches er mit schweren Augenlidern und ganz entgegen seiner sonst so tadellosen Manieren, mit vernehmlichem Schmatzen verzehrte. Währenddessen sank ihm der Kopf auf die Schulter und Speichel rann aus seinem Mundwinkel, der vermischt war mit Zuckerguss.

»Bitte Fabian, lass dich doch nicht so gehen«, ermahnte Fabiola den Bruder bestürzt und tupfte ihm mit einer Serviette den Mund ab.

Doktor Rossmann musterte Fabian eindringlich.

»Ich möchte Ihnen ja nicht zu nahetreten, Herr von Weyrauch, aber kann es sein, dass Sie anstelle von Hypnos, ›der liebliche, süße, umhüllende Schlaf, der alles Fesselnde‹, wie ihn Homer in der Illias beschreibt, ein Rendezvous mit Narkos hatten? Mit Verlaub, aber auf mich machen Sie den Eindruck, als ob Sie eine narkotisierende Substanz zu sich genommen hätten.«

Fabian blinzelte ihn aus glasigen Augenschlitzen herablassend an. »Und wenn dem so wäre, würde ich es Ihnen bestimmt nicht auf die Nase binden, denn mit Verlaub, Herr Doktor Rossmann, das geht Sie einen feuchten Kehricht an.«

Er grinste abfällig, als er mit Blick auf Fabiola hinzufügte: »Auch wenn Sie der neue Stecher meiner Schwester sind.«

Fabiola, die vor Empörung aufgesprungen und nicht weit davon entfernt war, ihm für diese unverschämte Bemerkung eine Ohrfeige zu verpassen, hätte es ihr nicht das Herz gebrochen, den geliebten Bruder zu züchtigen, fauchte ihn mit Tränen in den Augen an, was er sich unterstehe.

Auch Doktor Rossmann war zutiefst beleidigt. »Das muss ich mir nicht bieten lassen«, erklärte er und erhob sich ebenfalls von seinem Stuhl.

Fabian, der einsah, dass er zu weit gegangen war, reichte Gerhard und Fabiola versöhnlich die Hand und bat sie in aller Form um Entschuldigung.

»Bitte bleiben Sie doch noch, Herr Doktor Rossmann«, bat er den Psychiater entgegenkommend. »Ich freue mich so sehr, endlich den famosen Nervenarzt kennenzulernen, von dem meine Schwester nur in den höchsten Tönen spricht – das darf ich doch verraten, Schwesterlein«, äußerte er mit einer Liebenswürdigkeit, der weder Gerhard noch Fabiola widerstehen konnten.

Daher ließen sie sich wieder auf ihren Plätzen nieder, anfangs noch schweigsam auf das weiße Tischtuch mit den eingewebten Schwanenmotiven blickend, kam das Gespräch langsam wieder in Gang und die Stimmung wurde zunehmend besser.

Vielleicht lag es an seinem schlechten Gewissen, oder auch, da ihm der stattliche Mann mit dem feingeschnittenen Gelehrtengesicht immer sympathischer wurde, jedenfalls bekannte Fabian offen, was er am Abend zu sich genommen habe.

»Es handelt sich um ein noch recht neues Medikament der Firma Beyer mit dem klangvollen Namen Heroin. Die Bezeichnung trägt dieses grandiose Wundermittel zu Recht. Wenngleich ich es bereits vor etlichen Stunden zu mir genommen habe, fühle ich mich noch immer so wundersam erquickt und erhaben. Ich liebe das Heroin, weil es mich mit Hypnos vereint, der einzigen Gottheit, die ich anerkenne«, bekannte er glückstrahlend.

Die Miene von Doktor Rossmann verdüsterte sich, auch Fabiola konnte ihre Besorgnis kaum verhehlen.

»Hast du es von deinem neuen Fechtlehrer bekommen?«

Fabian nickte.

»Wie haben Sie es denn zu sich genommen?«, erkundigte sich Gerhard ernst, »oral, oder wurde es Ihnen intravenös verabreicht?«

Fabian zögerte kurz mit der Antwort. »Ich habe doch so eine schlimme Furcht vor Spritzen, daher tat ich mir anfangs etwas schwer damit, dieses Experiment zu wagen« erläuterte er verlegen. »Zumal mir mein Mentor unmissverständlich klar gemacht hat, dass die Wirkung des Medikaments oral lange nicht so intensiv sei wie bei der intravenösen Injektion. Es sei doch nur ein winzig kleiner Einstich – welcher mich in die unendlichen Weiten des Universums katapultiere, argumentierte er, und da ich diesem vortrefflichen Mann blind vertraue, ließ ich mir von ihm schließlich eine Spritze zurechtmachen. Außerdem war ich ganz neugierig auf das Heroin und wollte es unbedingt kennenlernen«, ließ Fabian Fabiola und Gerhard wissen, die ihm angespannt zuhörten.

»Der Captain versicherte mir noch einmal, dass ich es nicht bereuen würde und gab mir nur die halbe Dosis von dem, was üblicherweise injiziert wird.«

Fabian gab ein tiefes Seufzen von sich.

»So ein tiefes inneres Glücksgefühl habe ich noch nie zuvor empfunden, glauben Sie mir«, wandte er sich an Doktor Rossmann und seine Augen mit den stecknadelkopfgroßen Pupillen glänzten ergriffen.

»Sie werden das Gefühl nie wieder missen wollen, wenn Sie es einmal erlebt haben, dessen können Sie sich gewiss sein – es ist wie ein sexueller Höhepunkt, nur ungleich schöner.«

Er legte seiner Schwester, die ihn verstört anblickte, beschwichtigend die Hand auf den Arm.

»Das musst du unbedingt mal ausprobieren, Schwesterlein. Du spürst ein scharfes Brennen in der Armbeuge und schon im nächsten Moment durchdringt dich ein so intensives, ungeahntes Entzücken, dass du glaubst zu vergehen«, schwärmte er begeistert.

»Ich habe schon Werbeanzeigen über Heroin in den Schaufenstern von Apotheken gesehen«, äußerte Fabiola nachdenklich. »Dort wurde es als ein oral einzunehmendes Schmerz- und Hustenmittel vermarktet.«

»Es fand auch Anwendung bei etwa 40 weiteren Indikationen, wie Bluthochdruck, Lungenerkrankungen, Herzerkrankungen, zur Geburts- und Narkoseeinleitung, und als ein ›nicht süchtig machendes Medikament gegen die Entzugssymptome des Morphins und Opiums‹«, bemerkte Doktor Rossmann zurückhaltend, und schien Fabians Begeisterung für das Heroin nicht zu teilen.

»Als mögliche Nebenwirkungen wurden lediglich leichte Verstopfung und eine vorübergehende sexuelle Lustlosigkeit beschrieben, weshalb das Medikament von der Ärzteschaft und den Patienten zunächst recht positiv aufgenommen wurde. 1904 wurde allerdings erkannt, dass Heroin, genau wie Morphin, zur schnellen Gewöhnung und Abhängigkeit führt. Zwar warnten etliche Ärzte, dass ihm das gleiche Abhängigkeitspotenzial wie Morphin innewohne, diese wurden jedoch von der geschäftstüchtigen Vermarktung der Arzneimittelfirma Beyer überrollt und da die orale Darreichungsform zu einer deutlich verzögerten und schwächeren Abhängigkeit führte, gab es damals noch keine breiten Fronten gegen das Opioid. Als jedoch mehr und mehr durchsickerte, dass gerauchtes oder intravenös gespritztes Heroin eine stärkere Wirkung hatte, stiegen viele Morphinabhängige auf das leicht erhältliche Heroin um und die Zahl der Abhängigen steigt bis heute unaufhörlich an. Auch in der Frankfurter Anstalt für Irre und Epileptische und unserer Dependance in Friedrichsdorf-Köppern haben wir immer häufiger Heroinsüchtige, die in einem jämmerlichen Zustand sind. Eine Entziehungskur vom Heroin ist weitaus langwieriger und problematischer als bei der Alkoholabhängigkeit. Die armen Teufel gehen im Entzugsdelirium förmlich die Wände hoch, ihre Schreie sind ähnlich wie bei den Tobsüchtigen, nur noch lauter und verzweifelter. Ein Patient hat mir gegenüber einmal bekannt, es gäbe nichts, wovor er zurückschrecke, um seine Heroinsucht zu befriedigen. Um an das nötige Geld zu kommen, würde er sogar die eigene Großmutter umbringen, wenn es nötig wäre.«

Er blickte Fabian offen an. »Von daher kann ich Ihnen als Arzt und Psychiater nur dringend raten, die Finger von diesem vermeintlichen Wundermittel zu lassen, bei dem es sich in Wahrheit um ein Teufelszeug handelt, das Menschen zu Wracks macht, die bar jeglichen Skrupels, Anstands und Mitgefühls sind. – Und wer Ihnen so etwas verabreicht, der meint es nicht gut mit Ihnen, glauben Sie mir das.«

Fabian, der eben noch offen und mitteilsam war, wurde schlagartig wieder verschlossen wie eine Perlenauster, die durch nichts zu bewegen war, ihr Innerstes preiszugeben.

Abrupt erhob er sich, wünschte dem Psychiater und seiner Schwester mit kühler Förmlichkeit eine gute Nacht und zog sich in sein Zimmer zurück.

Bei Fabiola und Gerhard war längst wieder Ernüchterung eingekehrt, sie saßen noch eine Weile zusammen und sprachen über Fabian und den unheilvollen Einfluss, unter dem er neuerdings stand.

»Er ist diesem Captain absolut verfallen, das grenzt schon an Hörigkeit«, sagte Fabiola bekümmert.

»Hörigkeit hat immer eine starke sexuelle Note, das würde ja bedeuten, dass er zu seinem Fechtlehrer ein sexuelles Verhältnis hat.« Gerhard musterte Fabiola erstaunt. »Du hast mir nie gesagt, dass dein Bruder homosexuell ist.«

»Das war mir auch selber nie so explizit bewusst. Bislang hatte er weder mit Frauen noch mit Männern irgendwelche Affären, er liebte und vergötterte mich, seine Schwester, auf eine rein platonische Art. Außerdem bewunderte und verehrte Fabian verschiedene Maler und Schriftsteller, doch mir wäre nie in den Sinn gekommen, dass das homoerotische Züge hat«, äußerte Fabiola nachdenklich und musste unversehens lachen. »Aber wie sehr man sich diesbezüglich täuschen kann, habe ich ja an mir selber gesehen. Ich bin stets davon ausgegangen, dass mich die platonische Zuneigung zu meinem Bruder und meine geistige Arbeit vollkommen ausfüllen – welch ein Trugschluss.«

Sie lächelte anzüglich und schenkte duftenden Jasmin-Tee in die beiden Teetassen aus hauchdünnem chinesischem Porzellan.

Zügelloses Begehren flackerte in ihren Augen auf, als sich ihre Blicke trafen.

»Es ist die reinste Obsession, ich kann es kaum noch ertragen«, entrang es sich Fabiola mit bebender Stimme.

»Das geht mir genauso ... Ich bin wie besessen von dir«, gestand Gerhard, der kaum noch an sich halten konnte, doch im nächsten Moment obsiegte seine Vernunft.

»Darüber sollten wir morgen ausgiebig sprechen, ehe wir die Lehranalyse offiziell beenden, wie die eiserne Regel lautet, wenn sich Psychiater und Patientin ineinander verlieben.«

Obgleich es ihm sichtlich schwerfiel, ließ Gerhard Fabiola wissen, er mache sich langsam auf den Heimweg.

»Ich bringe dich zur Tür«, erbot sich Fabiola.

Zum Abschied dankte sie Gerhard noch einmal für den wunderbaren Abend, als er sie unversehens in seine Arme zog und mit einer Leidenschaft küsste, dass ihr die Sinne schwanden.

KAPITEL 8

Herr von Weyrauch hat es gestern Abend persönlich vorbeigebracht, er war in Begleitung eines gewissen Herrn Höpfs, der von ihm ja bereits bevollmächtigt wurde, den Verkauf seiner Kunstgegenstände und Möbel mit uns abzuwickeln. Wir haben Höpf für den gesamten Posten einen Scheck von 8.000 Goldmark übergeben«, erläuterte Ludwig Bangel, der in dem renommierten Kunstauktionshaus Rudolf Bangel in der Kaiserstraße 66 für die Finanzen zuständig war, seinem Vater und dem jüngeren Bruder Adolf.

Die drei Herren waren zur Begutachtung in einen der beiden Oberlichtsäle gegangen, um eine optimale Sicht zu erhalten. Das goldgerahmte Gemälde stand vor ihnen auf einer Staffelei.

Der studierte Kunsthistoriker Adolf Bangel trat an das Bild heran und referierte in sachlichem Tonfall: »Es handelt sich hierbei um das Gemälde mit dem Originaltitel ›L'encens‹, auf Deutsch ›Weihrauch‹, des belgischen Malers Fernand Khnopff aus dem Jahre 1898, welches im gleichen Jahr in der Secession in Wien ausgestellt wurde. Die weibliche Figur, die in der linken Hand einen fragil wirkenden Kelch mit langem Stiel hält und die von einer runden Kreisform umschlossen ist, die als Heiligenschein gedeutet werden kann, ist wie fast alle Figuren Khnopffs in ein hochgeschlossenes Gewand gehüllt. Es versinnbildlicht die absolute Keuschheit und Versenkung in eine ideale, geistig höhere Welt. Die Gestalt trägt ein kostbares Seidengewand mit Brokatmuster. Der Schauplatz des Gemäldes ist die Liebfrauenkirche in Brügge, wie der Kerzenhalter in der rechten oberen Ecke verrät. Der hohe Grad an Realismus erinnert an die Werke der flämischen Künstler des 15. Jahrhunderts. Wie auf den meisten seiner Werke posierte auch hier Khnopffs Schwester Marguerite.«

Der junge Mann mit den Geheimratsecken und der Nickelbrille nahm einen Papierbogen vom Tisch, auf den ein vergilbter Zeitungsartikel geklebt war. »Aus meinem Privatarchiv«, erklärte er und um den schmallippigen Mund spielte ein feines Lächeln.

»Der Kunstkritiker Ludwig Hevesi schrieb am 8. Dezember 1898 in der Wiener Zeitung folgendes über dieses Bild: ›Auch hier Allegorie, aber entsinnlicht, für Eingeweihte des letzten Grades sublimiert. Was will die hohe Dame in den alt gestickten Gewändern, die in hoher Kirchenhalle sitzend mit so unentwirrbarem Lächeln ein kristallenes Reliquiar betrachtet? Wir sind nicht würdig, es zu erfahren. ›Deo Die‹ steht oben geschrieben; dem Gott des Gottes. Ein Worträtsel als Erklärung des Bildrätsels. Und dennoch kann man nicht vorüber; es bannt und bindet. Von Khnopffscher Zeichenkunst, wie sie leise an Farbe anklingt, ist dieses Stück das Äußerste.‹«

»Danke, Adolf, dann kommen wir jetzt wieder zum geschäftlichen Teil«, instruierte der erfahrene Kunstauktionator Rudolf Bangel seine Söhne.

»Herr von Weyrauch hat ausdrücklich betont, dass er das Werk nicht verkaufen, sondern lediglich beleihen möchte. Er hänge sehr an dem Gemälde und trenne sich nur ungern von ihm. Es habe seinerzeit 5.000 Goldmark gekostet und für diesen Betrag würde er es auch gerne verpfänden.«

»3.000 – mehr kriegen wir nicht dafür, wenn wir es versteigern müssen. Es ist zwar ein symbolistisches Gemälde, die momentan sehr in Mode sind, wirkt aber so keusch und religiös und derzeit ist dank Sigmund Freud und dem Tango eher der Sexsymbolismus angesagt«, äußerte der Finanzfachmann abgeklärt.

»Soweit ich weiß, haben wir für die Statuen von Herrn von Weyrauch schon 2.000 Goldmark erzielt. Er ist ein guter Kunde und zurzeit offenbar etwas illiquide, daher sollten wir ihn uns in jedem Fall gewogen halten, wer weiß, was er uns noch für schöne Dinge anbietet. Deswegen plädiere ich für 4.000.«

Das Familienoberhaupt hatte wie immer das letzte Wort, dem sich die Söhne fügten.

*

Als Gerhard und Fabiola am Donnerstagnachmittag das Vorzimmer des Anstaltsleiters Emil Sioli betraten, fühlten sie sich mehr als beklommen, ihm bezüglich der gravierenden Veränderungen, die einen Abbruch der Lehranalyse vonnöten machten, reinen Wein einzuschenken. Während ihnen die Vorzimmerdame Fräulein Schmied verkündete, der Chef sei nicht da, verschaffte ihnen das fast schon eine gewisse Erleichterung.

»Der Herr Direktor ist mit Patienten im Park unterwegs, Herbstblätter sammeln«, fügte die ältere Dame mit dem grauen Haarknoten lächelnd hinzu.

»Sie können natürlich gerne auf ihn warten, aber das kann unter Umständen noch etwas dauern, weil der Herr Direktor sich gerne Zeit für die Kranken nimmt. Sie wissen ja, wie er ist, Herr Doktor Rossmann, für seine Patienten ist ihm nichts zu viel«, fuhr die Sekretärin fort, die seit der Anstaltsgründung im Jahre 1888 mit großer Umsicht das Vorzimmer des Anstaltsleiters betreute und gewissermaßen mit ihrem Chef alt geworden war.

»Ach, ich denke ein wenig frische Luft kann auch uns nicht schaden«, erklärte Gerhard mit verschwörerischem Blick auf Fabiola und sie begaben sich hinunter in den weitläufigen Anstaltspark.

»Peinlich ist mir das schon, ihm das mit uns beichten zu müssen, aber ich bin auch glücklich wie ein Kind, dass es so gekommen ist«, sagte Gerhard mit verliebtem Blick auf Fabiola.

»Ich bin unendlich froh, dass wir uns gefunden haben«, bekundete sie mit seligem Lächeln.

Nach einem kurzen Telefonat am Vormittag waren sie übereingekommen, die Unterredung mit dem Anstaltsleiter bereits am heutigen Nachmittag zu führen, um auch für sich selber Klarheit zu schaffen, was zudem beinhaltete, Farbe zu bekennen für das, was sie füreinander empfanden.

Als sie über den weißgekiesten Parkweg liefen, vorbei an den hohen alten Bäumen, die ihr Laub größtenteils schon abgelegt hatten und den ganz eigenen Duft des Spätherbstes nach Erde, Blättern und vergorenen Früchten in sich einsogen, hielten sie sich an den Händen wie zwei furchtsame Kinder.

Doch das Glück, welches sie beseelte, erfüllte sie auch mit der Zuversicht, dass alles richtig war, was sie taten.

Nach der nächten Wegbiegung sahen sie den Anstaltsleiter und die kleine Patientengruppe, die bunte Laubsträuße in den Händen hielten und viel zu vertieft waren, um das ihnen entgegenkommende Paar zu bemerken.

Beim Anblick des Direktors lösten sich unwillkürlich ihre Hände voneinander, was alleine dem Respekt geschuldet war, den Gerhard und Fabiola für Doktor Sioli empfanden.

Durch seine Reformen hatte Emil Sioli, ähnlich wie sein Vorgänger Heinrich Hoffmann, in der Frankfurter Anstalt für Irre und Epileptische neue Wege im Bereich der klinischen

Psychiatrie eingeschlagen: Anstatt die Kranken in ihre Zellen einzusperren und in Zwangsjacken zu stecken, spazierte Sioli mit ihnen durch den Park und zeigte so, wie man mit Güte und Geduld, ohne Zwangsmittel, eine bessere Behandlung erzielte.

Selbst die schwierigsten Patienten liebten ihn, für nicht wenige der Kranken war er wie ein Vater, manche sprachen ihn sogar so an, worin er sie ohne ermahnende Belehrungen gewähren ließ.

Auch bei der Ärzteschaft und dem Klinikpersonal war der Anstaltsleiter überaus beliebt, was voll und ganz auf Gerhard zutraf, der stolz war, unter Siolis Leitung zu arbeiten.

Als der grauhaarige Herr mit dem Vollbart Gerhard und Fabiola bemerkte, winkte er ihnen freundlich zu.

»Guten Tag, Chef«, grüßte Gerhard seinen Vorgesetzten ehrerbietig und wies auf Fabiola, die es ihm gleichtat. »Wir hätten etwas mit Ihnen zu bereden, selbstverständlich möchten wir Sie nicht hier damit behelligen, sondern nur erfragen, wann Sie für uns Zeit hätten?«

Der erfahrene Psychiater und Menschenkenner musterte die beiden mit einem versonnenen Lächeln.

»Von mir aus können wir das gleich machen – und ich kann mir auch denken, um was es geht, denn das steht Ihnen beiden ja förmlich ins Gesicht geschrieben«, konstatierte er unverblümt.

Fabiola und Gerhard blickten ihn verwundert an.

»Äh, was meinen Sie denn, Herr Direktor?«, fragte Gerhard perplex.

Der Anstaltsleiter gab ein trockenes Auflachen von sich. »Na, dass Sie verliebt bis über beide Ohren sind, wenn ich das mal so flapsig sagen darf. Das hat man Ihnen doch schon gestern

Abend beim Tanzen angesehen. Da müsste man ja mit Blindheit geschlagen sein, um das nicht zu bemerken.«

Während Gerhard verlegen hüstelte, errötete Fabiola bis zum Haaransatz.

»Peinlich«, gab Gerhard gepresst von sich. »Das ist mir sehr unangenehm, da werden sich die Kollegen ja ihren Teil denken.«

Sioli lächelte verschmitzt. »Das werden sie mit Sicherheit, aber das braucht Ihnen doch nicht peinlich zu sein. Vor Amors Pfeil ist eben niemand gefeit, auch ein aufstrebender junger Psychiater und eine angehende Psychiaterin nicht.«

»Gut, wenn Sie es denn schon wissen, Chef, dann muss ich ja nicht weiter ausschweifen. Nur so viel: Frau Doktor von Weyrauch und ich lieben einander und deswegen können wir die Lehranalyse nicht mehr fortsetzen.«

Die meisten der Patienten waren viel zu sehr vom Laubaufsammeln in Anspruch genommen, um von dem Gespräch, welches überdies in gedämpfter Lautstärke geführt wurde, größere Notiz zu nehmen.

Lediglich ein an Spaltungsirresein erkrankter Mann starrte Gerhard und Fabiola unentwegt an, um schließlich mit der Frage an sie herauszuplatzen, ob sie verheiratet seien.

»So gut wie«, antwortete Gerhard und musste unwillkürlich grinsen.

»Gibt es denn für mich eine andere Möglichkeit, Herr Direktor Sioli, die Lehranalyse fortzuführen, das wäre mir sehr wichtig?«, wandte sich Fabiola an den Anstaltsleiter. »Wie Sie wissen, ist die Lehranalyse ja eine Grundvoraussetzung für mich, um Psychiaterin zu werden.«

Der Direktor betrachtete Fabiola verständnisvoll.

»Ich weiß, wie viel Ihnen die Psychiatrie bedeutet und mir ist auch bekannt, dass Sie Ihre Dissertation mit Summa cum laude abgeschlossen haben – ebenso wie Doktor Rossmann. In unserer Anstalt in Frankfurt ist er der einzige Psychiater, der eine Psychoanalyse durchführen kann, aber es gibt in unserer Dependance in Köppern im Taunus einen Kollegen, der in der Lage ist, diese neue Therapieform anzuwenden. Er heißt Alfred Gans und hat gemeinsam mit mir die ›Agricole Colonie‹ im Köpperner Tal ins Leben gerufen, die seinerzeit dem Zweck diente, die überfüllte Frankfurter Irrenanstalt zu entlasten und vor allem Alkoholiker sowie leichte Fälle von Geisteskrankheit aufnehmen. Wenn Sie möchten, können wir ihn nachher in meinem Büro anrufen und Sie können schon Termine für die nächsten Sitzungen mit ihm ausmachen. Allerdings werden Sie dann wohl nach Köppern fahren müssen. Das ist rund 30 Kilometer von Frankfurt entfernt. Mit dem Automobil sind Sie in etwa einer Stunde da.« Der Direktor sah Fabiola nachdenklich an und schien eine Eingebung zu haben.

»Da fällt mir ein, Sie treten ja im Januar nächsten Jahres Ihre Psychiatrische Facharztausbildung bei uns an – so war es zumindest zwischen uns vereinbart, wenn ich mich recht erinnere«, er blickte Fabiola fragend an.

Diese nickte beklommen. »Hat sich daran etwas geändert ... Ich meine ... wegen der jüngsten Vorkommnisse?«

Sie schaute Doktor Sioli alarmiert an, da sie schon fürchtete, ihre Stelle nicht mehr antreten zu können, weil sie mit einem der Anstaltspsychiater eine Liebesbeziehung eingegangen war.

»Nein, keine Sorge«, wiegelte der Anstaltsleiter ab. »Es ist nur, weil wir in der Köpperner Anstalt dringend ärztliches Personal benötigen. Deswegen überlege ich gerade, ob Sie nicht dort Ihre zwei Jahre als Assistenzärztin absolvieren könnten. Sie müssten dann auch nicht mehr bis Januar warten, sondern könnten schon im Dezember anfangen – vorausgesetzt natürlich, das wäre Ihnen recht?«

Fabiolas Augen strahlten vor Freude. »Das wäre fantastisch, Herr Direktor Sioli. Danke für dieses wunderbare Angebot«, äußerte sie begeistert. »Ich kenne zwar die Anstalt in Köppern noch nicht, aber wenn ich demnächst dort meine Lehranalyse fortführe, kann ich mir ja schon erste Eindrücke verschaffen. Ich kann es gar nicht mehr erwarten, am liebsten würde ich gleich dorthin fahren.«

»Dann machen Sie das doch, ich sage Doktor Gans Bescheid, dass Sie kommen, dann können Sie mit ihm auch alles weitere persönlich besprechen«, schlug der Anstaltsleiter vor und klopfte Fabiola jovial auf die Schulter.

Ihm gefiel die Bescheidenheit der 24-Jährigen, die weder ihren glänzenden Promotionsabschluss noch den Reichtum ihrer Familie an die große Glocke hängte und keinerlei Sonderbehandlung für sich in Anspruch nahm, obgleich die Familie Weyrauch mit ihrer großzügigen Spende dazu beigetragen hatte, dass die Frankfurter Anstalt für Irre und Epileptische überhaupt ins Leben gerufen werden konnte. Hinzu kam noch das kostspielige Honorar für Fabiolas Lehranalyse, die der Klinik und ihrer Dependance in Köppern zu Gute kamen.

Eine Sitzung kostete 15 Goldmark, was bei rund 160 Sitzungen pro Jahr den stolzen Betrag von 2.400 Goldmark betrug. Bei 600 Lehranalysestunden, die von einem angehenden Psychoanalytiker absolviert werden mussten, belief sich das auf insgesamt 9.000 Goldmark, was etwa dem Jahresgehalt von zwei Oberärzten entsprach.

Doktor Sioli schlug vor, langsam zur Klinik zurückzukehren und konnte schließlich auch diejenigen seiner Patienten überzeugen, die gerne noch draußen geblieben wären, indem er ihnen einen heißen Kakao im Aufenthaltsraum versprach.

Unterwegs erzählte er Gerhard und Fabiola von der Anstalt in Köppern.

»Die Patienten haben dort die Gelegenheit, in der Landwirtschaft mitzuarbeiten, was außerdem der Selbstversorgung dient. Der Aufenthalt an der frischen Luft und die Strukturierung des Tagesablaufs durch körperliche Arbeit haben einen sehr heilsamen Einfluss auf die Kranken. Am Wochenende bieten wir ihnen als Ausgleich verschiedene Zerstreuungen an, wie Wanderungen, Ausflüge, auch Konzert- und Museumsbesuche.«

»Ich freue mich schon riesig, dort anfangen zu können, Herr Direktor«, bekundete Fabiola bewegt und konnte ihr Glück kaum fassen.

Als sie sich vor dem Portal von Gerhard und Doktor Sioli verabschiedete und ihrer Kutsche zustrebte, hatte sie das erhebende Gefühl, auf Wolken zu schweben.

KAPITEL 9

Es fing bereits an zu dämmern, als Oberarzt Doktor Gans Fabiola den Vorschlag machte, sie über das Gelände zu führen und ihr die verschiedenen Patientengebäude zu zeigen.

Zuvor hatten sie sich bei Tee und Gebäck angeregt unterhalten und für die nächste Woche zwei Sitzungen vereinbart. Fabiola war der Psychiater mit der Nickelbrille, der so um die 60 sein mochte und sie mit dem kurzen Stoppelhaar und dem gestutzten Schnauzbart an den Schweizer Psychiater Carl Gustav Jung erinnerte, auf Anhieb sympathisch.

Die ersten Laternen gingen bereits an, als sie aus dem Hauptgebäude traten, von dem ein steiler Fußweg zu einer Anhöhe führte, auf der zwei Fachwerkbaracken zu sehen waren.

Als sie oben angekommen waren, hielten sie kurz inne, um ein wenig zu verschnaufen.

»Von hier aus hat man einen guten Ausblick auf das Köpperner Tal mit dem Erlenbach. Da die Frankfurter Anstalt für Irre und Epileptische, die ursprünglich für etwa 200 Patienten konzipiert war und im Jahre 1901 nahezu 1.000 Kranke beherbergte, voll bis unters Dach war, erwarb die Stadt Frankfurt am 1. April 1901 die Hüttenmühle im Köpperner Tal mit 31 Hektar Land, zur Errichtung einer Klinik. Kurz hinter der Brücke befindet sich das heutige Hauptgebäude, wo wir hergekommen sind. In den zwei unteren Stockwerken sind Nervenkranke und Epileptiker untergebracht und im dritten Stockwerk die ruhigen Fälle, wie Schwermütige, Demenzkranke und Patienten, die unter dem Spannungsirresein leiden.«

Er wies auf die beiden Fachwerkbaracken. »Diese beiden Gebäude wurden für alkoholkranke Patienten errichtet, am Anfang waren es gerade einmal sieben, bis 1906 stieg die Zahl auf 39 und heute haben wir, die Frauen mitgerechnet, so um die 50. Die Zahl ist schwankend, zum Jahresende, wenn Weihnachten und Silvester vor der Tür stehen, sind wir immer zum Bersten voll, da trinken die Leute besonders viel und wenn sie nicht mehr aus und ein wissen, kommen sie zu uns. Die Therapie ist freiwillig, wer allerdings rückfällig wird, oder abbricht, dem droht beim nächsten Mal die Rückverlegung in das Frankfurter Stammhaus, wo Alkoholiker und andere Suchtkranke auf geschlossenen Stationen verwahrt werden, während den Patienten im Waldkrankenhaus Köppern weitgehende Freiheiten gestattet sind. So gibt es in der gesamten Anstalt keine Fenstergitter und die Kranken dürfen sich frei in der Umgebung bewegen, was anfänglich zu großen Befürchtungen bei den Köpperner Anwohnern geführt hat. – Das hat sich aber Gottlob inzwischen weitestgehend zerstreut, da es keine gravierenden Vorkommnisse gab – außer einigen Selbstmordkandidaten, die sich vor die an Köppern vorbeifahrende Taunusbahn geworfen haben.«

Doktor Gans zuckte bedauernd die Achseln und äußerte angesichts Fabiolas betroffener Miene, das käme leider immer wieder vor, dass ein Patient den Freitod wähle, da es für die Kranken mitunter überaus quälend sei, geisteskrank zu sein, dem Fabiola nur zustimmen konnte.

»Ich habe mein praktisches Jahr in der Psychiatrischen Klinik in Gießen absolviert, daher ist mir das Phänomen der Selbsttötung vertraut, was aber nicht bedeutet, dass es mich nicht mehr erschüttern kann. Ganz im Gegenteil, es ist zutiefst traurig, wenn ein Mensch seinem Leben ein Ende bereitet, da es so ein tragischer, endgültiger Schritt ist, häufig ein Akt purer Verzweiflung, den man möglicherweise mit einem offenen Gespräch, oder einem Quäntchen Menschlichkeit und Herzensgüte hätte verhindern können.«

»Da kann ich Ihnen nur zustimmen, verehrte Frau Kollegin, und das sollte sich ein Psychiater auch unbedingt den Kranken gegenüber erhalten, denn sonst ist er in einer Irrenanstalt fehl am Platz.«

Mit Fabiola im Schlepptau ging Doktor Gans auf eine der Baracken zu und öffnete die Tür. Auf dem Flur befanden sich einige männliche Patienten und ein stämmiger Pfleger, der mit einem Medikamententablett von Tür zu Tür eilte und die Eintretenden höflich grüßte.

»Frau Doktor von Weyrauch, die im Dezember bei uns als Assistenz-Psychiaterin anfangen wird – Oberpfleger Otto Fischbach, der schon seit dem Gründungsjahr 1901 bei uns seinen Dienst versieht«, machte Doktor Gans Fabiola und den Pfleger miteinander bekannt.

»Sehr erfreut«, bekundete Fabiola und erkundigte sich bei dem Oberpfleger interessiert, welche Medikation die Patienten während der Entwöhnungskur erhalten würden.

»In den ersten fünf bis sechs Tagen des Entzugs bekommen die harten Trinker zur Beruhigung Kaliumbromid-Tropfen, um den Tremor abzumildern und Krampfanfällen vorzubeugen. In dieser kritischen Zeit sind die Kranken in Wachsälen untergebracht, wo sie regelmäßig überprüft werden. Wenn Sie möchten, kann ich Ihnen so einen Wachsaal zeigen«, schlug der Mann mit dem muskulösen Oberkörper vor.

»Sehr gerne«, erwiderte Fabiola und folgte dem Pfleger gemeinsam mit dem Oberarzt bis zum Ende des langgezogenen Flurs, wo sie einen großen Raum mit weißgekalkten Wänden betraten, in dem sich ein Dutzend Krankenbetten befand, die jedoch nicht voll belegt waren.

Acht Männer mit aschfahlen, schweißüberströmten Gesichtern, die den Eintretenden mit gehetzten Blicken entgegen stierten, lagen in den Betten. Doktor Gans grüßte die Insassen freundlich und sprach den Patienten, die größtenteils in einem jämmerlichen Zustand waren, Mut zu.

»Wenn die Krisis erst überstanden ist, wird es Ihnen von Tag zu Tag besser gehen, bleiben Sie weiterhin so tapfer, meine Herren, Sie sind auf einem guten Weg«, richtete der erfahrene Psychiater begütigend das Wort an die Kranken, denen es offenbar viel zu schlecht ging, um irgendetwas darauf zu erwidern.

Unversehens erklang aus der Ecke des Wachsaals ein panischer Schrei, der alle zusammenschrecken ließ.

»Haut ab, ihr verfluchten Biester!«, schrie der ausgemergelte Mann mit den strähnigen, schweißverklebten Haaren mit schriller Stimme.

»Herr Jäger war schon häufiger bei uns, er leidet momentan unter einem schweren Trockendelir«, erklärte der Pfleger mit gedämpfter Stimme an die Ärzte gewandt und eilte zu dem Patienten hin, der ihn vom Bett aus mit schreckensgeweiteten Augen anstarrte und sich angstvoll die Decke bis über die Nase gezogen hatte.

»Tu sie weg, Otto, tu sie weg, die ekelhaften Kellerasseln, die aus allen Ritzen kriechen«, flehte er panisch den Pfleger an.

»Da ist überhaupt nichts, Fritz«, erklärte der Pfleger beschwichtigend und tupfte dem Patienten die Schweißperlen von der Stirn. Anschließend träufelte er ihm ein Sedativum ins Wasserglas und half ihm beim Trinken. »Gleich wird es besser, jetzt schläfst du erst mal und in ein paar Tagen sieht die Welt schon ganz anders aus«, beschwichtigte er den Kranken, der sich nach der Medikamentengabe allmählich beruhigte.

»Emil Sioli, mein guter Freund Alois Alzheimer und ich haben in der Behandlung unserer Patienten von Anfang an auf jegliche Zwangsmittel, wie Zwangsjacken, Fixierung und Zwangsfütterungen verzichtet, selbst bei den Unruhigen und Tobsüchtigen«, erläuterte Doktor Gans seiner jungen Kollegin. »Stattdessen wurde in großen Wachsälen die Bettbehandlung der Kranken eingeführt, später die Therapie besonders unruhiger Patienten durch wärmende Dauerbäder, deren Wassertemperatur vom Personal überwacht wurde.«

»Was für ein Mensch ist Alois Alzheimer eigentlich? Ich habe ihn unlängst bei der Antrittsvorlesung von Max Wertheimer in Frankfurt gesehen«, wandte sich Fabiola an den Oberarzt.

»Ein Mensch, der nur für seine Arbeit lebt«, entgegnete Doktor Gans mit wehmütigem Lächeln. »Kurz vor der Anstaltsgründung in Köppern starb seine geliebte Frau Cecilie, darüber ist Alois nie richtig hinweggekommen. Um seinen Kummer zu bewältigen, stürzte er sich in die Arbeit. Im November 1901 begegnete er seiner Patientin Auguste Deter, die unter der Krankheit des Vergessens litt, einer Erkrankung des Gehirns, der progredienten Demenz, deren Beschreibung ihn später zum Namensgeber des Morbus Alzheimer machen sollte. Letztes Jahr übernahm Alois die Nachfolge Karl Bonhoeffers als ordentlicher Professor an der Friedrich-Wilhelm-Universität in Berlin und ist gleichzeitig auch Direktor der Königlich Psychiatrischen und Nervenklinik.«

»Eine Lichtgestalt für die Menschheit«, äußerte Fabiola mit tiefer Bewunderung.

Nachdem Doktor Gans und Fabiola den Patienten gute Besserung gewünscht und sich von ihnen und dem Pfleger verabschiedet hatten, verließen sie die Fachwerkbaracke und wandten sich der gegenüberliegenden zu, wo weibliche Alkoholkranke untergebracht waren.

Da es bereits stockdunkel geworden war, schlug der Oberarzt vor, die weitere Besichtigung einstweilen zu verschieben. »Zumal es noch insgesamt sechs weitere Häuser sind, die ich Ihnen zeigen möchte, vier Häuser für Geisteskranke und zwei räumlich getrennte Häuser für Nervenkranke. Und dann haben wir noch ein Verwaltungsgebäude und ein Wohnheim für das Personal, wo Sie zum Dienstantritt auch ein Zimmer zugewiesen bekommen, liebe Frau Kollegin«, erläuterte er humorvoll. »Das machen wir dann alles nach und nach, wenn Sie die nächsten Male hier sind.«

»Sehr gerne, Herr Oberarzt«, erwiderte Fabiola und bedankte sich bei dem sympathischen Psychiater ganz herzlich für die vortreffliche Einführung.

Während der über zweistündigen Kutschenfahrt nach Frankfurt ließ Fabiola den ereignisreichen Tag, der ihr so viel Glück und Freude beschert hatte, noch einmal Revue passieren.

Als sie das mondäne Kurbad Bad Homburg mit dem Casino, welches sie gemeinsam mit Fabian hin und wieder aufsuchte, um Roulette oder Black Jack zu spielen, hinter sich gelassen hatten, fielen ihr vor Müdigkeit die Augen zu.

Leicht verschlafen, aber glücklich, schloss Fabiola gegen halb elf die Haustür auf und erklomm die Treppe zur Beletage, um Fabian von den guten Neuigkeiten zu berichten. Da sie vom Gartentor aus gesehen hatte, dass im Salon Licht brannte, ging sie davon aus, ihn dort vorzufinden.

Mit knurrendem Magen, weil sie tagsüber nicht viel gegessen hatte, orderte sie beim Dienstmädchen noch ein paar Butterbrote mit kaltem Roastbeef und eine Kanne Tee und eilte freudig erregt in den Salon.

Im Kamin brannte ein Feuer und es war wohlig warm.

Fabian lag auf der Ottomane und bemerkte seine Schwester gar nicht, weil er tief und fest am schlafen war. Fabiola fiel regelrecht aus allen Wolken, als sie die gähnende Leere an der Wand oberhalb der Chaiselongue bemerkte und ihr entrang sich unwillkürlich ein Entsetzensschrei.

Das Gemälde von Fernand Khnopff war verschwunden und die beiden Duftlampen, die in feinen Nebelschwaden den wohlriechenden Weihrauchduft verströmten, muteten ohne das einzigartige Bild seltsam verwaist und absurd an.

Fabiola war derart fassungslos, dass sie ihren Bruder wenig zartfühlend an den Schultern packte und ihn mit sich überschlagende Stimme fragte, wo das Bild sei.

Es dauerte eine ganze Weile, bis Fabian mühsam die Augen öffnete, als seien seine Lider aus Blei, und Fabiola aus glasigen Augenschlitzen anblinzelte. Die winzig kleinen Pupillen verrieten Fabiola, dass er, ebenso wie gestern Abend, unter der Wirkung eines Opiats stand.

Ihre Frage wiederholend, brach Fabiola vor Verzweiflung und Zorn in Tränen aus.

»Reg dich nicht so auf, es ist alles in bester Ordnung«, lispelte Fabian mit schwerer Zunge. »Ich bin momentan in einem finanziellen Engpass und habe das Bild zum Pfandleiher gebracht.«

»Wie konntest du das nur tun? Es ist ein Geschenk von mir und ich hänge an dem Bild genauso wie du«, erwiderte Fabiola erbittert.

»Richtig – es ist ein Geschenk«, raunzte Fabian gereizt. »Das klingt ja fast, als ob du irgendwelche Ansprüche daran geltend machen willst. Du hast es mir geschenkt, es gehört mir und ich kann damit tun, was ich will und muss dir im Prinzip keine Rechenschaft darüber ablegen. Aber um des lieben Frieden willens, damit der Haussegen nicht wieder tagelang schief hängt wie in letzter Zeit und du mir ständig Vorwürfe machst, sei hinzugefügt, dass ich es auslösen werde, sobald ich wieder liquide bin.«

Fabiola, die ahnte, dass Captain Charles Veston der Grund für Fabians Geldnöte war, bekam unversehens, was bei der an sich so beherrschten, reflektierten jungen Frau eher selten vorkam, einen Wutanfall.

»Dieser verfluchte Captain ist dein Ruin!«, schrie sie ihm ins Gesicht. »Ich schau mir das nicht mehr länger mit an, wie dich dieser Schurke nach Strich und Faden ausnimmt. Er ist ein gewissenloser Verbrecher und wenn es sein muss, schalte ich die Polizei ein, um ihm das Handwerk zu legen.«

»Wenn du das tust, bin ich die längste Zeit dein Bruder gewesen, das schwöre ich dir, du hysterische Kuh«, zischte Fabian erbost, richtete sich schwerfällig von der Ottomane auf und wankte aus dem Zimmer.

An der Tür wäre er fast mit dem Dienstmädchen zusammengestoßen, das ein Tablett mit Tee und Speisen in den Händen hielt. In letzter Minute gelang es der perplexen Dienstmagd gerade noch, die bereits scheppernden Gegenstände wieder in Balance zu bringen.

Sie stellte das Tablett auf den Esstisch, wo sie alles hübsch platzierte, Fabiola Tee einschenkte und ihr mit einem Knicks einen guten Appetit wünschte.

»Vielen Dank, Patrizia«, erwiderte Fabiola mit brüchiger Stimme. Der Appetit war ihr jedoch schlagartig vergangen und sie begab sich auf wackligen Beinen zum Tisch, wo sie sich verzagt auf einen Stuhl sinken ließ.

Wie betäubt starrte sie auf den goldbraunen, duftenden Darjeeling in der Teetasse, als könne er ihr, einer Kristallkugel gleich, des Rätsels Lösung aufzeigen, wie sie die verworrene, höchst fatale Situation wieder in den Griff kriegen konnte.

KAPITEL 10

Fabiola schlug das Herz bis zum Hals, als sie um 19:00 Uhr die Detektei Fridolin Hattsteiner, Ecke Friedberger Landstraße/Koselstraße, im Nordend betrat – nicht ohne sich zuvor noch verstohlen nach allen Seiten umgeschaut zu haben, ob sie jemand beobachte, da sie das diffuse Gefühl hatte, etwas Verbotenes zu tun.

Nachdem sie am Morgen kurzerhand den Privatdetektiv mit Ermittlungen über den ominösen Fechtlehrer betraut hatte, war sie mehr als überrascht, als Hattsteiner sie bereits am Abend anrief, um ihr in seiner Kanzlei zu berichten, was er über Captain Charles Veston herausgefunden hatte.

Fridolin Hattsteiner, ein drahtiger, durchtrainierter Mann in mittleren Jahren mit rotblonden, pomadisierten Haaren, küsste Fabiola formvollendet die Hand und bot ihr in seinem Büro einen Stuhl an.

»Darf ich Ihnen vielleicht einen Tee, Kaffee oder ein Glas Selters-Wasser bringen?«, fragte er sie zuvorkommend.

Angesichts ihres staubtrockenen Mundes bat Fabiola um Letzteres.

Der Privatdetektiv schenkte Fabiola ein Glas Wasser ein, ließ sich ihr gegenüber an dem kleinen runden Marmortisch nieder, erkundigte sich bei ihr, ob er rauchen dürfe, wogegen sie nichts einzuwenden hatte, und kam gleich zur Sache.

»Bei dem Namen Captain Charles Veston handelt es sich um einen Künstlernamen, unter dem der Fechtlehrer Ihres Bruders als Degenfechter im Frankfurter Schumanntheater auftritt, aber das dürfte Ihnen ja bereits bekannt sein.«

Fabiola nickte. »Ich habe dort einen Auftritt von ihm Anfang November gesehen.«

»Mit bürgerlichem Namen heißt er Karl Höpf, er wurde 1863 in Frankfurt geboren und ließ sich in London zum Drogisten ausbilden, wo er sich auch im Florett- und Säbelfechten hatte unterrichten lassen. Um die Jahrhundertwende kehrte er nach Deutschland zurück und betrieb in dem Taunusdorf Niederhöchstadt eine Hundezucht von Sankt Bernhardshunden. Im Frühjahr 1902 heiratete er seine erste Frau Josefa, die noch im November desselben Jahres nach kurzer Krankheit verstarb. Wenig später heiratete er zum zweiten Mal, seine Frau Auguste Christine war 20 Jahre jünger als er. Auch sie hatte bald massive Gesundheitsprobleme und ließ sich auf Anraten ihrer Eltern von Höpf scheiden, verstarb aber drei Jahre später. Seine Tochter Elsa aus dieser Ehe starb ebenfalls 1906 in Niederhöchstadt. 1908 verkaufte Höpf sein Anwesen und zog nach Frankfurt in die Bülowstraße 13 im Gutleutviertel, wo er auch jetzt noch wohnt. Seit seiner Rückkehr nach Frankfurt tritt Höpf sehr erfolgreich als Degenfechter im Frankfurter Schumanntheater auf. Trotz alledem ging ihm das Geld aus und er musste einen Offenbarungseid leisten. Ein knappes Jahr später starb seine Mutter und vermachte ihm ein stattliches Vermögen von 80.000 Mark und Höpf war wieder saniert. Anfang 1912 heiratete er in London zum dritten Mal, die gebürtige Dresdnerin Wally Siewiec. – Zusammenfassend kann man sagen, dass Höpf in allem, was er tat, ziemlich erfolgreich war. Auffällig ist allerdings, dass zwei seiner Ehefrauen relativ kurze Zeit nach der Eheschließung verstarben, das Gleiche gilt auch für sein Töchterchen, das bereits fünf Wochen nach der Geburt starb.«

»Das ist in der Tat seltsam«, erwiderte Fabiola nachdenklich. »Wer weiß, was da dahintersteckt.«

»Zumindest drängt sich einem der Verdacht auf, dass das nicht ganz mit rechten Dingen zugegangen ist«, pflichtete ihr der Privatdetektiv bei. »Ich kann gerne weiter an ihm dranbleiben, das war ja nur ein vorläufiger Rapport.«

»Dafür wäre ich Ihnen sehr verbunden, Herr Hattsteiner, und überhaupt, ich bin überrascht, was Sie in so kurzer Zeit schon alles über Höpf herausgefunden haben.« Fabiola musterte Hattsteiner anerkennend.

»Das habe ich meinen guten Kontakten zum Amtsgericht, dem Standesamt und der Einwohnermeldebehörde zu verdanken«, äußerte er listig und rieb Daumen und Zeigefinger aneinander, als würde er Geld zählen.

»Geld regiert die Welt, wem sagen Sie das«, schnaubte Fabiola abschätzig. »Wie ich Ihnen heute Morgen schon am Telefon gesagt habe, wurde Höpf erst kürzlich von meinem Bruder bevollmächtigt, die Versteigerung von Kunstgegenständen und Mobiliar aus seinen Atelierräumen mit dem Kunstauktionshaus Rudolf Bangel in die Wege zu leiten. Und jetzt auch noch das kostbare Gemälde, das ich meinem Bruder zum Geburtstag geschenkt habe. Dieser Mann ist unersättlich, wenn das so weitergeht, können wir bald Bankrott anmelden. Höpfs skrupellosen Machenschaften muss endlich ein Riegel vorgeschoben werden.«

»Das wird leider erst machbar sein, wenn Höpf sich strafbar macht. Er hat die Gegenstände ja nicht gestohlen und die Gelder aus dem Erlös und der Pfandleihe wurden ihm von Ihrem Herrn Bruder freiwillig überlassen. Da liegt der Hase im Pfeffer. Wenn wir genug gegen Höpf in der Hand haben, können Sie noch einmal versuchen, mit Ihrem Bruder gütlich zu reden, oder aber im Falle von Gesetzesübertretungen die Polizei verständigen.«

»Ich wünsche mir nichts sehnlicher, als in Güte mit meinem Bruder sprechen zu können, doch davon sind wir momentan leider meilenweit entfernt. Höpf kann sich erlauben, was er will, Fabian vergöttert ihn und lässt nichts auf seinen fabelhaften Fechtlehrer kommen«, erwiderte Fabiola betrübt und holte aus ihrer Handtasche ein Visitenkarten-Portrait ihres Bruders, das sie dem Privatdetektiv mit den Worten reichte: »Falls Sie bei Ihren Ermittlungen Höpf einmal in Gesellschaft dieses Mannes sehen sollten, das ist mein Bruder, nur dass Sie Bescheid wissen. Sie können es gerne behalten.«

Hattsteiner bedankte sich und betrachtete die Fotografie eingehend. »Eine äußerst gepflegte, beeindruckende Erscheinung«, bekundete er. »Das männliche Pendant zu Ihnen, würde ich sagen, man sieht, dass Sie Geschwister sind.«

»Wir sind sogar Zwillinge, aber keine eineiigen.« Fabiola lächelte wehmütig. »Wir bezeichneten uns als ›Seelenzwillinge‹, weil wir uns immer so nahestanden, bis dieser Fechtlehrer in unser Leben getreten ist und alles auf den Kopf gestellt hat.«

»Dann schauen wir doch mal, was wir über diesen Herrn Höpf noch alles so zu Tage fördern, vielleicht kann ja das dazu beitragen, das Götzenbild ins Wanken zu bringen«, entgegnete der Privatdetektiv mit pfiffigem Lächeln.

»Ihr Wort in Gottes Ohr«, bemerkte Fabiola händeringend und wünschte Herrn Hattsteiner viel Glück bei den weiteren Ermittlungen.

*

Der Mann im dunklen Trenchcoat, der sich in einen finsteren Hauseingang zurückgezogen hatte, grinste triumphierend, als er gewahrte, dass Karl Höpf, dem er zu Fuß unauffällig vom Wohnhaus gefolgt war, vor dem Gebäude mit der Hausnummer 23 der nur wenige Straßenzüge entfernten Münchner Straße anhielt und die Klingel betätigte.

Von außen betrachtet wirkte das Haus völlig unauffällig. Nur wenige Eingeweihte wussten, dass sich im ersten Stock der Villa ein heimliches Bordell der gehobenen Klasse befand, das auf sadomasochistische Praktiken spezialisiert war und welches unter Eingeweihten schlicht als ›Das Kabinett‹ bezeichnet wurde.

Fridolin Hattsteiner, der seinem Gewerbe schon lange genug nachging, um in sämtliche menschlichen Abgründe geblickt zu haben, wusste von Berufs wegen, was sich hinter der gutbürgerlichen Fassade verbarg.

Für Geld, so wurde in einschlägigen Kreisen gemunkelt, konnte man hier alles bekommen, was die bizarre Welt des Sadomasochismus und Fetischismus zu bieten hatte.

Hattsteiner, der im Rahmen einer Scheidungssache schon einmal in dem Bordell ermittelt und einen guten Draht zu dem baumlangen, muskelbepackten Hünen an der Rezeption hatte, den er aus seinem Verein für Herrenboxsport kannte, zog es schon in Erwägung, hinterher zu gehen, als ein Mann an ihm vorbeihuschte.

Im diffusen Licht der Straßenlaterne konnte er das kastanienbraune Lockenhaar erkennen, das unter dem Zylinder herausragte und er ließ sich spontan dazu hinreißen, den Mann um Feuer zu bitten.

Erschrocken fuhr der Mann im eleganten schwarzen Gehrock zusammen und drehte sich zu Hattsteiner um.

»Bedaure, mein Herr, aber ich bin Nichtraucher«, erwiderte er leicht ungehalten und ging nach der kurzen Unterbrechung, die für den erfahrenen Detektiv lange genug war, um seinen Eindruck bestätigt zu finden, unverzüglich weiter.

Für den Mann mit dem guten Personengedächtnis bestand kein Zweifel mehr daran, dass der junge Dandy der Bruder seiner Auftraggeberin Fabiola von Weyrauch war.

Kaum, dass der junge Mann in dem Gebäude verschwunden war, eilte der Privatdetektiv zur Eingangstür und drückte entschlossen die Klingel.

Ein nur mit Dienstbotenhaube und Spitzenschürze bekleidetes Dienstmädchen öffnete ihm die Tür und ließ ihn eintreten. Nachdem er Hut und Mantel bei ihr abgegeben hatte, trat er durch eine Flügeltür mit Milchglasscheiben in die Eingangshalle, wo sich auch der Empfangstresen befand.

Verdrossen musste Hattsteiner feststellen, dass anstelle des Muskelpakets aus dem Boxverein eine Blondine mit einer schwarzen Augenmaske hinterm Tresen saß. Außerdem waren weder der junge Dandy noch der Degenfechter im Foyer zu sehen. Die knirschenden Holzdielen der Treppe, die in den ersten Stock führte, verrieten ihm, dass die Herren bereits auf dem Weg nach oben waren.

»Sie wünschen?«, säuselte die Blondine im engen schwarzen Samtmieder, das ihren beträchtlichen Busen kaum zu bändigen vermochte, und verzog die kirschrot geschminkten Lippen zu einem lasziven Lächeln.

Hattsteiner, dem es schon auf der Zunge lag, sich nach den Vorlieben der beiden Herren zu erkundigen, die kurz vor ihm eingetreten waren, blinzelte irritiert.

Jetzt, wo sein Bekannter nicht mehr da war, konnte er in diesem vornehmen Etablissement, dessen Interieur den höchsten Ansprüchen genügte und in welchem die wohlhabendsten und angesehensten Herren der Stadt, die äußersten Wert auf Diskretion legten, verkehrten, diese Frage freilich nicht stellen.

»Äh ... ich würde gerne die gleiche Spezialität in Anspruch nehmen wie ... meine beiden Bekannten, die bereits nach oben gegangen sind, wir waren eigentlich hier am Empfang verabredet und haben uns leider knapp verfehlt«, flunkerte er, jedoch nicht mit der üblichen Chuzpe, sondern eher leicht verkrampft, was ihm schließlich auch eine Abfuhr eintrug.

»Die Herren haben mir nicht gesagt, dass sie noch jemanden erwarten«, erwiderte die üppige Blondine unterkühlt. »Es sollte aber kein Problem sein, das herauszufinden. Ich kann unsere Maid nach oben schicken, um sich bei den Gästen zu erkundigen.« Sie musterte den Mann mit dem akkurat gescheitelten rotblonden Haar abgeklärt.

Der Privatdetektiv fühlte sich von der Dame, die offenbar mit allen Wassern gewaschen war, durchschaut.

»Nicht nötig«, wiegelt er ab und besann sich eines Besseren. Denn erfahrungsgemäß half in diesem Fall nur eins, dachte er nicht minder abgebrüht und nestelte einen Fünfmarkschein aus seiner Geldbörse, den er der Empfangsdame zuschob, die ihn mit breitem Grinsen in den prallen Wölbungen ihres Dekolletés verschwinden ließ.

»Diskretion wird bei uns ganz großgeschrieben, mein werter Herr«, äußerte sie mit neckisch erhobenem Zeigefinger. »Deswegen darf ich Ihnen auch nicht direkt verraten, was Ihre angeblichen Bekannten in unserem Haus bevorzugen. Versuchen wir es doch mal indirekt, wenn Sie verstehen, was ich meine.« Ihre blauen Augen funkelten ihn aus den Augenschlitzen der schwarzen Satinmaske listig an.

»So wird's gemacht, Gnädigste«, erwiderte Hattsteiner verschwörerisch.

»Nun gut – ich werde Ihnen nun im Rahmen unserer Menükarte verschiedene Spezialitäten des Hauses erläutern und Ihnen im Anschluss eine Empfehlung dazu aussprechen«, erklärte die Blondine hinter ihrem zierlichen Sekretär aus poliertem Wurzelholz mit hintergründigem Lächeln.

»Wie Ihnen bestimmt schon bekannt ist, nehmen wir auch gerne Sonderwünsche entgegen, denn die Zufriedenheit unserer Gäste ist unser Nonplusultra. Von der devoten Internatsschülerin bis hin zur reifen Dame, die sich gerne demütigen lässt, oder der gestrengen Gouvernante, bei uns gibt es nichts, was es nicht gibt«, äußerte sie im Brustton der Überzeugung. »Im Bedarfsfall vermitteln wir sogar Lustknaben oder Transvestiten. Eine besondere Spezialität unseres Hauses sind die abgedunkelten Zimmer, wo die Besucher von willigen Damen empfangen werden, die für alles offen sind und sich keinem Wunsch verschließen – und dann haben wir natürlich noch unsere Mistress, die nur nach Absprache empfängt.«

Sie streifte den Privatdetektiv mit einem spöttischen Blick und lächelte gönnerhaft.

»Wenn der Herr möchte, kann ich ihn gerne noch auf die Liste setzen, denn soweit mir bekannt ist, hat die Mistress für heute Nacht noch Plätze frei.«

Sie blickte zu der antiken Regency Standuhr aus Mahagoni von Preston & Lancaster, die ein Vermögen gekostet hatte, und fügte hinzu, dass er sich allerdings beeilen müsse, denn der Unterricht beginne in drei Minuten und die Mistress hasse Unpünktlichkeit.

»Äh ... wo genau soll ich mich denn einfinden?«, fragte Fridolin Hattsteiner hektisch.

Die Blondine läutete nach dem Dienstmädchen und trug ihm auf, den Herrn nach oben zum Schulzimmer zu bringen.

Über die lange, gewundene Treppe, deren Stufen mit einem flauschigen cremefarbenen Läufer ausgelegt waren, gelangten sie hinauf in die Beletage. Am Ende einer Zimmerflucht erreichten sie eine Tür mit der Aufschrift ›Klassenzimmer‹.

»Sie können gerne reingehen und sich schon mal hinsetzen, der Unterricht wird in Kürze beginnen«, wandte sich das Dienstmädchen an Hattsteiner und entfernte sich wieder.

Nach kurzem Anklopfen trat der Privatdetektiv in den Raum und ließ sich auf einer der im Raum verteilten Schulbänke in der letzten Reihe nieder. An den übrigen Pulten gewahrte er fünf Herren, die er jedoch nicht genauer erkennen konnte, da sie ihm den Rücken zukehrten. Einer von ihnen hatte dunkles, lockiges Haar, ähnlich dem von Fabian von Weyrauch. Zum jetzigen Zeitpunkt konnte er es jedoch nicht zweifelsfrei einschätzen, ob es sich bei ihm tatsächlich um den Bruder seiner Mandantin handelte. Für einen Sekundenbruchteil sah er das Profil eines anderen Mannes, das dem von Karl Höpf ähnelte. Angespannt ließ er seine Blicke weiter durch den Raum schweifen und staunte nicht schlecht.

Es handelte sich bis ins kleinste Detail um die getreue Nachbildung eines Klassenzimmers. Vorne hing eine große Tafel, neben der eine Weltkarte angebracht war. In einem Regal an der Wand standen Schulbücher und Atlanten neben ausgestopften Säugetieren und Vögeln.

Neben dem Regal baumelte sogar ein menschliches Skelett an einer Halterung.

Vor der Tafel befand sich der Lehrerkatheder, auf dem neben Schreibutensilien und einem Klassenbuch auch ein umfangreiches Sortiment an Rohrstöcken, Ruten und Holzlinealen in unterschiedlichen Größen angeordnet war.

Begleitet vom durchdringenden Läuten der Schulglocke wurde die Tür aufgerissen und eine große, hagere Frau in Reithosen und kniehohen Reitstiefeln eilte im Stechschritt ins Klassenzimmer. Sie trug eine enggeschnittene taillierte Uniformjacke mit Schulterklappen und einen schwarzen Bowler auf dem straff nach hinten gekämmten kurzen Haar. In der rechten Hand hielt sie eine Reitgerte.

Fridolin Hattsteiner hatte noch nie eine Frau mit so harten, herben Gesichtszügen gesehen. Die hohen Wangenknochen und der schmallippige Mund waren gänzlich ungeschminkt. Mit starren Reptilien-Augen fixierte die Mistress der Reihe nach ihre Schüler. Fridolin fühlte sich unter ihrem unbarmherzigen Blick unwillkürlich wie ein unartiger Pennäler, der die Knute der gestrengen Lehrerin fürchtete.

Währenddessen waren die anderen Herren beim Eintreffen der Mistress umgehend von ihren Bänken hochgeschnellt und riefen im Chor: »Guten Abend, Mistress!«

Nur Fridolin war irritiert sitzengeblieben, was ihm sogleich einen Tadel einbrachte.

»Aufstehen und Haltung einnehmen!«, bellte sie im Kasernenhofton in seine Richtung. »Das gilt auch für Neuzugänge.«

Unwillig erhob sich der Privatdetektiv von der harten Sitzbank und stützte sich mit den Händen aufs Schreibpult.

»Steh er gefälligst stramm, wir sind hier nicht im Mädchenpensionat!«, herrschte sie ihn mit tiefer Männerstimme an und bewegte sich bedrohlich auf ihn zu. Ehe Fridolin sich's versah, knallte die Reitgerte auf seine linke Hand und er spürte einen stechenden Schmerz, der ihn unwillkürlich aufschreien ließ.

»Klappe halten, du Memme, sonst verpass ich dir noch eine«, schrie sie ihn an.

»Nein Danke, ich glaube, mir reicht es schon jetzt«, äußerte Fridolin trocken und zog es bereits ernsthaft in Erwägung, der Schmierenkomödie ein Ende zu setzen und das Klassenzimmer zu verlassen, als die Mistress ihm wie eine wütende Königskobra ins Gesicht zischte: »Für unaufgefordertes Sprechen gibt es zehn Schläge aufs blanke Hinterteil mit dem Rohrstock. Hosen runter und übers Pult mit dir!«

Fridolin Hattsteiner hatte langsam die Faxen dicke.

»Ich habe doch eben schon gesagt, dass es mir reicht. Ich glaube, ich bin hier fehl am Platz und werde mich jetzt davon machen«, äußerte er renitent, als ihn ein weiterer Hieb mit der Reitgerte so scharf am Oberarm traf, dass ihm kurzzeitig Hören und Sehen verging.

Die Mistress klatschte gebieterisch in die Hände und befahl ihren restlichen Schülern, den Widerspenstigen zu bändigen.

Die Herren taten augenblicklich, wie ihnen geheißen, und fixierten den Privatdetektiv mit vereinten Kräften über dem Pult. Gegen zehn starke Männerarme war Fridolin trotz Wehrhaftigkeit und Boxtraining machtlos. Hilflos zappelte er mit entblößtem Hinterteil auf dem Katheder, als ihn schon im nächsten Moment ein harter Schlag auf den Allerwertesten ereilte, dem noch neun weitere folgen sollten.

*

Als Karl Höpf in Begleitung von Fabian um ein Uhr nachts die Treppe herunterkam, saßen die beiden Inhaberinnen des Bordells, Madame Stöhr und die Mistress, noch bei einem Glas Cognac im Foyer beisammen. Die Mistress schmauchte wie immer die unvermeidliche Zigarre und ließ sich von ihrer langjährigen Geliebten das Glas auffüllen.

»Ach Kalli, das wollte ich dir noch sagen«, äußerte Madame Stöhr beim Anblick Höpfs mit einiger Belustigung. »Kurz nachdem ihr reingekommen seid, war so ein Schnüffler hier. Der hat mir einen Heiermann zugeschoben und wollte wissen, auf was ihr so steht. Da habe ich ihm weisgemacht, dass ihr bei der Mistress seid und ihn dorthin geschickt«, prustete die Blondine los.

»Und ich habe ihm dann ganz schön den Arsch versohlt – für ganze 50 Mark, die er noch berappen musste, sonst hätte ich ihn in den Zwinger gesteckt und die ganze Nacht nicht rausgelassen«, mokierte sich die Mistress und kicherte gehässig.

Karl Höpf stimmte in das allgemeine Gelächter mit ein, wurde aber sogleich ernst.

»Gut gemacht, Heidi«, wandte er sich an die Blondine im schwarzen Samtmieder, die ihre Augenmaske abgenommen hatte.

»Möchte nur wissen, warum mir der Kerl hinterher spioniert«, fügte er mit gerunzelter Stirn hinzu und ließ sich von der Bordellwirtin eine genaue Beschreibung von Fridolin Hattsteiner geben. Zudem wollte er bis ins kleinste Detail wissen, was er geredet und wie er sich verhalten hatte, seine Stippvisite bei der Mistress nicht ausgenommen.

Da Karl Höpf ein Mensch war, der größten Wert darauf legte, alles unter Kontrolle zu haben, vermittelte ihm das ein gewisses Maß an Sicherheit.

Er ließ sich von der Inhaberin einen Cognac einschenken, nahm einen Schluck und fixierte Fabian nachdenklich.

»Du bist ja erst kurz nach mir gekommen, deswegen frage ich mich, woher der Kerl gewusst hat, dass wir zusammengehören. – Das muss ihm jemand gesagt haben, der ihn mit den Nachforschungen beauftragt hat. Kann es sein, dass deine Schwester dahintersteckt?«

Fabian, der heute noch kein Heroin verabreicht bekommen hatte und bereits deutliche Entzugssymptome verspürte, schreckte zusammen, als habe ihn ein Peitschenhieb getroffen.

»Fabiola ... äh, das kann ich mir ehrlich gesagt nicht vorstellen, dass sie mich, oder Euch ausforschen lässt«, murmelte er fahrig.

»Das ist mir einerlei, ob du dir das vorstellen kannst oder nicht«, fuhr ihn der Captain an. »Und ich sage dir das auch nur einmal: Sorg in Zukunft dafür, dass sie die Füße stillhält. Sonst muss ich mich darum kümmern und glaube mir, das wäre nicht so schön.«

Er grinste tückisch und leerte das Cognacglas in einem Zug.

2. TEIL/THANATOS

»Schlussstück

Der Tod ist groß.
Wir sind die Seinen
lachenden Munds.
Wenn wir uns mitten im Leben meinen,
wagt er zu weinen
mitten in uns.«

RAINER MARIA RILKE, »SCHLUSSSTÜCK«
AUS: DAS BUCH DER BILDER, 1902

KAPITEL 11

Um die Mittagszeit, nach dem Treffen mit Fridolin Hattsteiner in seiner Detektei und den höchst verstörenden Neuigkeiten über Höpf und ihren Bruder, hatte sich Fabiola entschlossen, in der Angelegenheit polizeilichen Rat einzuholen.

Sie gab dem Kutscher die Anweisung, zum Polizeipräsidium in der Neuen Zeil/Ecke Klingerstraße zu fahren, wo sich in der angrenzenden Seilerstraße auch das Gerichtsgebäude befand.

Es regnete in Strömen, als die Kutsche in die triste, übel beleumundete Gegend des ehemaligen Klapperfelds einbog, wo die Stadt Frankfurt im Mittelalter ein Pestilenz-Haus betrieben hatte.

Fabiola schilderte dem Polizisten am Schalter der Portierloge kurz, um was es ging, worauf dieser sie in die Kriminalabteilung im zweiten Stock zu dem erfahrenen Kriminalisten Felix von Salomon schickte.

Der wohlbeleibte ältere Herr mit dem Charakterkopf und den hellen Augen hinter der goldgerahmten Brille bot Fabiola einen Platz vor seinem Schreibtisch an und fragte sie höflich, was er für sie tun könne.

Es sei ihr vor allem an seinem fachmännischen Rat gelegen, gab sie zur Antwort und legte dem Kriminalisten konzentriert die wesentlichsten Fakten dar. Nachdem sie auch über die sexuellen Vorlieben ihres Bruders gesprochen hatte, von denen sie bislang nicht den Hauch einer Ahnung gehabt habe, erläuterte sie zusammenfassend, dass es sich bei Höpf um eine narzisstische, hochmanipulative Persönlichkeit handele, die in ihrem psychisch labilen Bruder ein willkommenes Opfer gefunden habe.

»Nach allem, was Sie mir über diesen Herrn berichtet haben, kann ich Ihren Eindruck nur bestätigen. Ihr Bruder ist seinem Fechtlehrer offenbar völlig ausgeliefert – mit fatalen Folgen, wie man sieht. Auch ich habe Captain Charles Veston schon als Degenfechter im Schumanntheater gesehen, eine fabelhafte Darbietung kann ich nur sagen, er beherrscht sein Handwerk meisterhaft und hat ein Charisma, dem man sich nur schwer entziehen kann«, äußerte Felix von Salomon mit sinisterem Unterton. »Und genau das ist es, was diesen Menschentyp so gefährlich macht. Er ist charmant, unerschrocken und skrupellos – und bekommt immer das, was er will. Außerdem ist er unglaublich gut darin, die Schwächen anderer Menschen zu erkennen.«

Fabiola, die dem Kriminalisten gebannt zugehört hatte, stieß einen tiefen Seufzer aus. »Sie sprechen mir aus der Seele, genauso habe ich Karl Höpf auch eingeschätzt, obwohl ich weder über Ihren kriminalistischen Scharfsinn noch über Ihre umfassende Menschenkenntnis verfüge.«

»Als Ärztin haben Sie jedoch von Haus aus einen Sinn für das Pathologische – und um nichts anderes handelt es sich bei dem Fechtlehrer Ihres Bruders: eine pathologische Persönlichkeit, die im Umgang mit anderen Menschen nur das eine Ziel kennt, sie zu beherrschen und für eigene Zwecke zu benutzen.«

Kriminalkommissar von Salomon hielt inne und schien plötzlich einen Geistesblitz zu haben. »Sagten Sie eben nicht, dass der Privatdetektiv bereits herausgefunden hat, dass Höpfs beide Ehefrauen kurze Zeit nach der Hochzeit verstorben sind?«, platzte es aus ihm heraus. »Ich erinnere mich nämlich dunkel, dass vor Jahren im Taunus gegen einen gewissen Karl Höpf unter dem Verdacht, seine beiden Ehefrauen und sein Töchterchen vergiftet zu haben, ermittelt wurde. Ich habe leider keine Akten zu dem Fall, weil das nicht mein Zuständigkeitsbereich ist, aber ich bin mir ziemlich sicher, dass sowohl die Frankfurter Zeitung als auch mehrere Taunus-Zeitungen darüber berichtet haben.«

Fabiolas Augen leuchteten auf. »Können Sie mir vielleicht sagen, Herr Kriminalkommissar, wann das ungefähr war?«, erkundigte sie sich angespannt.

Felix von Salomon dachte angestrengt nach. »Das muss schon eine ganze Weile her sein ... Vor fünf Jahren etwa, möglicherweise aber auch etwas später.«

»Ich danke Ihnen, Herr von Salomon, Sie haben mir sehr geholfen.«

Fabiola, die es plötzlich eilig hatte, reichte dem Kriminalkommissar die Hand und eilte mit der Erläuterung, sie fahre gleich in die Große Eschenheimer Straße, um das Zeitungsarchiv der Frankfurter Zeitung nach den besagten Artikeln zu durchforsten, aus dem Büro.

»Darf ich mich bei Ihnen wieder melden, Herr Kriminalkommissar, wenn ich mehr herausgefunden habe?«, fragte sie, als sie bereits an der Tür war.

»Jederzeit, das interessiert mich brennend! Leider habe ich momentan noch nicht genug in der Hand, um polizeiliche Ermittlungen gegen Höpf in die Wege zu leiten. Aber das wird sich hoffentlich bald ändern. Ich wünsche Ihnen jedenfalls viel Glück im Zeitungsarchiv!«, rief von Salomon hinter ihr her.

Als Fabiola vor dem wuchtigen Gebäude der Frankfurter Zeitung in der Großen Eschenheimer Straße Nummer 31-37 angekommen war, schlüpfte sie noch rasch in das gelbe Fernsprechhäuschen vor dem Eingangsportal, um Fridolin Hattsteiner anzurufen.

Sie berichtete ihm kurz von ihrem Besuch bei Kriminalkommissar von Salomon und seinem Hinweis, dass seinerzeit die Zeitungen über den Verdacht berichtet hatten, Höpf habe seine beiden Frauen und sein Töchterchen vergiftet.

»Ich stehe jetzt direkt vor der Frankfurter Zeitung und werde gleich im Zeitungsarchiv die Jahrgänge 1902, 1903 und 1906 nach Artikeln über die Vorfälle in Niederhöchstadt durchforsten. Es wäre prima, wenn Sie sich heute und die nächsten Tage in den Archiven des Taunusboten in Bad Homburg, des Cronberger Anzeigers in Cronberg und der Taunuszeitung in Königstein umschauen könnten.«

»Ich habe einen Freund, der als Redakteur beim Höchster Kreisblatt arbeitet, den kann ich gleich mal anrufen. Wir sollten Abschriften der Zeitungsartikel anfertigen und uns treffen, wenn wir fündig geworden sind«, schlug Hattsteiner vor, dem von den Rohrstockschlägen der Mistress noch immer das Hinterteil schmerzte, was er indessen geflissentlich verschwieg, ebenso wie andere demütigende Einzelheiten aus dem Schulzimmer, die er seiner Mandantin gegenüber nicht erwähnt hatte.

Die Sichtung der in Archivmappen abgehefteten Zeitungen erwies sich als überaus zeitraubend und anstrengend. Nachdem Fabiola ab November 1902 bis Ende 1903 die Rubriken *Umland* der Frankfurter Zeitung erfolglos durchgegangen war, flimmerte es ihr vor den Augen und sie musste eine Pause einlegen.

Gerne hätte sie zur Stärkung eine Kleinigkeit gegessen oder einen Kaffee oder Tee getrunken. Daher erkundigte sie sich bei dem grauhaarigen Archivar mit den Ärmelschonern und den dicken Brillengläsern, ob es denn in dem Gebäude so etwas wie eine Kantine gäbe.

»Gibt es, die ist aber nur für Zeitungsangestellte und nicht für Besucher«, grummelte er unfreundlich. »Da müssten Sie schon in die Conditorei Amendt oder das Café Vogel gehen, die ganz in der Nähe sind.« Er warf einen Blick auf seine Armbanduhr. »Wir schließen allerdings um 17:00 Uhr und jetzt haben wir schon kurz nach drei, wenn Sie jetzt noch Kaffee trinken gehen wollen, könnte das knapp werden.«

»Danke schön, das lasse ich dann lieber. Könnten Sie mir bitte die Mappen der Jahre 1906 heraussuchen?«, erwiderte Fabiola kühl und wartete in dem kleinen Lesesaal geduldig auf die Rückkehr des Archivars, der ihre Geduld allerdings erheblich auf die Probe stellte.

Er kehrte mit vier schweren Mappen auf einem kleinen Rollwagen zurück, den er neben das Lesepult stellte, an dem Fabiola saß.

Sie bedankte sich und fügte hinzu, dass sie die Archivnutzungsgebühr entrichte, wenn sie gehe.

»Das macht bei insgesamt neun Mappen 4 Mark und fünfzig Pfennig«, erklärte der Archivar prompt.

Fabiola rieb sich die Augen und machte sich gähnend an die Arbeit. Nachdem die erste Mappe wieder nichts erbracht hatte, außer dass ihr die Augen brannten und der Nacken wehtat, dachte sie schon daran, es für heute dabei bewenden zu lassen, doch nach dieser Mühsal mit leeren Händen gehen zu müssen, war für sie unerträglich.

Also knöpfte sie sich auch noch die zweite Mappe vor und wurde endlich fündig.

Der Artikel aus dem Abendblatt stammte vom 14. April 1906 und war mit der Überschrift ***»Giftmord, oder üble Nachrede?«*** versehen.

Fabiola verschlang förmlich die Zeilen.

Niederhöchstadt/Taunus: *Gendarmeriewachtmeister Kurt Baumann aus Cronberg-Schönberg äußert der Frankfurter Zeitung gegenüber: »Es ist ein offenes Geheimnis in Niederhöchstadt, dass Karl H. seine erste Frau vergiftet habe und die zweite sei auch durch ihn krank geworden. Anfang des Jahres stirbt auch noch das kleine Mädchen des Paares, es war gerade einmal fünf Wochen alt.«*

Wachtmeister Baumann sprach deswegen mit dem Hausarzt Doktor Portmann, der beide Frauen von Herrn H. behandelte. Der Arzt hielt es jedoch für ausgeschlossen, dass Gift im Spiel gewesen sei. Karl H. sei ein überaus fürsorglicher Ehemann gewesen und habe seine Ehefrauen aufopfernd gepflegt.

Als Doktor Portmann Karl H. auf die Verdächtigungen aus der Niederhöchstädter Bevölkerung angesprochen habe, habe H. geweint und geschrien, dass er sich auf der Stelle erschieße, wenn der Arzt glaube, dass er seine über alles geliebten Ehefrauen vergiftet habe. Er habe bereits einen Revolver aus der Tasche gezogen und sich den Lauf an die Schläfe gehalten. Gottlob sei es dem Arzt schließlich gelungen, den Mann zu beruhigen. Karl H. sei daraufhin weinend nach Hause gelaufen.

Anmerkung der Redaktion: Bei Karl H. handelt es sich um einen gebürtigen Frankfurter und ausgebildeten Drogisten, der in Niederhöchstadt im Taunus eine Hundezucht von Bernhardinerhunden betreibt.

Von besonderem Interesse war für Fabiola ein Artikel vom 3. Juni 1906 mit der Überschrift: ***»Ehemalige Haushälterin von Karl H. meldet sich als Zeugin«***

Wörsdorf bei Idstein: *Frau Elise W. aus Wörsdorf hat Tränen in den Augen, als sie sich hilfesuchend an die Frankfurter Zeitung wendet. Sie habe den Artikel vom 14. April 1906 gelesen, in dem* *die Rede davon gewesen sei, dass der Niederhöchstädter Karl H. seitens der Einheimischen verdächtigt werde, seine beiden Ehefrauen und sein Töchterchen vergiftet zu haben und da habe sie sich sofort bei der Idsteiner Polizei gemeldet, weil ihr im Jahre 1894 Ähnliches widerfahren sei. H. habe damals in Wörsdorf eine Futtermittelhandlung betrieben und sie habe für ihn als Haushälterin gearbeitet. Schon nach wenigen Wochen habe sie mit H. ein Verhältnis angefangen und am 16. April 1895 habe sie dann ihren gemeinsamen Sohn Karl zur Welt gebracht. Immer wenn sie von Heirat gesprochen habe, habe H. sie vertröstet. Er sei stets darauf bedacht gewesen, dass seine Familie nichts von seinem unehelichen Sohn erfahre. Der Säugling sei regelrecht totgeschwiegen worden, was Frau W. sehr verletzt habe. Ein Jahr später, am 1. April 1896, sei der Kleine dann plötzlich verstorben. Auch Frau W., die bis zu ihrer Anstellung bei Herrn H. immer kerngesund gewesen sei, habe angefangen zu kränkeln und unter Kopfschmerzen und Erbrechen gelitten. 1897 habe H. sie dann verlassen und in Niederhöchstadt einen Bauernhof gekauft. Seitdem sei es bei ihr gesundheitlich wieder bergauf gegangen. Sie habe sich aber schon damals so ihre Gedanken gemacht und gemutmaßt, dass der Tod ihres Jungen und ihre eigenen Beschwerden nicht mit rechten Dingen zugegangen seien, worin sie der eingangs erwähnte Zeitungsartikel noch bestätigt habe. Nachdem die Idsteiner Polizei ihre Aussage zu Protokoll genommen habe, habe sie von Staatsanwalt Doktor Dünnebier von der zuständigen Staatsanwaltschaft in Wiesbaden eine Vorladung bekommen. Er sei ihre Aussage noch einmal mit ihr durchgegangen und habe sie dann unverblümt wissen lassen, dass da nichts zu machen sei. Das, was sie gesagt habe, habe weder Hand noch Fuß und lasse sich in keinster Weise beweisen. Daher rate er ihr nun auch dringend, ihre Aussage zurückzuziehen, da ihr sonst möglicherweise eine Verleumdungsklage drohe. Als Frau W. daraufhin versucht habe, ihm klar zu machen, dass es nichts als die reine Wahrheit sei, was sie zu Protokoll gegeben habe, sei ihr der Staatsanwalt über den Mund gefahren und habe sie nicht ausreden lassen. Er habe sie aus der Amtsstube hinauskomplimentiert, als sei sie der letzte Dreck. Das müsse sie sich als unbescholtene Frau nicht bieten lassen und sei deswegen zur Frankfurter Zeitung gegangen, denn was recht sei, müsse recht bleiben.*

Fabiola, der es bei der Lektüre vor Aufregung ganz heiß geworden war, blätterte mit fliegenden Fingern weiter in den abgehefteten Zeitungen. Im Ressort *Umland* fand sich am 28. Juni 1906 ein weiterer Artikel zum Vergiftungsverdacht gegen einen gewissen Karl H., versehen mit der Überschrift: »*Verleumdungsklage gegen ehemalige Haushälterin von Karl H.*«

Wörsdorf bei Idstein: *Bezugnehmend auf den Artikel in der Frankfurter Zeitung vom 3. Juni 1906, worin Elise W., die ehemalige Haushälterin von Karl H., um den in seiner Heimatgemeinde Niederhöchstadt gewisse Vergiftungsgerüchte kursieren, diesen Verdacht bekräftigte, erhielt die Frankfurter Zeitung unlängst eine Mitteilung der Staatsanwaltschaft Wiesbaden. Daraus wird ersichtlich, dass der solcherart zu Unrecht bezichtigte Karl H. eine Zivilklage gegen seine ehemalige Haushälterin bei der Staatsanwaltschaft eingereicht habe, der stattgegeben worden sei. Das Gericht habe Frau Elise W. wegen Verleumdung und übler Nachrede zu einer Geldstrafe von 30.- Mark verurteilt und sie ermahnt, derartige falsche Behauptungen künftig zu unterlassen.*

Fabiola blieb regelrecht die Luft weg, als sie die Lektüre abgeschlossen hatte.

»Was für ein ausgebuffter Schurke«, murmelte sie fassungslos. Ein Blick auf die Armbanduhr verriet ihr, dass es bereits 16:30 Uhr war. Ihr blieb also nur eine knappe halbe Stunde, um die drei Artikel abzuschreiben. Zum Glück konnte sie stenographieren, was sie eigens für ihr Medizinstudium gelernt hatte, um bei den Vorlesungen schneller mitschreiben zu können.

Sie entnahm ihrer Handtasche einen Notizblock und einen frischgespitzten Bleistift und begann mit der Abschrift.

Während sie noch emsig am Schreiben war, erkundigte sich der Archivar mürrisch, ob sie noch lange brauche, denn er müsse ja noch die Ordner zurück in die Fächer räumen und wolle pünktlich Feierabend machen.

»Und abkassieren muss ich auch noch«, äußerte er mit säuerlicher Miene.

Fabiola blickte gehetzt zu ihm auf. »Das können wir gleich erledigen«, erwiderte sie und holte einen Zehnmarkschein aus ihrer Geldbörse, welchen sie dem sauertöpfischen Archivar reichte und geistesgegenwärtig hinzufügte: »Geben Sie mir bitte zwei Mark zurück, der Rest ist für Ihre Mühe. Ich brauche noch zehn Minuten, dann bin ich fertig.«

Mit einem Mal schimmerten die Augen des grauhaarigen Mannes freudig hinter den dicken Brillengläsern. Auch sein Tonfall, als er Fabiola mitteilte, sie möge sich ruhig Zeit lassen, war ungewohnt wohlwollend.

Als Fabiola fertig war und ihre Sachen eingepackt hatte, half er ihr sogar galant in den Mantel und hielt ihr die Tür auf.

Die Dämmerung hatte bereits eingesetzt und ein feiner Nieselregen benetzte Fabiolas Gesicht, als sie aus dem Zeitungsgebäude hinaus auf den breiten Bürgersteig trat, wo reger Betrieb herrschte.

Es war Feierabendzeit und die Passanten strebten zu den Halteplätzen der elektrischen Trambahn, die auf der Großen Eschenheimer Straße verkehrte, oder gingen in eines der zahlreichen Geschäfte, um noch rasch ein paar Einkäufe zu tätigen.

Fabiolas Blick fiel auf die hell erleuchteten Fenster der Conditorei Amendt, die nur einen Steinwurf entfernt war und beim Gedanken an Tee und Kuchen knurrte ihr so vernehmlich der Magen, dass es ihr inmitten der Menschenströme fast peinlich war.

Der Frankfurter Kranz in der Glasvitrine lachte sie förmlich an und spontan bestellte sie dazu eine heiße Schokolade, die sie an dem kleinen Fenstertisch genussvoll in kleinen Schlucken trank.

Während sie gedankenversunken die Regentropfen auf der Fensterscheibe betrachtete, überlegte sie, ob sich Fabian der Wahrheit auch weiterhin verschließen würde, wenn sie die neusten Fakten vor ihm ausbreiten würde.

KAPITEL 12

Als Fabiola gegen 18:30 Uhr nach Hause kam, war Fabian außer Haus, wie es auch an den vergangenen Abenden der Fall gewesen war. Ein Blick in den im Erdgeschoss liegenden ehemaligen Atelierraum verriet ihr, dass die Bauarbeiten an dem Fechtboden noch immer nicht ganz abgeschlossen waren.

Fabian, der anfangs noch Feuer und Flamme für den neuen Fechtraum war, schien inzwischen fast ein wenig das Interesse daran verloren zu haben. Auch seinem famosen Fechtlehrer war es wohl nicht mehr ganz so eilig damit, nun, da er das Mobiliar und die Statuen aus dem Atelier zu Geld gemacht hatte, dachte Fabiola erbittert.

In ihrem Arbeitszimmer legte sie den Notizblock mit den stenographierten Abschriften der Zeitungsartikel auf den Schreibtisch und griff zum Telefon, um Fridolin Hattsteiner anzurufen.

»Guten Abend, Frau Doktor von Weyrauch, ich wollte mich auch gleich bei Ihnen melden«, erklang die sonore Stimme des Privatdetektivs aus dem Hörer. »Gerade bin ich aus Höchst zurückgekommen und habe interessante Neuigkeiten. Ich habe meinen Bekannten vom Höchster Kreisblatt heute Mittag angerufen und gebeten, im Archiv nachzuschauen, ob es etwas über Karl Höpf gibt. Er konnte sich auch gleich daran erinnern, dass ein Kollege aus Hattersheim etwas über einen Hundezüchter aus Niederhöchstadt geschrieben hatte, was ihm schlussendlich eine Zivilklage von Höpf eingebracht hatte. Kurzum, ich bin dann nach Höchst zum Archiv des Höchster Kreisblatts gefahren, wo mir mein Spezi auch schon die entsprechenden Artikel rausgesucht hat. Am besten wird es sein, wir treffen uns.«

»Das wollte ich auch vorschlagen, Herr Hattsteiner, ich bin bei der Frankfurter Zeitung nämlich ebenfalls fündig geworden. Sagen Sie, würde es Ihnen etwas ausmachen, zu mir zu kommen? Ich wohne im Grüneburgweg Nummer 15«, erwiderte Fabiola, die sich so aufgedreht vorkam, als habe sie eine Kanne Kaffee allein getrunken.

»Wir könnten im Anschluss an unseren Austausch noch eine Kleinigkeit essen, unsere Köchin kocht hervorragend«, fügte sie hinzu, was dem Detektiv sehr gelegen kam.

Kaum, dass Fabiola den Hörer auf die Gabel gelegt hatte, klingelte das Telefon.

Sie vernahm die vertraute Stimme von Gerhard, der sich bei Fabiola erkundigte, was sich in letzter Zeit so ereignet habe. Es sprudelte nur so aus ihr heraus, auf was sie im Zeitungsarchiv gestoßen war, worauf ihr der Psychiater den Vorschlag machte, sich nachher in Ashby's Tea Room am Goetheplatz zu treffen, dort könnten sie ungestört miteinander reden.

»Das geht leider nicht, Gerhard, gleich kommt Privatdetektiv Hattsteiner vorbei, er war beim Höchster Kreisblatt und hat dort ebenfalls interessante Artikel über Höpf gefunden ... Aber du könntest doch dazu stoßen, ich wäre so glücklich, dich zu sehen«, äußerte Fabiola sehnsuchtsvoll.

»Das geht mir genauso, meine Liebe, aber nimm es mir bitte nicht übel, wenn ich nicht vorbeikomme, denn ich möchte euren Austausch nicht stören – und außerdem hätte ich dich auch lieber ganz für mich alleine«, fügte er murrend hinzu und sie verabredeten sich für den morgigen Abend im Kursaal Milani an der Friedberger Anlage, der für seine ausgezeichnete italienische Küche bekannt war.

»Ich lasse dort für 19:30 Uhr einen Tisch reservieren und hole dich um 19:00 Uhr bei dir zu Hause mit dem Auto ab.«

»So wird's gemacht, ich kann es gar nicht mehr erwarten, dich endlich wiederzusehen«, hauchte Fabiola in den Hörer und legte auf.

Etwa 15 Minuten später läutete die Klingel und das Dienstmädchen begleitete Fridolin Hattsteiner in Fabiolas Arbeitszimmer.

Da sie nicht Gefahr laufen mochte, dass Fabian von den laufenden Ermittlungen gegen Höpf etwas mitkriegen würde, falls er nach Hause käme, solange der Privatdetektiv noch da war, hielt sie es für klüger, die Besprechung in ihr Arbeitszimmer zu verlegen.

Nachdem Hattsteiner Fabiola seine Bewunderung für das Gemälde »Amor und Psyche« bekundet hatte, ließen sie sich in den bequemen englischen Chesterfield Sesseln aus dunkelgrünem Leder nieder und breiteten die Abschriften der Zeitungsartikel auf dem runden Mahagonitisch aus.

Im Kamin prasselte ein behagliches Feuer und das Dienstmädchen brachte ihnen Tee und englische Butterkekse.

»Wie ist es Ihnen lieber, gnädige Frau«, wandte sich Hattsteiner an seine Auftraggeberin. »Soll ich Ihnen meine Abschriften geben und Sie geben mir Ihre, oder wollen wir uns die Artikel abwechselnd vorlesen?«

»Abwechselnd vorlesen finde ich die beste Lösung«, erwiderte Fabiola und bat den Detektiv fast inständig, er möge mit den Artikeln aus dem Höchster Kreisblatt beginnen.

»Gerne«, sagte Hattsteiner, nahm einen Schluck von seinem mit Kandiszucker gesüßtem Ceylon Tee und fing an vorzulesen:

»Höchster Kreisblatt vom siebten Juli 1906: Johann S., der in Hattersheim ein Schuhgeschäft betreibt, erklärt dem Höchster Kreisblatt gegenüber, dass er sich entschlossen habe, den Vorfall publik zu machen, nachdem über Herrn H. aus Niederhöchstadt so viel Übles in den Zeitungen in Umlauf sei. Er berichtet, dass er im gleichen Hundezuchtverein sei wie Herr H. und von diesem einen Sankt-Bernhard-Hund erworben habe. Sein Hund sei erkrankt und da habe er H. gebeten, der seinen Hund schon häufiger mit einer von ihm hergestellten Arzneimixtur erfolgreich behandelt habe, sich das Tier anzuschauen. So seien sie dann schließlich auch darauf zu sprechen gekommen, dass die Frau von Herrn S. schwer nervenkrank sei und schon seit einiger Zeit im Frankfurter Irrenschloss untergebracht sei. Der Ladenbesitzer habe darüber geklagt, wie kostspielig die Behandlung sei und er kaum noch etwas auf der hohen Kante habe. Daraufhin habe Herr H. ihm vertraulich hinter vorgehaltener Hand zugeraunt, er kenne da ein Gift, das sehr wirksam sei, ohne irgendwelche Spuren zu hinterlassen. Das würde niemandem auffallen und das Leiden hätte ein Ende. Herr S. sei so schockiert gewesen, dass ihm die Worte fehlten. Er habe dann rasch das Thema gewechselt und Herr H. sei auch bald gegangen.«

Als er geendet hatte, klatschte Fabiola enthusiastisch in die Hände und rief aus: »Diesem Schmock werden wir schon noch das Handwerk legen!«

Nachdem sie den ersten Artikel aus der Frankfurter Zeitung vorgelesen hatte, in dem der Hausarzt davon berichtete, dass H. auf die Vergiftungsbezichtigungen hin gedroht habe, sich das Leben zu nehmen, kommentierte Hattsteiner trocken, Höpf sei ja der reinste Schmierenkomödiant, worin ihm Fabiola nur rechtgeben konnte.

Mit grimmiger Miene verlas er den nächsten Artikel aus dem Höchster Kreisblatt.

»Höchster Kreisblatt vom 12. Juli 1906: Nach allem, was in letzter Zeit über einen gewissen Herrn H. aus Niederhöchstadt in den Zeitungen zu lesen war, ist unser Redakteur Kurt Bundschuh aus Hattersheim neugierig geworden und zum Stammtisch des Hundezuchtvereins Schwalbach gegangen, wo er die Züchterfreunde von Herrn H. auf das Gerücht angesprochen habe, beim Tod seiner beiden Ehefrauen sei nicht alles mit rechten Dingen zugegangen. Daraufhin habe einer aus der Runde, der anonym bleiben wolle, geäußert, das pfiffen ja die Spatzen regelrecht von den Dächern – und es sei außerdem in aller Munde, dass Höpf aus der Lebensversicherung, die er für seine erste Frau abgeschlossen habe, satte 20.000 Goldmark ausbezahlt bekommen habe. Ein anderer Herr aus Wörsdorf habe vom frühen Versterben des unehelichen Sohnes von Herrn H. gesprochen, der aus dem Verhältnis mit seiner Haushälterin stamme. Der frühe Kindstod könne H. doch nur recht gewesen sein, dadurch habe er den Unterhalt gespart und die Dienstmagd nicht heiraten müssen. Karl H. kenne sich ja auch mit Giften gut aus, die er zur Herstellung seiner Hundearzneien verwende, fügt das Vereinsmitglied aus Wörsdorf hinzu. Ein anderer Mann habe verschämt berichtet, dass H. sich damit brüste, dass er eine gute Bezugsquelle für Peitschen jeglicher Couleur und andere erzieherische Hilfsmittel habe, um widerspenstige Weibsbilder zur Räson zu bringen. Angeblich habe er zu Hause einen ganzen Schrank voll solcher Utensilien zur Züchtigung devoter Damen – oder auch Herren, denn sowas solle es ja auch geben. Interessante Einblicke, wie unser Redakteur Karl Bundschuh findet und er bekundet abschließend seine Hoffnung, dass im Zuge polizeilicher Ermittlungen endlich die Wahrheit ans Licht komme.«

»Was wohl bislang leider nicht erfolgt ist, denn das war vor sechs Jahren und Höpf treibt immer noch vollkommen unbehelligt sein Unwesen«, konstatierte Fabiola erbost und informierte Fridolin Hattsteiner über den Artikel, in dem die ehemalige Haushälterin von Karl Höpf ihre Verdachtsmomente zum Ausdruck brachte, die sich absolut mit dem deckten, was auch die Vereinsfreunde von Höpf geäußert hatten.

Im nächsten Artikel aus dem Höchster Kreisblatt wurde davon berichtet, dass Redakteur Karl Bundschuh anonym ein Zeitungsartikel der bekannten Boulevardzeitung ›Berliner Zeitung am Mittag‹ zugeschickt worden sei. In dem Artikel vom 12. Mai 1905 hieß es, ein gewisser Karl H. aus dem hessischen Niederhöchstadt bei Frankfurt habe in Casablanca seine Geliebte umgebracht. Es handele sich bei ihr um die reiche Witwe Helen Atkinson, die H. eine größere Geldsumme geliehen habe. Um das Geld nicht zurückzahlen zu müssen, habe H. Mrs. Atkinson kurzerhand mit Zyankali vergiftet. Um seiner Verhaftung in Marokko zu entgehen, habe es H. eilig gehabt, nach Deutschland zurückzukehren. Die Boulevardzeitung behaupte ausdrücklich, ihre Informationen zu dem Mordfall basierten auf Polizeiakten – welche indessen nirgendwo existierten.

»Wie auch immer, der besagte Redakteur des Höchster Kreisblatts wurde jedenfalls von Höpf mittels Zivilklage zum Schweigen gebracht. Er musste eine empfindliche Geldstrafe von 200 Mark wegen der öffentlichen Verbreitung übler Nachrede entrichten«, äußerte Hattsteiner grimmig.

Da Höpfs ehemaliger Haushälterin das gleiche widerfahren war, mussten Fabiola und der Privatdetektiv erkennen, dass Höpf offenbar am längeren Hebel gesessen hatte.

»Selbst ein Gendarmerie-Wachtmeister konnte Höpf nicht am Zeug flicken.« Fabiola konnte nur ratlos den Kopf schütteln.

»Offenbar hatte er immer mächtige Fürsprecher, die seine Machenschaften deckten, wie beispielsweise diesen Arzt Doktor Portmann, der nichts auf Höpf kommen ließ. Selbst der Staatsanwalt aus Wiesbaden war stets auf seiner Seite und hat sämtlichen Zivilklagen Höpfs gegen seine Widersacher stattgegeben. Deswegen konnte er aus alledem auch immer ungeschoren davonkommen, bis zum heutigen Tage«, bemerkte Fridolin Hattsteiner aufgebracht.

»Das kann so nicht mehr weitergehen, sonst ist mein Bruder das nächste Opfer dieses Giftmischers«, erwiderte Fabiola und schlug erzürnt mit der Handfläche auf die Tischplatte. »Doch das werde ich nicht zulassen – nur über meine Leiche!«

Hattsteiner zuckte leicht zusammen. »Sagen Sie das nicht so laut, denn Höpf ist einer, der über Leichen geht – und schenkt man diesen Bezichtigungen Glauben, sind da schon einige zusammengekommen, über die er gegangen ist.«

»Ich werde dereinst über seine gehen, so wird ein Schuh draus«, äußerte Fabiola trotzig.

Der Privatdetektiv musterte sie beeindruckt. »Wissen Sie was, das glaube ich Ihnen sogar. Wenn Frauen hassen, ist der Hölle Zorn ein Dreck dagegen.«

Fabiola musste unversehens auflachen. Sie ging zu einem Teewagen mit Flaschen und Gläsern und entkorkte eine Kristallkaraffe mit edlem französischem Cognac. Nachdem sie je einen Daumenbreit in zwei dickbauchige Cognac-Schwenker gefüllt hatte, reichte sie einen dem Privatdetektiv.

»Wenn Frauen hassen«, skandierte sie mit hintergründigem Lächeln und stieß mit ihm an.

»Ich bin mir gar nicht sicher, ob ich ihn wirklich hasse, ich hasse das, was er mit Fabian macht, das trifft es eher«, äußerte Fabiola nachdenklich.

»Soll ich morgen auch noch in die anderen Zeitungsarchive gehen?«, fragte Hattsteiner.

»Das wird nicht nötig sein, denn wir haben ja genug Informationen zusammengetragen«, erwiderte Fabiola gedankenversunken.

»Der Mann hat so viel Dreck am Stecken und ist immer noch auf freiem Fuß, das soll mal einer verstehen«, murmelte sie wie zu sich selbst. »Was muss denn noch alles passieren, bis man ihn endlich einkassiert?«

»Ein guter, aufrechter polizeilicher Ermittler, der sich von Höpf nicht bestechen oder sonst wie um den Finger wickeln lässt, könnte ihn vielleicht zu Fall bringen. Zumindest aber könnte er dem feinen Herrn gehörig das Leben schwer machen«, gab Hattsteiner von sich.

Fabiola musterte ihn eindringlich. »Kriminalkommissar von Salomon ist solch ein Ermittler. Ich kann ihm morgen die Abschriften vorbeibringen und ihn fragen, ob er jetzt bereit ist, in den Fall einzusteigen, zumal Höpf ja mittlerweile in Frankfurt lebt, was in Salomons Zuständigkeitsbereich liegt.«

Inzwischen war es 20:00 Uhr geworden, Fabiola läutete nach dem Dienstmädchen, um das Abendessen servieren zu lassen. Sie erkundigte sich bei ihrem Gast, was er zum Essen trinken wolle und nach Fabiolas Empfehlung einigten sie sich auf einen gehaltvollen Badischen Spätburgunder.

Bei Ochsenbrust mit Meerrettichsoße und Salzkartoffeln und einem harmonischen Rotwein unterhielten sie sich – wie konnte es anders sein – über die Causa Höpf, die ihnen noch gewaltig im Kopf herumschwirrte.

Der erfahrene Privatdetektiv und gute Menschenkenner riet seiner Mandantin, bei passender Gelegenheit in aller Güte mit Fabian zu sprechen und ihm von den Zeitungsartikeln zu berichten, in der Hoffnung ihn dazu zu bewegen, den Kontakt zu seinem skrupellosen Fechtlehrer abzubrechen, was natürlich in der Angelegenheit das Allerbeste wäre.

Wenn auch nicht unbedingt von diesem Idealfall auszugehen sei, so könnten die verschiedenen Verdachtsmomente gegen Höpf aber möglicherweise dazu beitragen, dass sich bei Fabian erste Zweifel regten, die zumindest eine gewisse Distanz zwischen ihm und seinem Fechtlehrer entstehen ließen. Bestenfalls könne es auch zu Streitigkeiten kommen, welche die Stimmung trüben und Fabians an Hörigkeit grenzende Loyalität zu seinem Captain ein Stück weit erschüttern würden.

Fabiola, die ihm aufmerksam zugehört hatte, stimmte dem Detektiv zu. »Ich glaube zwar nicht, dass Fabian so leicht von ihm ablässt, aber die Vorwürfe gegen seinen Herrn und Meister werden ihm auf längere Sicht schon zu denken geben, auch wenn er sie zunächst erzürnt vom Tisch fegen wird.«

Anschließend unterhielten sie sich über Fabiolas Ausbildung als angehende Psychiaterin, für die sich der Privatdetektiv sehr interessierte.

Auf die Frage, wie er dazu gekommen sei, sich als Privatdetektiv zu betätigen, erwiderte Fridolin Hattsteiner scherzhaft, er sei früher viele Jahre lang Mathematiklehrer am Frankfurter Lessing Gymnasium gewesen, von daher habe er schon immer ein Faible für die Auflösung kniffliger Rechenaufgaben gehabt. Tatsächlich sei die mathematische Logik hilfreich für die Aufklärung verzwickter Fälle. Zudem sei es ein Hobby von ihm, lineare Gleichungen mit mehreren Unbekannten zu lösen und er sei überdies ein leidenschaftlicher Schachspieler, da das Schachspiel die große Kunst der Logik sei. Beeindruckt warf Fabiola ein, dass sie ebenfalls das Schachspiel liebe.

»Ich habe es schon als Kind gelernt und gegen meinen Vater und meine Brüder gespielt. Nach einer Weile hatten sie keine

Chance mehr gegen mich, nur an Fabian habe ich mir die Zähne ausgebissen, wir waren etwa gleich stark. Ich gehöre zwar dem Frankfurter Schachclub an, leider hatte ich jedoch während meines Medizinstudiums kaum noch Zeit für eine Partie und so ist das Spiel der Könige bei mir ein wenig ins Hintertreffen geraten«, seufzte Fabiola bedauernd und nahm Hattsteiners Einladung, doch gelegentlich mal an einem Donnerstagabend um 18:00 Uhr ins Café Hauptwache zu kommen – denn dort treffe sich der Schachclub im Gesellschaftssaal und jeder, der wolle, könne dazukommen und eine Partie spielen – erfreut an.

Gegen 22:00 Uhr begleitete Fabiola den Privatdetektiv zur Haustür. Sie einigten sich darauf, in Kontakt zu bleiben und Fabiola dankte ihm noch einmal für seine gute Arbeit, als vor dem Grundstück plötzlich eine Kutsche anhielt und Fabian durch das schmiedeeiserne Gartenportal trat.

Vor Schreck fehlten Fabiola zunächst die Worte. Während sie mit dem Privatdetektiv einen alarmierten Blick wechselte, überschlugen sich förmlich ihre Gedanken. Fabian, der sogleich wahrnahm, dass ihr die Situation unangenehm war, legte noch den Finger in die Wunde.

»Nanu, Schwesterlein, hast du etwa einen neuen Verehrer?«, flachste er spöttisch und musterte den Herrn im Trenchcoat, der einen grauen Homburger Hut auf dem Kopf trug, forschend.

»Herr Hattsteiner und ich kennen uns vom Schachclub, wir haben heute Abend ein paar Partien gespielt ...«, erklärte Fabiola unsicher und machte die Herren miteinander bekannt.

»Lassen Sie mich raten«, richtete Fabian launig das Wort an den Privatdetektiv. »Sie hat alle Partien gewonnen, denn sie spielt fantastisch.«

»Da muss ich Sie enttäuschen«, flunkerte Hattsteiner selbstbewusst. »Partie eins habe ich mit dem Königsgambit eröffnet und konnte Ihre Schwester im 22. Zug Schachmatt setzen. Die zweite und dritte Partie ging ebenfalls an mich. Ich habe einige Züge aus der berühmten ›Unsterblichen Partie‹ der beiden Mathematik Professoren Adolf Anderssen und Lionel Kieseritzky aus dem Jahre 1851 verwendet und damit bei meiner Gegnerin Verwirrung gestiftet. Wie Edward Lasker in der legendären Partie gegen George Alan Thomas vom Oktober dieses Jahres in London gelang mir durch ein famoses Damenopfer ein Matt in sieben Zügen und …«

»Genug, genug, da wird einem ja schon vom Zuhören schwindelig«, unterbrach ihn Fabian unwirsch. »Sie müssen jetzt nicht den Schachgroßmeister geben, ich kann mir schon denken, wer Sie sind, Herr Hattsteiner.« Er beäugte den Mann im Trenchcoat unverfroren und lächelte provozierend.

Doch der Detektiv ließ sich von ihm nicht so leicht ins Bockshorn jagen und hielt seinem Blick mit stoischer Gelassenheit stand. Außerdem ging er mit keiner Silbe auf Fabians Bemerkung ein.

»Ich wünsche den Herrschaften noch einen schönen Abend«, verabschiedete er sich stattdessen mit kühler Höflichkeit. »Und schlagen Sie den König, Verehrteste. Sie schaffen das«, raunte er Fabiola mit verschwörerischem Blick zu und entfernte sich.

Kaum, dass sie die Tür hinter sich geschlossen hatten, wandte sich Fabian erzürnt an seine Schwester. »Das war doch dieser Schnüffler, den du mir und dem Captain neuerdings hinterherschickst«, herrschte er Fabiola wutentbrannt an.

»Ich weiß gar nicht, was du meinst, nur in einem bin ich mir sicher: In diesem Tonfall lasse ich nicht mit mir reden«, entgegnete sie eisig.

»Der hat sich doch gestern Nacht schon an unsere Fersen geheftet, hat mich sogar um Feuer gebeten, vor dem Nachtclub in der Münchner Straße. Ist uns dann noch hinterher gestiefelt und hat versucht, die Empfangsdame auszuhorchen. Doch die hat ihm was gehustet und uns später eine genaue Personenbeschreibung von dem Kerl geliefert, sodass ich ihn vorhin gleich erkannt habe, außerdem habe ich ihn ja auch kurz gesehen, als er mich auf der Straße angesprochen hat.«

Fabians Blick, mit dem er sie fixierte, und sein Tonfall waren so vernichtend, dass Fabiola nicht weit davon entfernt war, in Tränen auszubrechen. Die überbordende Feindseligkeit des Menschen, der sie bis vor kurzem nur mit uneingeschränktem Wohlwollen behandelt und mit dem sie eine tiefe platonische Liebe verbunden hatte, verletzte sie unsagbar.

»Warum hasst du mich nur so, du, der mich einst so sehr geliebt hat?«, entrang es sich ihr verzweifelt.

Doch ein Blick auf Fabians abweisendes Gesicht verriet ihr, sie hätte mit Engelszungen sprechen können, nichts hätte sein verhärtetes Herz erweichen können.

»Ich hasse vor allem, dass du mich und den Captain von diesem Privatschnüffler beschatten lässt«, schrie er ihr schäumend vor Wut ins Gesicht.

Seine Stimme hallte so laut durch das Treppenhaus, dass aus der Beletage bereits das alarmierte Gemurmel der Dienstboten zu ihnen herunter drang, was Fabian in seinem Furor nicht zu tangieren schien.

»Dieser Mann ist gemeingefährlich ... Ich habe Beweise dafür, die ich dir gerne zeigen möchte«, brach es aus Fabiola heraus, obwohl ihr gleichzeitig bewusst wurde, dass dies nicht der rechte Moment dafür war. »Es gibt jede Menge Leute, die behaupten, er habe seine beiden Ehefrauen und sein Töchterchen vergiftet, wie es vor einigen Jahren in sämtlichen Zeitungen zu lesen war ... Ich kann dir die Artikel zeigen ...«

»Halt den Mund, ich will nichts mehr von deinen böswilligen Hetzereien hören«, schnitt er Fabiola vehement das Wort ab. »Ich kann deine ewigen Übergriffe nicht mehr ertragen, unentwegt versuchst du, einen Keil zwischen mich und den Mann zu treiben, der mir alles bedeutet«, schrie er außer sich. »Merkst du denn nicht, dass du mich dadurch nur von dir wegtreibst, ich habe dich immer für eine kluge Frau gehalten, Fabiola, doch mir ist bewusst geworden, wie töricht du im Grunde genommen bist. Akzeptiere endlich, dass ich in dem Captain meinen Meister gefunden habe, dem ich auf ewig angehören möchte und hör endlich auf, dich in mein Leben einzumischen. Das sage ich dir im Guten, sonst bin ich morgen weg!«

KAPITEL 13

Bebend vor Wut schloss Fabian seine Zimmertür ab, da er von Fabiola keinesfalls mehr behelligt werden wollte und eilte mit fliegenden Schritten zu seinem Schreibtisch. Normalerweise hätte die Angelegenheit auch noch bis morgen Zeit gehabt, doch Fabiola, die in ihrer maßlosen Verbohrtheit vor nichts zurückschreckte, um ihn mit dem Meister zu entzweien, trieb ihn regelrecht zu diesem endgültigen Schritt.

Fabian zog einen Schlüssel aus der Hosentasche und schloss die Schreibtischschublade auf.

Das Schriftstück lag ganz oben. Seine Hände zitterten leicht, als er die mit einer Büroklammer zusammengehefteten Blätter ergriff und vor sich auf die Lederunterlage legte. Mit zärtlicher Geste strich er über das handgeschöpfte japanische Büttenpapier mit dem Samurai Schwert als Wasserzeichen, ehe er sich die mit der säuberlichen, gut lesbaren Handschrift seines Meisters versehenen Bögen noch einmal konzentriert durchlas.

Kontrakt:

Vertragliche Vereinbarung zwischen
Herrn Karl Höpf – im Folgenden »Meister« genannt
und
Herrn Fabian von Weyrauch – im Folgenden »Diener« genannt.

I. Grundsatz:
Der Kontrakt wird von Meister und Diener aus freiem Willen geschlossen.

II. Frist:
Zwischen der Vertragsunterzeichnung und dem Zeitpunkt der Einlösung (Übergang des Dieners sowie seines kompletten materiellen Besitzes als Eigentum an den Meister) * muss eine Bedenkzeit von mindestens sieben Tagen liegen. Der Diener hat in dieser Zeit gründlich zu prüfen, ob der Pakt wirklich seinem freien Willen entspricht.

III. Stornierungs-Recht:
Bis zum Zeitpunkt der Einlösung kann der Kontrakt sowohl durch den Meister als auch durch den Diener jederzeit widerrufen werden. Ab dem Zeitpunkt der Einlösung gilt der Vertrag jedoch als verbindlich. Eine Kündigung ist dann nicht mehr möglich.

IV. Vertragsgegenstand:
Der Diener übergibt ab dem:

Fabian öffnete seinen Füllfederhalter und trug sorgfältig das morgige Datum ein, an dem die offizielle Bedenkzeit von sieben Tagen endete:

13. November 1912, um 0:00 Uhr, sämtliche Rechte an seiner Person und seinem materiellen Eigentum an den Meister.

V. Dienerregeln
1) Der Diener darf nur nach Aufforderung des Meisters sprechen.
2) Der Tonfall des Dieners gegenüber dem Meister muss unterwürfig

sein und er darf ihn nur in der festgelegten Form der Anrede ansprechen: in der zweiten Person Plural, wie Herrscher und Hohe Würdenträger angesprochen werden und mit »Master«, oder »Meister«.
3) Der Diener hat alle anfallenden Arbeiten und Aufträge zu erledigen, zu denen der Meister ihn auffordert.

*Anmerkung: Die mit der Unterzeichnung des Kontrakts in Kraft getretene Übereignung des vollständigen finanziellen und materiellen Besitzes des Dieners wird durch eine notariell beglaubigte Vollmacht und dem bei einem Notar hinterlegten Testament rechtlich abgesichert.

Fabian holte tief Luft, ehe er mit schwungvoller Schrift Ort, Datum und Unterschrift unter den Kontrakt setzte.

»Nun ist es vollbracht und ich gehöre ganz und gar Euch«, murmelte er feierlich.

Sein dekadentes, nutzloses Dasein würde endlich einen Sinn haben.

Versonnen dachte Fabian daran, dass er vor wenigen Tagen zum ersten Mal die Gelegenheit hatte, dem Meister zu dienen – im Kabinett von Madame Stöhr, wo der Meister an zwei Abenden in der Woche devote Damen züchtigte.

Fabian hatte wie sein Meister eine schwarze Ledermaske getragen und als dessen Gehilfe fungiert, der die Hand- und Fußgelenke der Sklavinnen in Ledermanschetten fixiert und dem Meister die Peitschen und anderen Gerätschaften für die Züchtigung gereicht hatte.

Eine ganz eigene bizarre Welt, die ihn zutiefst fasziniert und der er nun das große Glück hatte, selber anzugehören.

Der Meister hatte kurz erwähnt, dass er noch einen anderen Diener habe, mit dem sich Fabian wöchentlich abwechseln werde, was die Dienste im Kabinett anbelange. Fabian hatte ihn bislang noch nicht kennengelernt und der Meister hielt sich auch stets sehr bedeckt, was seine persönlichen Belange anbetraf.

Als Fabian die Lektüre beendet hatte, verwahrte er den Kontrakt mit dem Anhang wieder sorgsam in der Schreibtischschublade und schloss sie ab.

Die Bank-Vollmacht und das Testament würde er morgen früh schreiben und an einen Notar weiterleiten. Er war einfach zu müde – außerdem war es höchste Zeit für seine Medizin, wie ihm die innere Unruhe, die Schweißausbrüche und die Gliederschmerzen signalisierten.

Er wollte das Heroin nur bislang nicht nehmen, um klar und wach genug zu sein, solange er noch mit dem Lesen und Unterschreiben des Kontrakts beschäftigt war.

Fabian holte das Glasfläschchen mit der Arznei aus der Innentasche seines Gehrocks, das ihm der Captain zur oralen Einnahme vor dem Schlafengehen mitgegeben hatte. Er öffnete den Verschluss, füllte die vorgeschriebene Menge in den beigefügten Bakelit-Messbecher und stürzte die bittere Flüssigkeit gierig herunter.

Eine wohlige Müdigkeit breitete sich in seinem Innern aus, während er wie ein Schlafwandler zum Bett wankte, seine Kleidung abstreifte und sich die weiche Daunenfederdecke übers Gesicht zog, um die schnöde Welt zu vergessen und sich einzig mit Hypnos, dem sanftem Gott des Schlafes zu vereinigen.

*

Die Krautwickel mit Salzkartoffeln galten im beliebten Ausflugslokal Zum Affensteiner Felsenkeller, unweit der Frankfurter Anstalt für Irre und Epileptische, als Spezialität des Hauses, die vor allem im Herbst bei den Stammgästen sehr beliebt war.

Zu dem herzhaften Mahl wurde Fabiola und Gerhard ein Steingutkrug mit selbstgekeltertem Apfelwein gereicht. Gerhard füllte die beiden Riffelgläser mit dem säuerlichen, goldgelben Getränk und Fabiola und er prosteten sich zu und wünschten einander einen guten Appetit.

Trotz des regnerischen Herbstwetters, das nicht unbedingt zu Ausflügen einlud, war der weitläufige Gastraum um die Mittagszeit gut gefüllt mit Gästen und Gerhard war froh, dass sie noch einen kleinen Ecktisch ergattert hatten, an dem sie ungestört waren.

Als Fabiola ihn am Morgen angerufen und ihm aufgelöst von dem hässlichen Streit mit ihrem Bruder berichtet hatte, wollte er nicht noch bis zum Abend warten und hatte ihr spontan vorgeschlagen, sich in seiner Mittagspause hier zu treffen.

Obgleich sie über das Wiedersehen mit Gerhard sehr glücklich war, lastete doch der Kummer über Fabian, der ihr neuerdings nur noch mit Jähzorn und Ablehnung begegnete, schwer auf Fabiolas Gemüt.

Stockend berichtete sie Gerhard, was sich am gestrigen Abend zugetragen hatte und dass Fabian ihr gedroht habe, auszuziehen, wenn sie weiterhin gegen seinen Meister agitiere.

»Wie die Zeitungsartikel jüngst gezeigt haben, gibt es allerdings mehr als genug Gründe, gegen diesen Schurken vorzugehen und ihn schleunigst in polizeilichen Gewahrsam nehmen zu lassen, ehe es noch weitere ominöse Todesfälle gibt. Dass Fabian der Nächste sein könnte, raubt mir schier den Verstand«, stieß Fabiola mit brüchiger Stimme hervor und nahm einen Schluck Apfelwein, um den Kloß im Hals herunter zu spülen.

Gerhard, der im Gegensatz zu Fabiola, die kaum einen Bissen herunter brachte, das schmackhafte Essen mit gutem Appetit verzehrte, hielt inne und riet Fabiola einer plötzlichen Intuition folgend, sich doch den Fechtlehrer demnächst einmal vorzuknöpfen und ein ernstes Wörtchen mit ihm zu reden.

»Das sollten wir aber besser gemeinsam machen, denn in Anbetracht von Höpfs Gefährlichkeit halte ich es sogar unbedingt für ratsam, wenn du nicht mit ihm alleine bist«, äußerte der Psychiater mit ernster Miene. »Bei Fabian kannst du momentan nicht viel ausrichten, er ist viel zu verblendet, um auch nur den geringsten Makel auf seinen famosen Meister kommen zu lassen und nur allzu bereit, jedem an die Kehle zu springen, der es wagt, an der güldenen Fassade seines Götzenbilds zu kratzen. Im Falle von Höpf ist das anders gelagert. Möglicherweise zieht er sich ja zurück, wenn er erkennt, dass jemand genauer in seiner Vergangenheit herumgestochert hat und auf die ganzen Leichen gestoßen ist, die er im Keller hat. Diese Art von Aufmerksamkeit kann ein verwegener Degenfechter und Narziss wie Karl Höpf weiß Gott nicht gebrauchen. Es könnte ja sein, dass er diesmal nicht so viel Glück hat und die Polizei anfängt, ihm unangenehme Fragen zu stellen.«

»Nichts würde ich mir mehr wünschen«, brach es aus Fabiola heraus. »Sobald ich zu Hause bin, rufe ich Kriminalkommissar von Salomon an und erstatte ihm Rapport. Vielleicht sieht er ja inzwischen eine Möglichkeit, gegen Höpf zu ermitteln.«

»Das wäre das Allerbeste«, erwiderte Gerhard und ergriff liebevoll ihre Hand. »Du darfst dabei nur nicht vergessen, wie es dein Bruder aufnehmen würde, wenn er erfährt, dass du Höpf bei der Polizei angeschwärzt hast. Möglicherweise würde er dich auf ewig dafür hassen.«

»Vermutlich hast du recht«, sagte Fabiola mit belegter Stimme und musterte den Geliebten in tiefer Betrübnis. »Was Fabian und mich anbetrifft, stecken wir ohnehin in einem Dilemma. Nicht an seinem Götzenbild zu rühren, bedeutet, ihn sehenden Auges ins Unglück laufen zu lassen. Ihn mit der Wahrheit zu konfrontieren bewirkt nur, dass er mich so sehr hasst, dass er sich ganz von mir abwendet – und das könnte ich, glaube ich, nicht verkraften«, stellte Fabiola fest und war untröstlich über die scheinbar ausweglose Situation.

»Das menschliche Leben ist kein Roulette mit den Farben Rot oder Schwarz. Zum Glück hat es vielerlei Facetten, die wir oftmals nicht erkennen, weil wir zu verstrickt in unseren Gefühle sind. Häufig findet sich unerwartet und vermeintlich zufällig eine Lösung und der gordische Knoten entwirrt sich. Das wünsche ich dir und Fabian von Herzen.«

Fabiola drückte dankbar seine Hand. »Was könnte ich so glücklich sein, wenn das nur mit Fabian nicht wäre«, seufzte sie und lächelte gequält. »Ich fürchte nur, dass sich gewisse festgelegte Strukturen, wie sie im Sadomasochismus zu finden sind, nicht so einfach lösen lassen. Schon bevor ich von Fridolin Hattsteiner die Nachricht erhielt, dass Fabian und Höpf das besagte Bordell aufsuchten, kamen mir solche Gedanken und anhand der herrischen Art, wie Höpf mit meinem Bruder umspringt, ist es nicht schwer zu erraten, welche Rolle er spielt und welche Fabian zukommt. Mein Bruder ist zweifellos der Dulder, der es liebt, beherrscht und gezüchtigt zu werden. Der Sadist hingegen findet seine Erfüllung in der Dominanz und im Quälen. Derartige Beziehungen zwischen dem Herrn und seinem Knecht sind nicht nur perfekte Ergänzungen, sie werden diktiert von einem machtvollen Sexus, dessen auf Trieberfüllung gerichtete Libido sich nicht modifizieren lässt. Will sagen, Dulder bleibt Dulder und Meister bleibt Meister. Das ist genauso unveränderlich, wie sich eine bereits erloschene Libido nicht wieder anfachen lässt. Diese masochistische Neigung hat wohl schon lange in Fabian geschlummert und schließlich in der Person seines Fechtlehrers ihre Erfüllung gefunden. Wenn es sich bei den beiden nur auf sexuelle Spielarten reduzieren würde, wäre das ja noch relativ harmlos, aber ein durch und durch skrupelloser Mensch wie Höpf treibt Fabian in den sicheren Ruin. Finanziell, körperlich und psychisch. Und dagegen muss und werde ich angehen – auch wenn Fabian mich dafür hasst und Höpf mich in der Luft zerreißt, wenn ich ihm gewisse Sachen an den Kopf werfe.«

»Ich werde dich dabei unterstützen, so gut ich kann«, versprach Gerhard aufrichtig. »Nur lass uns dabei planvoll vorgehen. Höpf ist überaus gewieft, wir sollten uns genau überlegen, was wir sagen. Es darf nicht der Eindruck entstehen, dass er mit Schimpf und Schande vom Hof gejagt wird, das wäre für Fabian unerträglich. Es sollte eher so aussehen, dass Höpf von sich aus die Segel streicht – aus Angst vor Strafverfolgung vielleicht, oder wegen anderer unguter Konsequenzen, die ihm auf längere Zeit drohen, wenn er von Fabian nicht ablässt«, erläuterte der Psychiater konzentriert.

Fabiola, die ihm aufmerksam zugehört hatte, nickte zustimmend und brachte zum Ausdruck, wie dankbar sie über seinen Beistand sei.

In der Aufwallung eines plötzlichen Hungergefühls und obgleich das Essen schon fast kalt war, aß sie ihren Teller bis auf die letzte Kartoffel leer und war mit einem Mal wieder deutlich zuversichtlicher.

Während sie ihre Riffelgläser noch einmal mit Apfelwein füllten, wechselten sie das Thema und Fabiola berichtete Gerhard von ihren ersten Eindrücken von der Anstalt in Köppern und wie sehr sie sich auf ihre Arbeit dort freue.

»Es sind ja nur noch zwei Wochen, dann geht es endlich los. Unter der Woche werde ich dort wohnen und nur noch am Wochenende in Frankfurt sein, vorausgesetzt natürlich, ich habe keinen Dienst«, erklärte Fabiola und streifte Gerhard mit einem verliebten Blick. »Ich hoffe nur sehr, wir verlieren uns dadurch nicht ganz aus den Augen. Wie soll ich es nur aushalten, dich die ganze Woche nicht zu sehen?«

»Zum Glück bist du Ärztin und genauso vielbeschäftigt wie ich, sonst würde das auf Dauer mit uns nicht gutgehen. Aber so haben wir die besten Voraussetzungen. Wir können uns zwar nicht so häufig sehen wie die meisten anderen Paare, doch wenn wir dann endlich zusammen sind, wird es zauberhaft werden – das ist es schon jetzt«, flüsterte er Fabiola ins Ohr, zog sie begehrlich an sich und küsste sie zärtlich auf den Nacken.

»Hör auf, sonst vergesse ich meine gute Erziehung und tue etwas Unanständiges«, raunte Fabiola und es überkam sie ein wollüstiger Schauder, als Gerhard ihr unterm Tisch die Hand aufs Knie legte. Verzückt ließ sie es zu, dass er die Innenseite ihres Oberschenkels streichelte und musste schwer an sich halten, um nicht lustvoll aufzustöhnen.

Da riss die in schnoddrigem Frankfurter Dialekt geäußerte Frage des Kellners, ob sie noch etwas bestellen wollten, das Paar jäh aus seiner wonnigen Versunkenheit.

»Äh ... nein Danke, die Rechnung bitte«, entgegnete Gerhard verlegen und fühlte sich ertappt wie ein dummer Junge. Wie stark das Über-Ich doch in uns wirkt, wurde es dem Psychiater bewusst und er gab dem vierschrötigen Mann mit der Leder-Schürze ein großzügiges Trinkgeld.

Draußen unterm Vordach schauten sie sich nach einem geeigneten Ort um, wo sie vor neugierigen Blicken geschützt waren. Entschlossen hasteten sie zu einer mächtigen alten Kastanie, wo sie sich im Schutze des breiten, knorrigen Stamms leidenschaftlich küssten.

Sie waren viel zu versunken und verzaubert, um den kalten Novemberregen zu bemerken, der ihre Gesichter und Haare benetzte. Als die Zeit des Abschieds gekommen war, bereitete es ihnen fast körperliche Schmerzen, sich voneinander zu lösen.

»Ich liebe dich unsagbar«, waren Fabiolas letzte Worte, ehe sie sich abrupt zum Gehen wandte.

KAPITEL 14

»Das freut mich zu hören, ich komme gleich vorbei«, sagte Karl Höpf, legte den Telefonhörer auf die Gabel und klatschte triumphierend in die Hände.

Er ging in die Küche und holte eine Piccolo-Flasche Feist Belmont aus der Speisekammer. Dann eilte er mit dem Fläschchen und einem Sektglas in der Hand gutgelaunt in sein Arbeitszimmer und entriegelte die Geheimtür, zu der nur er einen Schlüssel besaß, den er niemals aus der Hand gab und mit Argusaugen hütete.

Weder seine Frau und die Hausangestellte noch irgendeine andere Menschenseele hatten je einen Fuß über die Schwelle gesetzt und das sollte auch so bleiben.

Hier war sein Reich, in dem sich sein geliebtes Laboratorium mit den ›Gift-Schränken‹ befand, wie er die grauen Metall-Spinde mit Tinkturen, selbstgebrauten Arzneien und Chemikalien zu nennen pflegte.

Auch ein breiter Holzschrank mit gewissen anderen Dingen, die niemanden etwas angingen, stand an der Stirnseite des Geheimzimmers, flankiert von diversen Fotos, die einen peitschenschwingenden, maskierten Mann beim Züchtigen devoter Damen zeigten.

Höpf ließ sich auf dem Hocker am langgezogenen Arbeitstisch nieder, auf dem eine geradezu peinliche Ordnung herrschte. Glasfläschchen, Phiolen, Tiegel und Reagenzgläschen reihten sich neben Bunsenbrennern und anderen Utensilien.

Ein Handgriff und er hatte, was er wollte. Er entkorkte das Sektfläschchen, trank einen Schluck und träufelte einige Tropfen aus einer braunen Glasphiole hinein. Als er die Phiole zurück an ihren Platz stellen wollte, hielt er kurz inne und überlegte.

»Warum eigentlich nicht?«, entschied er kurzerhand und steckte die Phiole in die Hosentasche. Früher oder später würde er es sowieso tun müssen, sonst wäre das Ganze ja witzlos. »Warum also nicht früher als später? Erst recht, wo diese Kuh neuerdings ständig versucht, mir in die Suppe zu spucken. Dir geb ich's fürs Knurren, du Miststück!«, murmelte er mit gehässigem Grinsen.

Anschließend ging er ins Zimmer seiner Frau, wo die Pflegerin Hedwig gerade dabei war, die Kranke zu waschen, reckte Wally neckisch das Sektfläschchen entgegen, küsste sie liebevoll auf die eingefallene Wange und sprach mit ihr wie zu einem Kind.

»Jetzt gibt's ein Piccolöchen für mein Wallychen«, alberte er herum, füllte das Sektglas mit dem perlenden Schaumwein und reichte es der entkleideten Frau, deren abgemagerter, mit Seifenschaum bedeckter Körper vor Kälte zitterte, zum Trinken.

»Helf ihr dabei, Hedwig, das ist gut für ihren Kreislauf, aber sauf ihr nicht wieder alles weg«, instruierte er die Pflegerin mit hämischer Miene.

Da Hedwig regelmäßig unter Übelkeit und Verdauungsbeschwerden gelitten hatte, wenn er Wally Sekt zu trinken gegeben hatte, lag es für Höpf auf der Hand, dass die Pflegerin sich heimlich daran bediente.

»Ich bin gleich weg und werde voraussichtlich erst am Nachmittag wieder zurück sein«, rief er, als er bereits an der Tür war, drehte sich noch einmal kurz um und warf Wally eine Kusshand zu.

*

Zufrieden hatte sich Karl Höpf den unterschriebenen Kontrakt durchgelesen und auch die Bankvollmacht und das Testament akribisch studiert. Nachdem er die Dokumente sorgfältig mit der Erläuterung, er werde alles an einen Notar weiterleiten, in einer eigens dafür mitgebrachten Aktenmappe verwahrt hatte, erklärte er an Fabian gerichtet mit breitem Grinsen, dass jetzt doch wohl ein kleiner Umtrunk fällig sei.

»Und gegen einen Happen zu essen hätte ich auch nichts einzuwenden«, fügte er feixend mit der Erläuterung hinzu, es sei ja bereits Mittagszeit und ihm knurre gehörig der Magen.

Fabian, der seinem Meister am Mahagonitisch im Salon gegenübersaß, schnellte sofort hoch und läutete nach dem Dienstmädchen.

»Was gibt es denn heute zu essen?«, erkundigte er sich angespannt bei der jungen Dienstmagd.

»Soweit ich weiß, hat die Köchin heute nicht größer gekocht«, antwortete die Dienerin kleinlaut. »Die gnädige Frau hat doch am Morgen in der Küche Bescheid gesagt, dass sie heute Mittag außer Haus ist und woanders speist ... und Sie essen ja ohnehin nicht oft zu Mittag. Deswegen gibt es die Reste von gestern, Ochsenbrust mit Meerrettichsoße und Salzkartoffeln und die Köchin hat für das Gesinde noch eine Rindfleischsuppe mit Wurzelgemüse zubereitet.«

»Das geht ja überhaupt nicht«, fuhr Fabian sie an und schüttelte empört den Kopf. »Ich habe einen hochgeschätzten Gast und dem werde ich gewiss nicht die Reste von gestern auftischen lassen«, schnaubte er indigniert und bat den Captain in aller Form um Entschuldigung.

»Erkundigen Sie sich auf der Stelle bei dem Herrn, was er zu speisen wünscht und geben es schleunigst an die Köchin weiter«, herrschte er das Mädchen an, dem vor Aufregung und Demütigung die Schamesröte ins Gesicht gestiegen war. Scheu fragte sie Höpf nach seinen Wünschen.

»Eine schöne heiße Rindfleischsuppe mit Markklößchen, das wäre mir vorweg schon recht«, gab Höpf großspurig von sich. »Als Hauptspeise käme mir ein herzhafter Braten mit Blaukraut und Kartoffelklößen sehr gelegen, es darf auch eine Rinderroulade sein, wenn kein Braten da ist, und dazu ein guter Rotwein, dann wäre ich fürs Erste zufrieden.«

Mit Genugtuung gewahrte Höpf den schockierten Gesichtsausdruck des Dienstmädchens, da ihm durchaus bewusst war, dass es schon mit dem Teufel zugehen müsse, um seine hochfliegenden Wünsche in einem zumutbaren zeitlichen Rahmen zu erfüllen.

Selbst wenn das Bratenfleisch in der Küche vorrätig wäre, so würde die Zubereitung und das Schmoren mindesten zwei gute Stunden in Anspruch nehmen.

Also lehnte er sich amüsiert zurück und wartete, wie sich das Experiment weiter gestalten würde.

Im Grunde genommen hätte er sich auch mit der Ochsenbrust arrangieren können, doch das wäre nicht annähernd so spaßig gewesen.

»Und was darf ich Ihnen bringen?«, fragte das Dienstmädchen mit hochroten Wangen den Hausherrn.

»Das gleiche wie meinem Gast«, erwiderte Fabian barsch. »Zum Essen trinken wir einen Châteauneuf-du-Pape aber vorher bringen Sie uns den besten Champagner, den wir im Keller haben – und zwar gleich und nicht erst in einer halben Stunde.«

»Sehr wohl, gnädiger Herr«, erwiderte die Dienstmagd gepresst und eilte hinaus.

Dem verstockten Ding würde ich am liebsten eins auf die Backen geben, dachte Höpf lüstern beim Anblick der servilen Haltung des Dienstmädchens, mit der sie sich von dannen schlich.

»Jetzt möchte ich gerne eine gute Zigarre rauchen, hast du vielleicht eine da?«, richtete der Captain verschlagen das Wort an den Gastgeber.

»Äh ... Ich glaube unten in meinem Atelier habe ich noch eine angebrochene Kiste Habanos«, erwiderte Fabian und machte sich schleunigst auf den Weg, was Höpf für seinen Plan sehr entgegenkam.

Als Fabian wenig später mit einem Mahagoni-Tablett zurückkehrte, auf dem sich die Zigarrenkiste sowie ein edles vierteiliges Zigarrenraucherset aus Messing und Mahagoni befanden, welches ihm Fabiola zum 21. Geburtstag, dem Eintritt in die Volljährigkeit, geschenkt hatte, staunte Höpf nicht schlecht.

Dennoch hielt er seine Begeisterung beim Anblick des kostbaren Kleinods geflissentlich im Zaum, denn er war ja schließlich kein Parvenü, der in Jubelrufe ausbrach, wenn er so etwas Exquisites vor die Nase gestellt bekam.

Fabian entnahm der Holzkiste eine mit einer Original-Havanna-Banderole versehene Zigarre und ergriff ein kleines zangenartiges Werkzeug, das an eine Guillotine gemahnte. Mit einem sauberen Schnitt trennte er fachmännisch die Kappe ab und reichte seinem Meister die Zigarre, der sie sich genussvoll unter die Nüstern hielt.

Der Duft einer Havanna-Zigarre war einzigartig und mit nichts zu vergleichen. Er steckte sich die Zigarre in den Mund und ließ sie sich von Fabian anzünden – mit geruchsneutralen Streichhölzern aus Zedernholz, um das Aroma der Zigarre nicht zu trüben.

Der Meister paffte kennerhaft und dachte bei sich, wie angenehm es doch war, einen Mann von Welt zum Diener zu haben.

»Hübsches Teil«, ließ er sich gar dazu herab, mit Blick auf das Zigarrenraucherset zu bemerken.

»Freut mich, dass es Euch gefällt, Meister, es ist eine Sonderanfertigung der Firma Erhard & Söhne aus Schwäbisch Gmünd, die auf die Herstellung von Galanteriewaren aus Messing und Bronze spezialisiert ist«, erwiderte Fabian.

Auf die Frage des Captains, ob es wertvoll sei, antwortete er, das könne er nicht so genau sagen, da er es geschenkt bekommen habe.

Als Fabian anschließend mit den Streichhölzern in der Hand zur Wand eilte, wo sich bis vor kurzem noch das Gemälde von Fernand Khnopff befunden hatte, um die Duftlampen mit Weihrauch zu entzünden, gebot ihm Höpf Einhalt.

»Lass das, davon kriege ich nur Kopfschmerzen!«, fuhr er den verdutzten Fabian an, der folgsam zum Tisch zurückkehrte und sich wieder auf seinem Stuhl niederließ.

»Da kannst du von Glück sagen, dass ich dir das gestatte«, raunzte der Captain inngrimmig.

Fabian blickte ihn begriffsstutzig an, wagte aber nicht, nachzufragen, was er meinte.

»Die Mistress würde einen Sklaven grün und blau prügeln, wenn er es wagen würde, sich zu ihr an den Tisch zu setzen. Wenn sie es ihm überhaupt erlaubt, sich hinzusetzen, dann bestenfalls auf den Boden und in knieender Haltung«, äußerte Höpf mit sarkastischem Grinsen.

Fabian senkte demütig den Kopf und schwieg, wie es ja auch im Kontrakt festgelegt war.

Gleich darauf brachte das Dienstmädchen, gefolgt von der fülligen Köchin Walburga, deren pausbäckiges Gesicht vor Aufregung glänzte, einen Eiskübel mit dem Champagner herein, den sie mit geübtem Griff entkorkte und zwei Champagnerkelche füllte, während die Köchin das Wort an Fabian richtete.

Der korpulenten Frau, mit der normalerweise nicht sonderlich gut Kirschen essen war, standen vor Erbitterung die Tränen in den Augen.

»Ich muss Ihnen leider sagen, gnädiger Herr, dass ich Ihren Wünschen nicht nachkommen kann. Ich war heute auf Braten oder Rinderrouladen nicht eingestellt ... Sowas muss gut vorbereitet werden und kann nicht einfach so aus dem Ärmel gezaubert werden ... Wir sind ja auch kein Tischlein deck dich ...«

»Schweige sie auf der Stelle!«, fiel Höpf der Köchin, die sich beim Sprechen immer mehr in Rage gesteigert hatte, erbost ins Wort. »So spricht man doch nicht mit seiner Herrschaft!«

Er wandte sich an Fabian. »Das darfst du dir nicht gefallen lassen, sonst verdonnert die dich morgen zum Kartoffelschälen«, erläuterte er trocken, womit er, wie sich gleich darauf zeigte, bei Fabian auf offene Türen stieß.

»Ich höre mir Ihr Gezeter keine Minute mehr länger an, Walburga«, maßregelte er die Köchin scharf. »Wenn Sie schon nicht in der Lage sind, was Anständiges zu kochen, dann organisieren Sie wenigstens das, was man Ihnen aufgetragen hat. Im Palmengarten Restaurant, oder sonst wo, wird sich doch wohl ein Bratengericht auftreiben lassen. Also kümmern Sie sich gefälligst darum, anstatt weiter Maulaffen feil zu halten!«, beschied er sie herrisch.

Es ging bereits auf zwei Uhr zu, als Fabiola nach Hause kam. Sie wollte eigentlich nur im Salon einen Tee trinken und sich am Kamin ein wenig aufwärmen, ehe sie Kriminalkommissar von Salomon im Polizeirevier auf der Neuen Zeil aufsuchen würde, um ihn, wie zwischen ihnen vereinbart, über den neusten Stand der Dinge zu unterrichten.

Da kam ihr auf dem Flur der Beletage das Dienstmädchen mit einem Korb in der Hand entgegen.

Nachdem sie einander höflich gegrüßt hatten, bat Fabiola die Dienerin, ihr einen Tee in den Salon zu bringen.

Ihr Blick fiel auf die sorgsam in Seidenpapier eingeschlagenen Gegenstände in dem Korb und sie erkundigte sich bei der jungen Frau leicht befremdet, um was es sich dabei handele.

»Das ist ein Zigarrenraucher-Service aus Messing, der gnädige Herr möchte es seinem Besucher schenken und hat mir aufgetragen, es gut einzupacken, damit es beim Transport keinen Schaden nimmt«, erläuterte die Dienstmagd befangen und stand schon im Begriff, die Klinke der Salon-Tür zu drücken, nicht ohne zur Seite zu treten und ihrer Herrin höflich den Vortritt zu lassen, als Fabiola sie zurückhielt.

»Warten Sie bitte noch einen Moment, Cornelia, ich habe vorab noch etwas mit meinem Bruder zu besprechen«, bemerkte sie mit bebender Stimme und trug der verunsicherten Dienstmagd auf, den Korb wieder mitzunehmen, bis sie ihr Bescheid gebe.

Fabiola öffnete die Tür und trat ein.

Ihr eiserner Vorsatz, die Contenance zu wahren, löste sich beim Anblick von Karl Höpf, der sich auf der Ottomane ausgestreckt hatte als wäre er zu Hause, im Sekundenbruchteil in Luft auf. Der starke Rasierwassergeruch, der von ihm ausging, raubte ihr regelrecht den Atem.

Anstelle einer Begrüßung zischte sie ihm zu: »Sie ruinieren ja mit Ihren Straßenschuhen noch den Goldbrokat, können Sie bitte die Beine herunternehmen!«

Auf dem markanten Gesicht des Fechtlehrers spiegelten sich namenloses Erstaunen und Fassungslosigkeit.

So hatte noch keine Frau gewagt, mit ihm zu sprechen. Ihn juckte es schon in den Fingern, ihr für diese Unverschämtheit eine schallende Ohrfeige zu verpassen, als Fabian ihm zuvorkam.

Er war vom Stuhl aufgesprungen und hatte sich bedrohlich vor seiner Schwester aufgebaut.

»Was unterstehst du dich, in diesem Ton mit meinem Meister zu sprechen«, schrie er ihr ins Gesicht.

»Ich sage, was ich will und wie ich es will, das lasse ich mir weder von dir noch von sonst jemandem vorschreiben«, blaffte ihm Fabiola nicht minder aggressiv entgegen.

Die beiden Geschwister erinnerten Karl Höpf an zwei angriffslustige Hunde, nur allzu bereit, sich jeden Moment ineinander zu verbeißen. Also tat der ehemalige Hundezüchter das, was er in so einem Fall stets getan hatte: Er pfiff mit den Fingern so laut und gellend, dass die Kontrahenten heftig zusammenschreckten und voneinander abließen.

»Kusch!«, knarzte er an Fabiola gerichtet tückisch. »Sie haben mir überhaupt nichts zu sagen. Rein gar nichts, nicht das Geringste, dass das ein für alle Mal klar ist, Fräulein«, spie er verächtlich durch die Zähne.

Eine unbändige Wut ergriff von Fabiola Besitz, wie sie sie in dieser Intensität noch nie zuvor erlebt hatte. Ihr scharfer Verstand versuchte ihr vergebens zu soufflieren, dass der Widersacher von Eros, der Todestrieb und große Zerstörer, drauf und dran war, die Oberhand über ihr Ich zu gewinnen, doch sie kam nicht dagegen an – im Grunde genommen wollte sie es auch gar nicht.

Schlagartig wurde sie zur Kriegerin, zur Amazone, in der alles danach schrie, den Feind zu vernichten.

Viel zu lange hatte sie ihren ganzen Gram und Kummer in sich rein gefressen. Damit war jetzt endgültig Schluss!

Fabiola stand vor der Ottomane, wie die personifizierte Rachegöttin und fixierte Höpf mit unverhohlener Abneigung.

»Verlassen Sie auf der Stelle mein Haus und hüten Sie sich, meinen Bruder weiterhin in verbrecherischer Weise zu manipulieren und auszunutzen, sonst hetze ich Ihnen die Polizei auf den Hals, Sie verfluchter Giftmischer«, äußerte sie schneidend.

Höpf hatte sich jäh von der Liege erhoben, seine schmalen Augen sprühten vor Zorn. »Du hast wohl nicht mehr alle Tassen im Schrank, du Kuh!«, schrie er außer sich vor Wut. »Dafür kriegst du eine fette Verleumdungsklage, das schwöre ich dir!«

»Ich weiß, wie firm Sie mit sowas sind, Herr Höpf«, erwiderte Fabiola mit eisiger Verachtung. »Das ist Ihrer früheren Haushälterin widerfahren und auch anderen Leuten aus Niederhöchstadt, die gewagt haben, Sie als Giftmörder zu bezichtigen, selbst ein Zeitungsredakteur wurde von Ihnen mit einer Zivilklage zum Schweigen gebracht. Das wird Ihnen bei mir nicht gelingen, das kann ich Ihnen versichern. Von mir aus können Sie gegen mich klagen, sooft Sie wollen, das ist mir einerlei. Ich lasse mir von Ihnen jedenfalls keinen Maulkorb verpassen und gehe auf der Stelle zur Polizei. Kriminalkommissar von Salomon, den ich bereits über Ihre kriminellen Machenschaften in Kenntnis gesetzt habe, wartet nur darauf, endlich gegen Sie zu ermitteln«, erklärte sie höhnisch und öffnete demonstrativ die Flügeltür.

»Verschwinden Sie, sonst lasse ich Sie auf der Stelle verhaften, Sie gewissenloser Mörder!«

»An dem, was die da so daher schwätzt, ist kein wahres Wort«, knurrte Höpf bösartig an Fabian gewandt, der bereits winselnd Abbitte leistete. »Doch sowas kann ich mir nicht bieten lassen. Deswegen werde ich dieses Haus nie wieder betreten und wir sind ab sofort geschiedene Leute. Wenn ich dich in Zukunft auf der Straße sehe, kenne ich dich nicht und wage es bloß nicht, mich noch einmal zu behelligen.«

Höpf ergriff flugs seine Aktenmappe, eilte im Stechschritt hinaus und war durch nichts mehr aufzuhalten – auch nicht von Fabians herzzerreißenden wie vergeblichen Bemühungen, ihn zum Bleiben zu bewegen, indem er ihn auf Knien anflehte, ihn nicht zu verlassen.

Fabians verzweifelte Schreie waren sogar noch zu hören, als Karl Höpf die Siesmayer Straße erreicht hatte, die zum Palmengarten führte, was ihn mit Schadenfreude und Genugtuung erfüllte.

Er presste die Ledermappe mit den Dokumenten an sich wie einen wertvollen Schatz und hatte es plötzlich eilig, die Bockenheimer Landstraße zu erreichen, wo sich die Kanzlei des Notars Doktor Haas befand, dem er seinen Besuch bereits telefonisch angekündigt hatte.

KAPITEL 15

In der Villa im Grüneburgweg Nummer 15 vollzog sich unterdessen ein wahres Drama. Fabian, der regelrecht von Sinnen war, wurde von seiner Schwester mit Leibeskräften daran gehindert, seinem Meister hinterher zu laufen.

Mit ausgebreiteten Armen vor der Haustür stehend, versperrte sie Fabian entschlossen den Weg und zwischen den Geschwistern kam es zu einem erbitterten Gerangel.

Als der körperlich überlegenere Fabian schließlich obsiegte und hinaus auf die Straße stürzte, war von Höpf jedoch schon längst nichts mehr zu sehen.

Hektisch entschloss er sich nach kurzem Überlegen, nach rechts abzubiegen, in der Hoffnung, hinter der nächsten Straßenecke auf den Meister zu treffen, doch zu Fabians großer Enttäuschung fand sich auch dort von ihm keine Spur.

Nachdem er kopflos für unbestimmte Zeit durch die Straßen geirrt war, ein aussichtsloses Unterfangen, da Karl Höpf unauffindbar blieb und ihn der ruppige Novemberwind, gepaart mit kalten Regenschauern, in seinem dünnen Seidenhemd vor Kälte schlottern ließen, trottete er mit gramgebeugtem Haupt und hängenden Schultern wieder nach Hause zurück.

Fabian war am Boden zerstört. Mit einem Schlag hatte er den Menschen verloren, der seinem sinnentleerten Dasein eine Bedeutung gegeben hatte – zurück blieb eine leblose Marionette, der man mit einem Schnitt alle Fäden durchtrennt hatte.

Als ihm an der Haustür seine tief bekümmerte Schwester entgegengeeilt kam und in ihrer Hilflosigkeit und Ohnmacht kaum die passenden Worte oder Gesten fand, den Unglücklichen zu trösten, der tatsächlich nicht zu trösten war, stieß er sie hasserfüllt von sich.

»Geh mir aus den Augen«, schrie er und wankte in den Salon.

Fabiola, die zitterte wie Espenlaub und kaum in der Lage war, einen klaren Gedanken zu fassen, konnte draußen auf dem Flur hören, wie er die Flügeltür von innen verriegelte.

Kurze Zeit später waren aus dem Raum die dröhnenden Klänge von Wagners ›Götterdämmerung‹ zu vernehmen, so laut, dass förmlich die Wände bebten.

Die Dienstboten waren vor dem aufziehenden Orkan in die Küche geflüchtet, wo einige sich über die Vorkommnisse austauschten, andere hingegen, wie der alte Diener Leonhard, betreten schwiegen.

Fabiola, die das beklemmende Gefühl hatte, kurz vor einer Ohnmacht zu stehen, stakste auf wackligen Beinen in ihr Arbeitszimmer, wo sie sich entkräftet auf einen Sessel sinken ließ und sich mit zittrigen Händen einen Cognac einschenkte.

Eine ganze Weile saß sie einfach nur da und starrte ins Leere. Sie hatte zwar in Gerhard die Liebe ihres Lebens gefunden und auch in beruflicher Hinsicht hatte sich bei ihr alles zum Besten gefügt, dennoch überkam sie die bestürzende Erkenntnis, dass ihr Leben einem einzigen Scherbenhaufen glich.

Mit der schrecklichen Gewissheit, den geliebten Bruder unwiederbringlich verloren zu haben, würde sie sich niemals abfinden können.

»Niemals!«, stammelte sie und einer Fata Morgana gleich kam ihr ein verstörendes Déjà-vu.

Damals, an jenem unheilvollen sechsten November, nach der Vorstellung von Karl Höpf im Schumanntheater, als Fabian wie vom Erdboden verschwunden war, hatte sie das gleiche Schreckensbild vor Augen gehabt und in ihrer Verzweiflung den Schmerz gegen die Wände geschrien.

Noch während sie daran dachte, katapultierte sie auch jetzt ihr lauter, verzweifelter Schrei zurück in die Realität.

Bei allem Fatalismus und der Aussichtslosigkeit der Lage gab es doch einen kleinen Lichtblick: »Gut, dass er weg ist«, murmelte Fabiola beim Gedanken an Höpf inngrimmig, doch gleichzeitig kam ihr die deprimierende Erkenntnis, dass Fabian das ganz anders sah und sie fragte sich schuldbewusst, ob er denn jemals über diesen Verlust hinwegkommen würde.

Sie dachte an ihr ursprüngliches Vorhaben, Kriminalkommissar von Salomon im Polizeirevier aufzusuchen, doch dazu war sie zurzeit nicht in der Lage. Mit Blick auf den Telefonapparat zog es Fabiola kurzzeitig in Erwägung, den Kommissar, oder auch Privatdetektiv Hattsteiner, anzurufen, doch auch das verwarf sie. Selbst ein Gespräch mit Gerhard kam in ihrer momentanen Verfassung nicht infrage.

Unwillkürlich ging ihr die Verabredung durch den Sinn, die sie für den Abend mit ihm getroffen und auf die sie sich so sehr gefreut hatte.

Doch die Vorstellung, sich mit Gerhard im Kursaal Milani zu vergnügen, während bei Fabian Weltuntergang herrschte, war für sie unerträglich. Zumal sie daran nicht ganz unschuldig war.

Ich werde ihm absagen müssen, ging es ihr betrübt durch den Sinn. Sie schenkte sich noch einen Cognac ein und breitete die Wolldecke über sich, da es sie fröstelte.

Was für ein schrecklicher Tag – und überdies noch ein Tag, an dem es einfach nicht hell werden mochte, dachte sie bei sich und die wohlige Wärme, die der Cognac in ihrem Magen verbreitete, bewirkte, dass ihr vor Erschöpfung die Augen zufielen.

Wie durch Watte hindurch vernahm sie ein fernes Glockengeläut, das musste sie geträumt haben – doch da war es wieder und diesmal auch deutlich lauter.

Die Erkenntnis, dass es sich um das Läuten der Türglocke handelte, durchfuhr Fabiola wie ein Blitz und sie richtete sich erschrocken aus dem Lehnstuhl auf.

Das ist Gerhard, wurde es ihr bewusst, denn der Dunkelheit nach zu schließen, die im Zimmer herrschte, musste es bereits Abend sein. Demnach hatte sie den ganzen Nachmittag geschlafen. Benommen erhob sie sich und drehte die Gasleuchte mit dem orange-gelben Alabasterschirm an, die das Arbeitszimmer in ein warmes, goldgelbes Licht tauchte.

Ihr Blick fiel auf die Uhr. Es war 18:30 Uhr, da Gerhard sie ja erst um 19:00 Uhr abholen wollte, konnte er das also nicht sein. In jedem Fall war es höchste Zeit für sie, sich herzurichten – oder aber ihm abzusagen, überlegte sie bedrückt, da sie sich unglaublich nach seiner Nähe sehnte. Wenngleich ihr nach dem heutigen Fiasko keineswegs der Sinn nach Ausgehen und Amüsement stand, schon gar nicht nach Geselligkeit, so galt das freilich nicht für Gerhard. Er war überhaupt der einzige Mensch, den sie, tief verletzt wie sie war, um sich haben mochte. Also beschloss sie, sich frisch zu machen, Gerhard aber zu bitten, den Tisch im Kursaal Milani zu stornieren und stattdessen den Abend bei ihr zu verbringen. Sie wollte schon ins Badezimmer gehen, als das Telefon auf ihrem Schreibtisch klingelte.

Es war Gerhard und sie hörte sofort an seiner Stimme, dass etwas Schlimmes passiert war.

»Es tut mir leid, meine Liebe, aber ich muss unsere Verabredung für heute Abend absagen«, äußerte er gepresst. »Denn einer unserer Patienten hat sich vorhin das Leben genommen. Ich wollte noch einmal nach ihm sehen, ehe ich Feierabend mache, weil es ihm heute so schlecht ging und da habe ich ihn tot aufgefunden. Er hat sich mit einem Bettlaken am Fensterkreuz erhängt ... Ein schauderhafter Anblick und jetzt kommt mir noch die traurige Aufgabe zu, die Hiobsbotschaft den Angehörigen zu hinterbringen.«

»Wie schrecklich, das tut mir unsagbar leid, mein Herz«, brach es aus Fabiola heraus. »Und falls du später noch meinen Beistand benötigst, ich bin jederzeit für dich da.«

»Ich danke dir, meine Liebste. Dann bis bald – und ich liebe dich.«

»Ich liebe dich auch und melde dich, wenn du Zeit hast, egal, wie spät es ist. Alles Gute, mein Liebling, und ich wünsche dir ganz viel Kraft.«

»Danke, die kann ich brauchen. Ich küsse dich.«

Gerhard hatte aufgelegt. Fabiola hatte es bewusst vermieden, ihn in dieser schwierigen Situation mit ihren eigenen Problemen zu konfrontieren. Sie würde jetzt ein schönes heißes Bad nehmen und danach zaghaft an die Salon-Tür pochen, um nach Fabian zu schauen, vorausgesetzt natürlich, er würde sie überhaupt hereinlassen, so verhasst, wie sie ihm momentan war.

Als sie an der Tür vorbeiging, war von drinnen kein Laut zu vernehmen. Ein leichter Weihrauchduft stieg ihr in die Nase und sie musste unwillkürlich niesen.

Fabiola hörte, wie unten im Erdgeschoss die Haustür ins Schloss fiel und gleich darauf waren vom Treppenhaus Schritte zu vernehmen.

Das wird doch hoffentlich nicht dieser Satan sein, dachte sie alarmiert und überlegte schon, wie sie Höpf daran hindern könne, zu Fabian zu gelangen, als das Dienstmädchen Cornelia mit einer Holzkiste in den Händen den Flur betrat.

»Das ist eine Lieferung für Ihren Herrn Bruder, die eben bei mir abgegeben wurde. Ich bringe sie ihm gleich in den Salon«, erklärte die junge Frau kurzatmig, stellte die Holzkiste mit der Banderole der Likör- und Spirituosen-Manufaktur Skrobanek ab und klopfte an die Tür.

»Entschuldigen Sie bitte, gnädiger Herr, aber der Absinth, den Sie heute Nachmittag bestellt haben, ist eben gebracht worden. Der Lieferant von der Firma bittet vielmals um Entschuldigung, dass das mit der Lieferung so lange gedauert hat, aber er hat in der Mainzer Landstraße mit dem Automobil einen Verkehrsunfall gehabt und das hat ihn aufgehalten«, rief die Dienstmagd mit erhobener Stimme. Als Fabian darauf nicht antwortete und auch sonst kein Geräusch nach außen drang, drückte Fabiola beunruhigt die Türklinke. Doch die Tür war noch immer verschlossen. Wahrscheinlich ist er eingeschlafen, dachte sie bei sich und klopfte noch eine Spur fester an den Türflügel. »Bitte Fabian, mach doch die Tür auf, da ist eine Lieferung für dich gekommen«, bat sie nachdrücklich, doch auch jetzt regte sich nichts.

Nach dem Bad versuchte sie erneut, Fabian dazu zu bewegen, ihr zu öffnen. Als er auch dieses Mal kein Lebenszeichen von sich gab, tat sie etwas, was sie nur äußerst selten tat: Sie rief ihren Vater an und bat ihn um Hilfe.

Da sich das Stammhaus der Familie nur einen Fußweg entfernt auf der Bockenheimer Landstraße befand, war Jakob von Weyrauch in einer Viertelstunde da und drückte Fabiola, seine einzige Tochter, liebevoll an sich. Bei Fabiola brachen nun alle Dämme und sie weinte sich an der Schulter ihres Vaters aus.

»Das hast du richtig gemacht, mein Kind, dass du diesen Halsabschneider rausgeworfen hast«, lobte sie der überaus erfolgreiche Kaufmann, der auch mit 65 Jahren noch keinen

Gedanken an den wohlverdienten Ruhestand verschwendete. Böse Zungen behaupteten gar, Jakob von Weyrauch sei so mit seiner Arbeit verbunden, dass man ihn dereinst mit der Bahre aus dem Kontor tragen müsse.

Auch nach dem frühen Tod seiner geliebten Frau Esther, die mit 39 Jahren an der Schwindsucht gestorben war, hatte er sich nach der im Judentum vorgeschriebenen Trauerzeit von sieben Tagen, dem sogenannten ›Schiwa-Sitzen‹, sofort wieder in die Arbeit gestürzt. Geheiratet hatte er allerdings nicht mehr, um das liebevolle Andenken an seine Frau, der Fabiola wie aus dem Gesicht geschnitten war, nicht zu trüben.

Nachdem auch seine Bemühungen an der Salon-Tür vergeblich waren, veranlasste Jakob von Weyrauch den alten Diener Leonhard, der handwerklich versiert war, die Tür aufzubrechen.

Fabian lag auf der Ottomane unter den Duftlampen und schien tief und fest zu schlafen. Im Raum hing der Geruch nach kaltem Weihrauch. Auf dem Beistelltisch standen eine leere Absinth-Flasche und ein halbvolles Arzneifläschchen mit Heroin.

Fabiola, die vermutete, Fabian schliefe seinen Rausch aus, breitete fürsorglich eine Wolldecke über ihn.

»Lassen wir ihn weiterschlafen«, raunte sie ihrem Vater mit gesenkter Stimme zu. Sie ignorierte das versteinerte Gesicht ihres Vaters, das aschfahl geworden war.

Obwohl der Familienpatriarch schon vor zehn Jahren zum protestantischen Glauben konvertiert war – als eine Art stillschweigender Übereinkunft mit Kaiser Wilhelm II., bezüglich seines in Aussicht gestellten Adelstitels, war der wenig religiöse Kopfmensch doch nach wie vor noch im Judentum verwurzelt.

So sprach er auch jetzt mit tränenerstickter Stimme das Kaddisch, das jüdische Totengebet. Als Fabiola mit der schrecklichen Gewissheit konfrontiert wurde, dass Fabian nicht mehr am Leben war, konnte und wollte sie es einfach nicht wahrhaben. Sie starrte ihren Vater empört an.

»Hör auf!«, schrie sie gellend. »Fabian ist nicht tot!«

Dann fing sie an, mit den Fäusten auf den Vater einzuschlagen. »Bitte sag, dass das nicht wahr ist!«, stieß Fabiola immer wieder verzweifelt hervor, während jegliche Farbe aus ihrem Gesicht gewichen war.

Sie sank auf dem Boden in sich zusammen wie eine leere, leblose Hülle und gab einen markerschütternden Aufschrei von sich, der dem Vater schier das Herz brach.

KAPITEL 16

Während Doktor Schuchardt, der Hausarzt der Familie von Weyrauch, den Verstorbenen genauer untersuchte, saß Fabiola völlig teilnahmslos am Tisch und blickte mit leerem Blick ins Nirgendwo. Der Vater hatte sich auf einem Stuhl neben ihr niedergelassen und hielt schweigend ihre Hand.

»Ich gehe davon aus, dass eine Überdosis Heroin die Todesursache war, die in Verbindung mit dem hochprozentigen Absinth einen Atem- und Herzstillstand bewirkt hat«, diagnostizierte der Arzt an die Angehörigen gewandt und erkundigte sich mit ernster Miene, ob Fabian vielleicht in letzter Zeit Selbstmordabsichten geäußert habe.

Fabiola, die unter einem schweren Schock stand, war außerstande, zu antworten.

»Nun, Fabian hatte schon immer einen gewissen Hang zum Morbiden«, erwiderte Jakob von Weyrauch nachdenklich. »Er schwelgte regelrecht in Endzeitstimmung, Lebensüberdruss und Weltschmerz. Tod und Vergänglichkeit übten eine große Faszination auf ihn aus – aber das war wohl eher eine Attitüde als echte Todessehnsucht.«

Doktor Schuchardt nickte verständig. »Das ist die Geisteshaltung der Dekadenz, die gerade bei jungen Leuten momentan so in Mode ist, ich weiß ein Lied davon zu singen, ich habe ebenfalls zwei Söhne in diesem Alter.«

Wenngleich Fabiola in Sprachlosigkeit erstarrte, so war doch die Vorstellung, dass ihr Bruder Höpfs wegen Selbstmord begangen habe, mehr als sie ertragen konnte. Und so wurde ihr Körper mit einem Mal von einem so heftigen Beben geschüttelt, dass ihre Zähne klapperten und sich ihr ein verzweifeltes Wimmern entrang, das in heftigen Weinkrämpfen mündete.

Jakob von Weyrauch schloss Fabiola in die Arme und versuchte, die Verzweifelte zu beruhigen.

»Sie hat einen schweren Nervenzusammenbruch«, sagte der Arzt, der Fabiola gleichfalls zur Hilfe eilte und mit dem Stethoskop ihr Herz abhörte. »Das Herz und der Blutdruck galoppieren förmlich durch die Decke, da muss ich ein Beruhigungsmittel spritzen.«

Mit geübtem Griff zog Doktor Schuchardt eine hoch dosierte Bromlösung in die Spritze und injizierte sie Fabiola in die Armbeuge.

»Davon wird sie die ganze Nacht durchschlafen, wir bringen sie jetzt am besten ins Bett. Es wäre gut, wenn jemand nach ihr schauen könnte. Ich komme dann morgen früh wieder vorbei.«

Nachdem der Arzt und der Vater die schon ziemlich sedierte Fabiola von beiden Seiten gestützt und ins Schlafzimmer geführt hatten, reichte Doktor Schuchardt Jakob von Weyrauch zum Abschied die Hand und kondolierte ihm noch einmal in aller Form zum Verlust seines Sohnes.

Als der Arzt hinausgegangen war, ließ sich der Familienpatriarch auf den Stuhl neben Fabiolas Bett sinken, barg sein Gesicht in den Händen und brach in haltloses Weinen aus.

*

Gerhard, der am Abend mehrfach vergeblich versucht hatte, Fabiola telefonisch zu erreichen, strich nach dem dritten Versuch die Segel. Nicht ohne eine gewisse Verwunderung, da

Fabiola ausdrücklich betont hatte, er könne sie jederzeit anrufen, egal, wie spät es sei.

Nach dem schrecklichen Vorfall in der Anstalt und dem kräftezehrenden Gespräch mit den Eltern und Geschwistern des manisch-depressiven jungen Mannes, der in einer schweren depressiven Episode als einzigen Ausweg nur noch den Freitod gesehen hatte, fühlte sich Gerhard innerlich wie ausgebrannt.

Daher beschloss er, ins Bett zu gehen und sich morgen bei Fabiola zu melden, wenn er hoffentlich etwas besser gestimmt war als im Augenblick.

Da ihm der turbulente Vormittag keine Zeit ließ, zum Hörer zu greifen, verlegte er das Telefonat in die Mittagspause. Gerhard war wie vom Donner gerührt, als sich anstelle von Fabiola eine Hausangestellte meldete und ihn darüber in Kenntnis setzte, dass ihre Herrschaft einen schweren Zusammenbruch erlitten habe, wo doch ihr Herr Bruder gestern Abend völlig unerwartet aus dem Leben geschieden sei.

Gleich nach Feierabend fuhr Gerhard zum Grüneburgweg und betätigte die Türglocke. Die verhuschte junge Dienerin teilte ihm betreten mit, dass die Familie in Trauer sei und daher keinen Besuch empfange.

Doch Gerhard ließ sich nicht so leicht abwimmeln. »Mein Name ist Doktor Gerhard Rossmann, ich bin Arzt und Psychiater und ein enger Vertrauter von Frau Doktor von Weyrauch. Bitte melden Sie das Ihrer Herrschaft, ich bin mir sicher, dass Frau Doktor mich sehen möchte.«

Nach wenigen Minuten kehrte das Dienstmädchen zurück und ließ Gerhard eintreten.

»Die Frau Doktor ist momentan nicht in der Lage, jemanden zu empfangen, aber ihr Herr Vater möchte Sie gerne sprechen, bitte folgen Sie mir«, erklärte die junge Frau in gedämpftem

Tonfall und geleitete den Besucher auf leisen Sohlen die Treppe hinauf zur Beletage, wo ihn Fabiolas Vater im Flur erwartete.

Nachdem Gerhard dem alten Herrn kondoliert hatte und sie sich miteinander bekannt gemacht hatten, bat Herr von Weyrauch den Besucher, ihm zu folgen.

»Ich hoffe sehr, dass Sie als Arzt und Psychiater meiner Tochter helfen können, ich weiß nämlich nicht mehr weiter und bin am Verzweifeln«, erläuterte der Familienpatriarch gramerfüllt. »Der tragische Tod meines Sohnes ist schon schlimm genug und jetzt muss ich mir auch noch um Fabiola die größten Sorgen machen. Sie isst nichts, trinkt nichts und gibt kein Lebenszeichen mehr von sich, wie eine lebende Tote.«

»Wahrscheinlich steht sie noch unter Schock über den Tod ihres Bruders, der ihr ja, wie ich weiß, sehr am Herzen lag«, erwiderte Gerhard und legte dem Verzagten mitfühlend die Hand auf die Schulter.

Als er gleich darauf Fabiola sah, die leichenblass im Bett lag und teilnahmslos an die Decke starrte, ohne die geringste Notiz von ihm zu nehmen, als er sich über sie beugte, ihre Hand ergriff und einfühlsam das Wort an sie richtete, blutete dem erfahrenen Psychiater das Herz.

»Der Verlust deines Bruders hat dich in eine schwere Depression gestürzt, du bist im tiefsten Tal der Hoffnungslosigkeit angelangt und da ist nur noch eine riesige schwarze Leere, die droht, dich zu verschlingen. Ich kann nicht mehr tun, als dich in dieser schweren Zeit zu begleiten, meine Liebste.«

Er küsste zärtlich Fabiolas Hand. »Ich bin immer für dich da.« Er wandte sich an Jakob von Weyrauch, der Fabiola mit tiefen Kummerfalten auf der Stirn anschaute.

»Wenn Sie gestatten, bleibe ich noch eine Weile bei ihr am Bett sitzen.«

»Solange Sie wollen, Herr Doktor Rossmann«, erwiderte der Vater entgegenkommend. »Ich gehe davon aus, dass Sie ein Liebespaar sind, auch wenn Fabiola noch nichts davon erzählt hat, außer, dass sie bei Ihnen eine Lehranalyse macht. Von daher denke ich, dass Ihre Gegenwart ihr guttun wird, denn bekanntlich ist ja Liebe die beste Medizin. Und wenn Sie Fabiola dazu bewegen könnten, einen Schluck zu trinken, oder einen Bissen zu sich zu nehmen«, er wies auf das Glas Wasser und das Butterbrot, die auf der Nachtkonsole standen, »dann wäre ich Ihnen auf ewig dankbar.«

»Ich werde mein Bestes geben, Herr von Weyrauch. Das wird schon wieder, Fabiola ist eine starke Persönlichkeit und wird sicher einen Weg finden, mit dem schmerzhaften Verlust ihres Bruders umzugehen. Aber das braucht seine Zeit«, erklärte Gerhard zuversichtlich.

Als er Fabiola gegen 23:00 zum Abschied zärtlich auf den Mund küsste und ihr versprach, am nächsten Abend wiederzukommen, war Gerhard jedoch längst nicht mehr so hoffnungsvoll wie ehedem.

Die Sorge um die Frau, die er liebte, lastete schwer auf ihm. Fabiola hatte jegliche Nahrungs- und Flüssigkeitsaufnahme verweigert und egal, was Gerhard gesagt und getan hatte, um zu ihr durchzudringen und ihr liebevollen Trost und Beistand zu spenden, sie hatte nicht die geringste Reaktion gezeigt.

So hatte sich im Laufe des Abends seine Befürchtung bestätigt, die ihm angesichts von Fabiolas Erstarrung unwillkürlich durch den Sinn gegangen und die er nur allzu gerne wieder abgeschüttelt hätte: Fabiola litt unter einem depressiven Stupor. Einer Form extremster Antriebshemmung bei Menschen im Zusammenhang mit einer schweren Depression. Die Betroffenen wirkten in dieser schweren depressiven Episode resigniert und weltabgewandt. Obwohl der Antrieb stark gehemmt war, bestand doch eine hohe Suizidgefahr und die mangelhafte Flüssigkeits- und Nahrungsaufnahme war gleichermaßen lebensbedrohend. Daher war es unbedingt notwendig, die Patienten zu überwachen.

Auch wenn es ihm schwerfiel, überhaupt daran zu denken, aber im Grunde genommen gehörte Fabiola auf eine geschlossene Station.

Wie so häufig kreisten seine Gedanken auch jetzt wieder um den manisch-depressiven Patienten, der in einer depressiven Episode Selbstmord begangen hatte. Obwohl er nahezu rund um die Uhr im Wachsaal von Pflegepersonal beaufsichtigt worden war, hatte er den richtigen Zeitpunkt abgepasst, als der Pfleger kurz den Saal verlassen hatte und sich die Mitpatienten allesamt im Dämmerschlaf befanden.

Was Gerhard noch immer sehr zu schaffen machte – und nun auch noch das Unglück mit Fabiola. Sie war zweifellos die faszinierendste Frau, der er je begegnet war, die er aufrichtig liebte und wie ein Wahnsinniger begehrte. Doch die wild lodernde Sinnlichkeit, dieser machtvolle Zauber des Eros, der Fabiola und ihn stets bis in die Haarspitzen erfüllt hatte, war nun ebenso erloschen wie Fabiolas Lebensmut.

Trotz der besorgniserregenden Lage war sich Gerhard jedoch sicher, dass Eros und Lebensfreude in Fabiolas Psyche in hoffentlich nicht allzu ferner Zukunft wieder die Oberhand erlangen würden.

»Ganz sicher«, sagte er im Brustton der Überzeugung zu Fabiola, die teilnahmslos wie eine Wachspuppe durch ihn hindurchsah, als wäre er Luft.

Gerhard war schon an der Tür, als Fabiolas Vater nach höflichem Anklopfen ins Schlafzimmer trat.

»Das trifft sich gut, ich wollte nämlich gerade gehen und hätte gerne noch mit Ihnen gesprochen, Herr von Weyrauch«, sagte Gerhard mit ernster Miene.

Die Herren ließen sich am runden Marmortisch am Fenster nieder. Mit Blick auf die Regentropfen, die der Herbstwind gegen die Fensterscheiben peitschte, erläuterte der Psychiater Jakob von Weyrauch den Geisteszustand seiner Tochter.

»Fabiola leidet unter einem sogenannten depressiven Stupor. Das ist ein Zustand psychischer und motorischer Erstarrung«, äußerte Gerhard betroffen. »Obwohl die Betroffenen wach sind, reagieren sie kaum oder gar nicht auf äußere Reize. Sie sind bewegungslos, mitunter ist auch ihre Muskulatur angespannt. Ihre Umgebung und was darin vorgeht, nehmen sie dennoch wahr, sogar mit besonderer Empfindlichkeit – sie können sich nur nicht daran beteiligen oder darauf reagieren. So wenden die Kranken beispielsweise weder den Kopf noch den Blick hin zu Mitmenschen, die auf sie zukommen oder sie berühren. Sie sind verstummt oder zumindest in ihrer sprachlichen Kommunikation stark eingeschränkt. Eine Kontaktaufnahme mit den Patienten ist deshalb kaum oder gar nicht möglich. – Das alles trifft eins zu eins auf Fabiola zu. Ich muss Ihnen leider auch sagen, dass bei Ihrer Tochter verstärkte Suizidgefahr besteht, Herr von Weyrauch, Sie sollten sie daher nicht unbeaufsichtigt lassen, auch in der Nacht sollte immer jemand bei ihr sein.«

»Das werde ich selbst übernehmen«, erwiderte der alte Herr, der sich als Zeichen der Trauer um den Tod seines Sohnes ein Stück Stoff aus dem Hemd gerissen hatte, wie es im Judentum Tradition war, und musterte den Psychiater sorgenvoll.

»Die mangelhafte Aufnahme von Nahrung und Flüssigkeit macht ihren Zustand noch bedrohlicher, sodass ich unbedingt dazu raten muss, Fabiola in eine psychiatrische Anstalt zu bringen, sollte sich ihr Gesundheitszustand die nächsten Tage nicht bessern«, legte Gerhard Fabiolas Vater ans Herz. Er schrieb ihm seine Dienst- und Privatnummer auf und bat ihn, jederzeit anzurufen, wenn er Fragen habe, oder sich etwas ereigne, das ihm Probleme bereite.

»Ich kann Ihnen und Fabiola nur alles Gute wünschen, ich komme dann morgen nach Feierabend wieder vorbei und dann sehen wir weiter«, verabschiedete er sich von dem grauhaarigen Herrn, dem vor Kummer die Tränen in den Augen standen.

KAPITEL 17

Da sich Fabiola auch noch Tage nach Fabians Tod in tiefer Depression befand, kaum Nahrung und Flüssigkeit zu sich nahm und sich apathisch in ihrem Bett vergrub, veranlasste Gerhard Rossmann ihre Einweisung in die Frankfurter Anstalt für Irre und Epileptische.

Wegen Fabiolas Vorhaben, im Waldkrankenhaus in Köppern ihre Facharztausbildung zu absolvieren, hatte er davon Abstand genommen, sie dort einweisen zu lassen, obgleich die Bedingungen dort deutlich besser waren als im überfüllten Frankfurter ›Irrenschloss‹.

So war seine Geliebte unversehens zu seiner Patientin geworden, um die er sich aufopferungsvoll kümmerte. Obwohl Gerhard mittels Hypnose und stimulierenden Gesprächen unermüdlich versuchte, die Schwermütige wieder dem Leben zuzuführen, blieb sie auch nach zwei Wochen noch teilnahmslos und vegetierte nur noch vor sich hin.

Schweren Herzens musste Gerhard zum Hörer greifen und Oberarzt Doktor Gans Bescheid geben, dass Fabiola außerstande sei, am ersten Dezember ihre Tätigkeit als Assistenzärztin anzutreten, worauf Doktor Gans der Kranken einen Besuch abstattete, bei dem auch der Anstaltsleiter, Professor Sioli, anwesend war.

»Bei aller Apathie gibt es dennoch eine kleine Verbesserung bei ihr zu verzeichnen«, erläuterte der Direktor dem Kollegen und wies auf den Wasserbecher und die Schale mit Haferbrei, die auf dem Nachttisch standen. »Sie pickt zwar noch wie ein

Vögelchen, aber immerhin nimmt sie neuerdings wieder Nahrung und Flüssigkeit zu sich, sodass wir sie gottlob nicht mehr länger künstlich ernähren müssen.«

Fabiolas von Natur aus blasser Teint war noch einige Nuancen bleicher geworden und hatte fast schon die Farbe des weißen Leinenkissens angenommen, auf dem ihr Kopf ruhte. Auch die vollen, sinnlichen Lippen der einstmals so lebensfrohen jungen Frau waren wächsern und eingefallen wie die hohlen Wangen. Die strahlenden jadegrünen Augen von einst lagen trübe und glanzlos in den tiefen, dunkel umflorten Augenhöhlen.

»Nicht wiederzuerkennen, das arme Kind!«, murmelte Doktor Gans tief betroffen wie zu sich selber, nachdem er zuvor Fabiolas knochige Hand gedrückt hatte, die ihn an eine Totenhand gemahnte.

»Sie war so strahlend und voller Energie, es kommt einem fast so vor, als hätte jemand bei ihr mit einem Schlag alle Lichter ausgeblasen.«

Anschließend richtete der Oberarzt begütigend das Wort an Fabiola. »Ihre Stelle als Assistenzärztin wird selbstverständlich freigehalten, Frau Doktor von Weyrauch, das ist mit Herrn Direktor Sioli so abgesprochen. Da brauchen Sie sich gar keine Sorgen zu machen. Hauptsache Sie werden wieder gesund und da bin ich genau wie meine beiden Kollegen guter Hoffnung.«

Dann ließ er sich auf dem Schemel neben dem Krankenbett nieder und erzählte der Kranken von ihrer zukünftigen Wirkungsstätte, der Anstalt in Köppern, wo es diese Woche schon den ersten Schnee gegeben habe.

»Morgen am Nikolaustag, den sechsten Dezember, halten wir im großen Festsaal eine Feier ab, bei der der heilige Sankt Nikolaus in seinem Sack Geschenke für die Kranken dabeihat.

Es gibt Plätzchen und Punsch, wir singen Weihnachtslieder und sowohl das Personal als auch die Patienten sagen Gedichte auf. Was meinen Sie, Verehrteste, möchten Sie nicht auch dabei sein?«

Anstelle von Fabiola, meldete sich Doktor Sioli zu Wort.

»Selbstverständlich kommen wir, mit zwei Kutschen voller Patienten und bringen selbstgebackenen Mandelstollen mit«, erwiderte er frohgemut und streichelte Fabiola väterlich über die Wange.

»Wenn ich doch nur wüsste, wie ich sie aus ihrem Dornröschenschlaf erwecken kann«, sagte Doktor Rossmann und rang flehentlich die Hände.

»Sie machen alles richtig, Gerhard, doch man kann leider nichts erzwingen. Es kann sein, dass sich eines Tages ihre Schwermut lichtet, es kann aber auch sein, dass das Gemüt noch lange Zeit verdüstert bleibt. Sie können ihr nur weiterhin mit aller Güte, Liebe und Geduld begegnen, zu der Sie fähig sind, und mit uns gemeinsam darauf hoffen, dass unsere wunderbare Frau Kollegin wieder ins Leben zurückkehrt.«

Doktor Sioli legte aufmunternd den Arm um den jungen Psychiater, der gequält aufseufzte.

»Ich werde sie niemals aufgeben – niemals«, brach es aus Gerhard heraus und er schämte sich nicht seiner Tränen.

Als der Anstaltsleiter und Doktor Gans wieder gegangen waren und er mit Fabiola alleine im Krankenzimmer war – da es die Ärzteschaft auf der geschlossenen Station eigens arrangiert hatte, dass die erkrankte Kollegin ein Einzelzimmer erhielt, schmiegte er zärtlich seinen Kopf an Fabiolas Wange und flüsterte ihr zu, dass er sie unsagbar liebe und küsste ihre kalten, bleichen Lippen, wie der Königsohn im Märchen der Gebrüder Grimm, der Dornröschen geküsst und dadurch bewirkt hatte, dass die Königstochter nach hundert Jahren Schlaf wieder die Augen aufschlug.

Ein solches Mirakel vollzog sich bei Fabiola nicht und wenngleich alle Bemühungen von Doktor Rossmann keine Veränderung bei ihr bewirken konnten, so gab er doch tagein tagaus, jede Stunde und Minute, die er an Fabiolas Krankenbett verbrachte, sein Bestes.

Auch wenn Gerhard es in seiner Bescheidenheit nicht ahnte, vollzog sich dennoch ein Wunder – in aller Stille auf dem tiefsten Grund ihrer Seele: Es war seine Liebe, die Fabiola in den Zeiten der Hoffnungslosigkeit überleben ließ und dazu beigetragen hatte, hin und wieder einen Löffel Brei zu essen und einen Schluck Wasser oder Tee zu sich zu nehmen.

*

So oft es ihre Zeit erlaubte, besuchten Fabiolas Vater, ihre Brüder und sonstigen Verwandten sie in der Anstalt. Wenngleich sich Fabiolas Teilnahmslosigkeit nicht gewandelt hatte, begegneten sie der Kranken mit großer Herzlichkeit und umsorgten sie aufs Liebevollste – nicht zuletzt auch, da sie hofften, die Erkenntnis könne zu ihrer Genesung beitragen, in ihrem Elend nicht alleine gelassen zu werden.

Zumal ihr Selbsterhaltungstrieb seit einiger Zeit wieder spürbar war, wenn auch noch ganz schwach, dergestalt, dass Fabiola wieder regelmäßig kleine Mengen Nahrung und Flüssigkeit zu sich nahm.

Trotz dieser Mangelernährung hatte die Ärzteschaft davon Abstand genommen, die künstliche Ernährung fortzusetzen, da man der Kranken dadurch nicht die Möglichkeit rauben mochte, wieder Appetit zu entwickeln.

Auch vor ihrer Erkrankung schon gertenschlank, war Fabiola inzwischen nur noch Haut und Knochen und wirkte so gebrechlich, dass ihr Vater aus Angst, er könne sie verletzen, auf die übliche Umarmung verzichtete und Fabiola zur Begrüßung lediglich auf die Wange küsste.

»Wie geht es denn meiner Lieblingstochter?«, fragte er bemüht fröhlich, obgleich es ihm jedes Mal zum Heulen zumute war, wenn er seine Tochter sah.

Sich daran gemahnend, dass Doktor Rossmann ihm geraten hatte, sich der Kranken gegenüber wie immer zu verhalten, erzählte Jakob von Weyrauch seiner Tochter mit beklommener Miene, er habe heute Morgen Post von einem Doktor Haas erhalten, seines Zeichens Notar.

»Er vertritt einen gewissen Karl Höpf. Ich glaube, das ist doch dieser Lumpenhund, den du vor die Tür gesetzt hast, Fabians ominöser Fechtlehrer. Jedenfalls hat Doktor Haas eine beglaubigte Abschrift von Fabians Testament bei mir eingereicht, worin Fabian diesen Höpf zum Alleinerben bestimmt hat. Höpf fordert astronomische Summen, unter anderem auch Fabians Anteil an der Villa im Grüneburgweg. Ich habe umgehend unseren Firmenanwalt Doktor Loewy mit der Angelegenheit betraut, der nun versucht, das Testament anzufechten, was sich jedoch als schwierig erweist, denn das Original-Testament ist offenbar echt.«

Kaum, dass Jakob von Weyrauch den Satz zu Ende gesprochen hatte, richtete sich Fabiola mühsam vom Bett auf.

Es kam ihm alles so unwirklich vor, dass er seinen Augen nicht trauen mochte. Fassungslos blickte er sie an. Es war, als habe jemand bei ihr einen Schalter umgelegt. Ihr umwölkter Blick war plötzlich klar, und ihre Augen funkelten vor Zorn.

»Du gibst diesem Schurken keinen Pfennig!«, beschwor sie ihren Vater außer sich. Ihre Stimme hörte sich leicht kratzig an, fast ein wenig verrostet, doch klar und deutlich, mit einer Entschiedenheit, die keinen Widerspruch duldete. Es war die altbekannte Starrköpfigkeit seiner Tochter, die auf wundersame Weise wieder zum Leben erwacht war.

In tiefer Ergriffenheit sank Jakob auf die Knie und neigte den Oberkörper zum Gebet.

»Danket Gott, verkündet seinen Namen. Ewig bleibt die Herrlichkeit Gottes. Gepriesen werde Dein Name für immer«, rezitierte er einen Psalm zum Dankbekenntnis, während ihm die Tränen über die Wangen strömten.

»Hör auf zu weinen, Papa«, rief ihn Fabiola energisch zur Räson. »Wir müssen nach Leibeskräften verhindern, dass das Testament vollstreckt wird und sich diese geldgierige Bestie unser Vermögen einverleibt.« Sie ließ sich unversehens wieder aufs Bett sinken, weil es ihr vor Anstrengung und Aufregung schwarz vor Augen geworden war.

Ihr Vater musterte sie besorgt. »Mach langsam, mein Kind, und übernimm dich nicht, du musst erst wieder zu Kräften kommen.«

Fabiola, die selber merkte, wie geschwächt sie noch war, musste ihm Recht geben. Entschlossen bat sie ihren Vater, ihr eine kräftigende Mahlzeit zu organisieren. »Aber bitte nicht diesen Schlangenfraß von hier, denn dann vergeht mir der Appetit gleich wieder.«

»Nichts lieber als das, mein Schatz«, erklärte ihr Vater erfreut. »Ich gehe gleich runter und sag meinem Chauffeur Bescheid, dass er dir was aus dem Kaiserkeller holt. Auf was hättest du denn Lust?«

Fabiola überlegte kurz. »Brathähnchen und einen frischen grünen Salat dazu.«

»Das sollst du kriegen, mein Kind, die Brathähnchen vom Kaiserkeller sind die besten von ganz Frankfurt«, äußerte Jakob von Weyrauch begeistert, der in dem im Jahre 1907 errichteten Neubau des Hohenzollernhauses in der Kaiserstraße, unweit des Schauspielhauses und seines Kontors in der Neuen Mainzerstraße, schon seit vielen Jahren zu Mittag speiste und wusste, dass die Speisen und Getränke von ausgesuchter Qualität waren.

Überglücklich eilte der würdevolle Familienpatriarch aus dem Krankenzimmer und vollzog auf dem Flur Freudentänze wie ein Viertklässler nach dem letzten Schultag vor den Sommerferien.

Fast wäre er dabei mit Doktor Rossmann zusammengestoßen, der ihn verwundert ansah.

»Das Kind ist wieder bei sich, dem Herrn im Himmel sei Dank«, brach es aus dem Kaufmann heraus und er umarmte den verdutzten Psychiater überschwänglich.

»Was sagen Sie da?«, murmelte Gerhard ungläubig und war nicht mehr zu halten.

Schon als er die Tür aufriss und Fabiola gewahrte, die ihm aus dem Bett mit wachen Augen entgegenblickte, wusste er, dass Jakob von Weyrauch es auf den Punkt gebracht hatte, als er sagte, Fabiola sei wieder bei sich.

Die Klarheit ihres Blickes war es, die das gesunde Gemüt vom kranken unterschied. Hohlwangig und noch sehr mitgenommen verströmte Fabiola dennoch wieder die ihr eigene Vitalität.

Er ging zu ihr hin, schloss sie in die Arme und war auf eine stille Art unsagbar glücklich, sie wieder zu haben.

»Halt mich ganz fest und lass mich nicht mehr los«, flüsterte Fabiola, die spürte, wie wohl es ihr tat, in Gerhards Armen zu liegen und sie ergab sich ganz und gar der Schönheit des Augenblicks.

Sie sog die Wärme seines Körpers und den Geruch seiner Haut in sich ein wie ein ausgetrockneter Schwamm die Regentropfen.

In dieser Position fand Fabiolas Vater, als er wenig später ins Zimmer zurückkehrte, das Paar vor. Er hüstelte dezent und entschuldigte sich bei Gerhard und Fabiola, die sich sachte voneinander lösten, für die Störung.

»Dafür brauchst du dich doch nicht entschuldigen, Papa, ich bin so froh, dass du da bist. Komm her und lass dich drücken«, forderte Fabiola den Vater mit offenen Armen auf.

Bei der Umarmung kamen dem alten Herrn vor Ergriffenheit wieder die Tränen und er bekundete Fabiola, die er liebevoll an sich drückte, wie glücklich er sei, dass sie gewissermaßen von den Toten auferstanden sei.

»Der Vergleich trifft zu«, erwiderte Gerhard mit Blick auf Fabiola ernst. »Wir haben uns alle die größten Sorgen um dich gemacht, all meine Bemühungen, dich wieder ins Leben zurückzuholen, waren vergebens.«

»Das tut mir unsagbar leid, dass ich dir und Vater so viel Kummer bereitet habe«, äußerte Fabiola mit großem Bedauern. »Wie lange dauerte denn die depressive Episode? Denn um dergleichen muss es sich ja wohl gehandelt haben.«

»Allerdings, eine schwerere ist mir in all den Jahren in der Anstalt nicht untergekommen«, gab Gerhard von sich. »Sie begann am 14. November, dem Todestag deines Bruders, und dauerte bis heute, den achten Dezember, das heißt, die Episode erstreckte sich über mehr als drei Wochen.«

Fabiola musterte ihn verstört. »Eine lange Zeit des Winterschlafs, denn nichts anderes war es für mich. Es war wie ein tiefer Schlaf, um mich herum nur absolute Schwärze, Stille und Empfindungslosigkeit, ich erinnere mich an gar nichts. So ähnlich muss der Tod sein. Als Fabian gestorben ist, bin auch ich gestorben. Mit einem Schlag war alles tot in mir – mehr kann ich nicht sagen. Doch es war nicht nur Fabians Tod, der mich getötet hat, der Gedanke, dass ich es war, die ihn in den Freitod getrieben hat, denn an Mord habe ich zu diesem Zeitpunkt noch gar nicht gedacht, hat mir den endgültigen Todesstoß versetzt. Das Bewusstsein, dass ich die Schuld an Fabians Selbstmord trage, weil sich Höpf nach dem schlimmen Streit mit mir von Fabian abgewandt hat, hat alles Leben in mir zum Erlöschen gebracht.«

»So muss es gewesen sein, du hattest einen schweren Nervenzusammenbruch und von da an war nur noch Erstarrung«, bemerkte Jakob von Weyrauch. »Es war so, als ob ich zwei Kinder auf einmal verloren hätte. Ich war so am Boden zerstört, dass ich tagelang nicht mehr ins Geschäft gehen konnte.«

»Das will was heißen«, sagte Fabiola bekümmert und ergriff mitfühlend die Hand des Vaters, der sich, ebenso wie Gerhard, auf einem Schemel an ihrer Seite niedergelassen hatte.

»Wenn ich es aus Verzweiflung nicht mehr ausgehalten habe, bin ich auf den Friedhof ans Grab deiner Mutter gegangen und hab mir im Stillen alles von der Seele geweint. Das hat mir gutgetan und mir wieder Hoffnung gegeben, dass bei dir noch nicht alles verloren ist. ›Esther‹, habe ich zu deiner Mutter gesagt, ›alles in mir wehrt sich dagegen, mich der totalen Hoffnungslosigkeit anheim zu geben‹ – ›Das ist auch gut so, Jockel‹, hat sie zu mir gesprochen. ›Deine Hoffnung wird Fabiola wieder gesund machen, es ist eine mächtige Kraft, die sich auf sie übertragen und sie heilen wird‹.« Jakob versagte die Stimme.

»Danke, Mama«, flüsterte Fabiola berührt.

»Ich habe auch die Hoffnung nicht fahren lassen, dass du wieder gesund wirst«, bekannte Gerhard innbrünstig. »Ich hätte dich niemals aufgegeben, ums Verrecken nicht.«

»Ich danke euch«, erwiderte Fabiola tief bewegt. »Ohne eure Liebe und euren Beistand hätte ich es wahrscheinlich nicht geschafft und wäre aus dem Hades niemals zurückgekehrt.«

»Plato bezeichnete diejenigen, die im Hades waren und wieder ins Diesseits zurückkehrten, als die Menschen, die ihr Lachen verloren haben«, sinnierte der Psychiater nachdenklich.

»Sie haben ihr Lachen Thanatos geopfert, damit er sie davonkommen lässt«, entgegnete Fabiola sinister. »Im Angesicht des Todes kann einem das Lachen schon mal vergehen.« Sie musste unversehens grinsen. »Es sei denn, man ist ein Kyniker wie Diogenes, der sagt zum Tod, wenn er vor ihm steht, ach geh mir doch ein bisschen aus der Sonne«, fügte sie hinzu, worauf alle befreit auflachten.

»Bei dir sind die Lichter wieder angegangen, als ich erwähnt habe, dass ein Notar eine beglaubigte Abschrift von Fabians Testament bei mir eingereicht hat, worin Fabian einen gewissen Karl Höpf zum Alleinerben bestimmt hat«, wandte sich Jakob von Weyrauch an seine Tochter, die bei der Erwähnung von Fabians Fechtlehrer gleich wieder in Rage geriet.

»Weil mir schlagartig bewusst geworden ist, dass Höpf Fabian dazu gebracht hat, das Testament zu verfassen, um nach seinem Tod abzukassieren. Er hat Fabian ebenso vergiftet wie seine beiden Ehefrauen. Davon bin ich felsenfest überzeugt und ich werde nichts unversucht lassen, den Mörder meines Bruders hinter Gitter zu bringen«, erklärte Fabiola mit einer solchen Überzeugungskraft, dass weder ihr Vater noch Gerhard an ihren Worten den geringsten Zweifel hegten.

»Es ist schrecklich, dass dein Bruder tot ist und bitte versteh mich nicht falsch, auch wenn das möglicherweise etwas zynisch klingt, aber ich glaube, die jähe Erkenntnis, dass Höpf deinen Bruder getötet hat und nicht du für Fabians Tod verantwortlich bist, hat enormen Druck von deiner Seele genommen«, äußerte Gerhard behutsam, worin ihm nicht nur Fabiola, sondern auch ihr Vater recht gab.

»Man konnte es dir richtig ansehen, kaum dass ich Höpfs Namen erwähnt habe, war es, als wenn bei dir der dichte schwarze Vorhang, der alle deine Lebensgeister überschattet hat, beiseite gezogen wird und endlich wieder Licht hereinkommt«, bemerkte Fabiolas Vater versonnen.

»Weil es für mich unerträglich ist, dass sich dieser Lump auch noch an Fabians Tod bereichert«, brach es aus Fabiola heraus. »Ich muss unbedingt sehen, dass ich wieder einigermaßen zu Kräften komme, denn um Höpf zu überführen, brauche ich Beweise. Vielleicht hat er ja das Heroin und den Absinth mit Gift versetzt, die Fabian in der Nacht seines Todes zu sich genommen hat«, äußerte sie nachdenklich.

»Möglich wäre es – da kommt mir eine Idee«, verkündete Gerhard enthusiastisch. »Mein Bruder Johannes ist Facharzt für Toxikologie. Er praktiziert im Frankfurter Diakonissenkrankenhaus. Wenn du möchtest, kann ich ihn gerne hinzuziehen.«

Fabiola war von der Idee absolut angetan. »Das wäre fantastisch!«, rief sie aus und Gerhard versprach, ihn später anzurufen und mit Fabiola ein Treffen zu vereinbaren, sobald sie wieder auf den Beinen wäre.

»Das bin ich jetzt schon, ich werde gleich einen Happen essen und dann wird es schon gehen«, erklärte sie vollmundig und traf bereits Anstalten aufzustehen, was Gerhard, unterstützt von Fabiolas Vater, sogleich verhinderte. Er drückte sie sanft, aber bestimmt auf ihr Lager zurück.

»Du hast vier Wochen nur im Bett gelegen und dich kaum bewegt. Ich gebe dir Brief und Siegel, dass deine Beine zusammenklappen wie ein Taschenmesser, wenn du versuchst, dich auf sie zu stellen. Du musst erst wieder zu Kräften kommen und langsam anfangen, die ersten Schritte zu gehen. Das braucht Zeit und geht nicht von jetzt auf gleich«, sprach er beschwörend auf Fabiola ein.

»Ich kann aber nicht so lange warten, wenn meine Beine noch nicht mitspielen, besorge ich mir eben Krücken. Ich muss mobil sein und morgen verlasse ich die Anstalt, es gibt für mich jede Menge zu tun, und ich war viel zu lange untätig, anstatt diesem Kerl die Hölle heiß zu machen.« Fabiolas Miene verriet, dass das für sie bereits beschlossene Sache war und sie nicht willens war, auch nur einen Millimeter davon abzurücken.

»Da haben Sie's«, mokierte sich Jakob von Weyrauch achselzuckend. »Ein Dickkopf, wie er im Buche steht, anders kenne ich sie nicht. Daher steht für mich auch fest, meine Tochter ist wieder ganz die alte, worüber ich unsagbar glücklich bin.«

Gerhard schüttelte nur konsterniert den Kopf. »Ärzte sind die schwierigsten Patienten, das weiß man ja.«

Da klopfte es an der Tür und der Chauffeur brachte einen Korb mit den sorgsam in Schüsseln und Töpfen verwahrten Speisen herein, auch eine bereits entkorkte Flasche Rotwein und zwei Trinkbecher aus Zinn befanden sich dazwischen.

Jakob von Weyrauch dankte ihm, steckte seinem Angestellten ein großzügiges Trinkgeld zu, ehe er sich wieder davon machte und fing an, die Sachen aus dem Korb auf das aufgeklappte Tablett zu stellen, das am Nachtschränkchen befestigt war.

Als er den Deckel von der Casserole nahm, breitete sich ein köstlicher Brathähnchenduft im Krankenzimmer aus. Da es das Restaurant besonders gut mit seinem alten Stammkunden gemeint hat und gleich zwei Brathähnchen mit Herzoginnenkartoffeln, gedünstetem Gemüse und einem gemischten Salat in würzigem Vinaigrette-Dressing geliefert hatte, lud Jakob auch den Arzt ein, zuzugreifen.

»Bitte esst alle beide mit, dann schmeckt es mir nochmal so gut«, forderte Fabiola ihre Besucher auf und sprach der schmackhaften Mahlzeit mit regem Appetit zu. Wenngleich sie kaum mehr als einen Streifen Brustfleisch aß und auch nach wenigen Bissen Beilagen bereits satt war, weckte doch der kleine Imbiss sichtlich ihre Lebensgeister und sie bekam wieder Farbe im Gesicht und wagte es sogar, einen Schluck Rotwein zu trinken, was ihr ebenfalls gut bekam.

Da von allem reichlich übriggeblieben und auch die Rotweinflasche noch dreiviertelvoll war, schlug Fabiola Gerhard vor, sie doch nach Feierabend aufzusuchen und mit ihr gemeinsam Nachtmahl zu halten. Erfreut nahm er das Angebot an.

Als er am Abend kam, küssten sie sich wieder mit der alten Leidenschaft und konnten nach der langen Zeit des Darbens gar nicht genug voneinander kriegen. Sie sprachen nur wenig über andere Dinge, denn das Zusammensein war ganz ihrer Liebe gewidmet.

Zum Abschied versprach Gerhard, zu Hause seinen Bruder anzurufen und Fabiola bei ihren Ermittlungen gegen Höpf tatkräftig zu unterstützen, wofür sie ihm überaus dankbar war.

An der Tür drehte er sich noch einmal um, so, als wolle er sich noch einmal vergewissern, dass er sich das Ganze nicht einbildete, denn im Grunde genommen, konnte er das Wunder noch immer nicht fassen.

Auch Fabiolas Blick verriet, dass sie noch wie unter einem Zauber stand, vom Dunkel ins Licht zurückgekehrt zu sein, wo sie nach der totalen Erstarrung der vergangenen Wochen ganz unvermittelt wieder das pralle Leben umfing.

Als Gerhard gegangen war, holte sie nach, was sie versäumt hatte und sprach das Totengebet für ihren Bruder. Anschließend hielt sie stumme Zwiesprache mit dem Verstorbenen und versprach ihm, seinen Mörder zu überführen.

KAPITEL 18

Mit dem hochheiligen Versprechen, sich die nächsten Tage noch unbedingt zu schonen und außer kleinen Rundgängen im Garten in Begleitung eines Angehörigen oder Hausangestellten, überwiegend Bettruhe zu halten, wurde Fabiola am Morgen aus der Frankfurter Anstalt für Irre und Epileptische entlassen.

Direktor Sioli, der es sich nicht hatte nehmen lassen, gemeinsam mit dem behandelnden Psychiater Doktor Rossmann beim ärztlichen Entlassungsgespräch anwesend zu sein, hatte eine so rasche Genesung bei einer Patientin in seiner langen Dienstzeit nur einmal erlebt.

Fabiola und Gerhard setzten ihm noch einmal ausführlich die Hintergründe für Fabiolas Erwachen aus dem depressiven Stupor auseinander.

»Es war der Schock durch den Tod Ihres Bruders, zusammen mit dem massiven Schuldgefühl, den Tod des geliebten Menschen verschuldet zu haben, der den depressiven Stupor verursacht hat. Als Sie dann von Ihrem Vater erfahren haben, dass der Mann, der Ihren Bruder ins Unglück gestürzt hat, von Fabian in seinem Testament zum Alleinerben bestimmt wurde, hat dieser Schock den Stupor schlagartig wieder gelöst. Ich habe so etwas Vergleichbares einmal bei einer Patientin erlebt, deren Kind bei einer Gasexplosion in einem Wohnhaus vermeintlich zu Tode gekommen war. Als die Frau die Todesnachricht erhielt, fiel sie in einen Stupor. Tage später stellte sich jedoch heraus, dass es sich um eine Verwechslung gehandelt hatte und das Kind zwar verletzt im Hospital lag, aber noch lebte. Als der Junge seiner Mutter mit Kopfverband und Gips-Arm in der Anstalt einen Besuch abstattete, löste sich der Stupor augenblicklich auf, sie schloss ihr Kind in die Arme und weinte Freudentränen. Das war so ziemlich das Ergreifendste, was ich je erlebt habe«, erläuterte der Anstaltsleiter, dem auch jetzt noch eine gewisse Rührung anzumerken war.

»Das ging meinem Vater, der dabei war, als ich erwachte, genauso. Er sank auf die Knie, sprach ein Dankesgebet und weinte wie ein Kind«, berichtete Fabiola.

»Und jetzt kennen Sie nur den einen Ehrgeiz: Den Beweis anzutreten, dass Ihr Bruder nicht den Freitod gewählt hat, sondern von dem Mann, dem er in Hörigkeit verfallen war, vergiftet worden ist.« Der erfahrene Seelenkenner musterte Fabiola mit einer Mischung aus Besorgnis und Skepsis. »Ich wünsche Ihnen sehr, dass Ihnen das gelingen möge, meine Liebe, aber was tun Sie, wenn es schiefläuft? Zum einen ist es nicht leicht, eine Vergiftung nachzuweisen, erst recht, wenn der Todeszeitpunkt schon mehr als vier Wochen zurückliegt, zum anderen lässt sich ein derart skrupelloser Mensch, als welchen Sie mir den Degenfechter beschrieben haben, gewiss nicht so leicht am Zeug flicken. Einer wie er ist aalglatt und kann sich immer irgendwie herauswinden ...«

»Das klingt ja fast so, als würden Sie ihn kennen«, platzte es aus Fabiola heraus und sie schaute den Direktor verwundert an.

Doktor Sioli schmunzelte. »Nun, ich kenne seine aparte Assistentin, Henriette Klimperer, die inzwischen unter dem Künstlernamen Mary Jane an der Seite von Captain Charles Veston im Schumanntheater auftritt. Ihr Vater ist Stadtverordneter und auf seine Bitte hin habe ich Henny vor Jahren wegen

Kleptomanie behandelt. Glücklicherweise ist sie geheilt und hat eine vielversprechende Bühnenkarriere eingeschlagen. Aus alter Verbundenheit hat sie meiner Frau und mir Karten für die Vorstellung zukommen lassen und vor etwa einem Jahr sind wir dann im Schumanntheater vorstellig geworden. Ich erinnere mich noch genau, wir hatten zwei hervorragende Plätze in der dritten Reihe, direkt vor der Bühne. Der Degenfechter wurde vom Conférencier mit dem schwarzen Chapeau Claque als sensationell, bombastisch und extraordinär angekündigt, worüber sich meine Frau und ich mokierten. Als dann unter lautem Trommelwirbel der Star des Abends gravitätisch auf die Bühne stolzierte, mit seiner zierlichen, bildhübschen Assistentin an der Seite, die ohne weiteres seine Tochter hätte sein können, waren wir erneut am Schmunzeln. Der Captain trug weiße Glacehandschuhe, eine militärische Fantasieuniform, deren Brust übersät war von glänzenden Orden. Das markante Kinn, der geschwärzte Schnurrbart mit den nach oben gezwirbelten Enden und die schmalen Augen mit dem leichten Silberblick verliehen seinem Aussehen etwas Verruchtes und Geheimnisvolles. Ein Narziss, wie er im Buche steht und er schien überhaupt keine Nerven zu haben. Mit der Geschmeidigkeit einer Raubkatze zerteilte er mit dem Degen einen Apfel auf der Kehle seiner Assistentin, als wäre es ein Kinderspiel, dem weitere Kraftakte und gefährliche Darbietungen mit Degen, Säbel oder Messer folgten. Klara und ich waren von der Vorstellung eher mäßig begeistert, nutzlose Kunststückchen, die sich alle mehr oder weniger wiederholten, und ich muss zugeben, dass mir zur Pause hin bereits die Augen zufielen. Nun ja, da schienen wir aber eher die Ausnahme zu sein, denn das Publikum tobte regelrecht vor Begeisterung und forderte eine Zugabe nach der anderen und obwohl ich längst kein Sitzfleisch mehr hatte, blieb ich aus Höflichkeit sitzen – bis zum bitteren Ende«, endete Doktor Sioli sarkastisch.

»Ihre Beobachtungsgabe ist ohnegleichen, Herr Direktor Sioli, Kompliment«, erwiderte Fabiola respektvoll. »Obgleich es eine Binsenweisheit ist, zu behaupten, ein erfahrener Psychiater wie Sie sei ein hervorragender Menschenkenner. Doch ›ein Narziss wie er im Buche steht, der keinerlei Skrupel kennt‹, das trifft den Nagel auf den Kopf. – Aber ich habe ihm gegenüber einen entscheidenden Vorteil, ich kann mich in seine Kaltblütigkeit einfühlen und mir seine Sichtweise zu eigen machen, obgleich ich ein empfindsames Wesen bin, er im Umkehrschluss hingegen nicht, da ihm jegliche Empathie fehlt und er nur um sich selbst kreist.«

Der Direktor schüttelte unwirsch den Kopf. »Da kann ich nur sagen, Sie überschätzen sich. Nehmen Sie es mir nicht übel, liebe Frau Kollegin, aber Sie sind einem Psychopathen dieses Kalibers nicht annähernd gewachsen. Zu glauben, Sie könnten ihn durchschauen, ist hoffnungslos naiv. Ein sadistischer Machtmensch wie Captain Charles Veston, dem es nur darum geht, andere Menschen zu beherrschen und für seine Zwecke zu manipulieren, ist unberechenbar. Sie als wohlbehütete Tochter aus gutem Hause haben ja nicht den Hauch einer Ahnung, mit welchen Abgründen Sie es hier zu tun haben. Daher kann ich Ihnen nur dringend ans Herz legen, die Angelegenheit der Polizei zu übergeben und keine privaten Ermittlungen im Dunstkreis von Höpf anzustellen, sie könnten sich dabei erheblich die Finger verbrennen – und das ist noch deutlich untertrieben.«

Zerknirscht versprach Fabiola, sich an seinen Ratschlag zu halten.

»Und Sie geben mir acht, dass sie das auch tut, mein lieber Rossmann«, wandte sich Doktor Sioli an Gerhard.

»Das werde ich, Herr Direktor, obgleich ich Fabiola bereits zugesagt habe, sie bei ihren Ermittlungen zu unterstützen – soweit sie ihr nicht gefährlich werden können, das möchte ich an dieser Stelle noch einmal betonen«, richtete sich Gerhard an Fabiola, die ergeben nickte.

»Und machen Sie langsam, liebe Frau Kollegin, schonen Sie sich noch, so gut es geht. Eine reichhaltige, gesunde Ernährung, genügend Flüssigkeit und kleine Spaziergänge an der frischen Luft, aber das sollte Ihnen als Ärztin ja hinlänglich bekannt sein – und machen Sie mir bloß keine Dummheiten mehr!«, beschwor sie der Anstaltsleiter mit streng erhobenem Zeigefinger und umarmte Fabiola herzlich. »Sie werden in Köppern nämlich noch gebraucht.«

»Ich werde noch heute mit Oberarzt Doktor Gans telefonieren und ihm die verbindliche Zusage geben, dass ich am ersten Januar 1913 in der Anstalt in Köppern meinen Dienst antreten werde«, erklärte Fabiola enthusiastisch und dankte Gerhard und Doktor Sioli noch einmal aufrichtig für die liebevolle und aufopferungsvolle Behandlung, die ihr als Patientin widerfahren war.

Da sie noch zu schwach war, ohne Gehhilfe zu gehen, hatte Gerhard ihr Krücken zur Verfügung gestellt.

Ein Pfleger, der auch ihr Gepäck trug, begleitete sie nach unten zur Kutsche, die vor dem Eingang bereits auf sie wartete.

Bewusst hatte es Fabiola vermieden, den Vater über ihre Entlassung in Kenntnis zu setzen. Zum einen, da sie ahnte, dass er das Verlassen der Anstalt für viel zu verfrüht erachten würde, zum anderen, weil es ihr ein großes Bedürfnis war, wieder auf eigenen Beinen zu stehen, wenngleich das momentan nur mithilfe von Krücken möglich war.

Als sie an der Kutsche angelangt war, wo sie der alte Diener Leonhard freudig begrüßte, das Gepäck verstaute und ihr zuvorkommend beim Einsteigen half, bemerkte sie, dass es ihr ganz flau im Magen wurde und ihr der kalte Schweiß ausbrach.

Jetzt bloß nicht ohnmächtig werden, ermahnte sie sich in aller Strenge und als Leonhard sie fragte, wie es ihr gehe, antwortete sie »ausgezeichnet« – was ihr der Diener angesichts ihrer Blässe und Ausgezehrtheit offenbar nicht ganz abnahm.

»Sie essen jetzt zu Hause erst mal eine kräftige Rinderbouillon, die Walburga extra für Sie zubereitet hat, und dann wird das schon wieder, mein Mädchen«, grummelte der Kutscher gutmütig und strich Fabiola aufmunternd über die bleiche Wange. »Wir freuen uns alle, dass Sie wieder heimkommen und es Ihnen besser geht, gnädiges Fräulein.«

»Danke für die freundliche Begrüßung, Leonhard, ich bin auch sehr froh, wieder bei euch zu sein«, äußerte Fabiola gerührt und schluckte tapfer ihre Tränen herunter. Da sie momentan nervlich noch sehr angeschlagen war, hatte sie recht nahe am Wasser gebaut, wie sie sich eingestehen musste.

Aber auch das würde mit der Zeit schon besser werden.

Als die Kutsche vor der Villa vorfuhr und Leonhard sie ins Haus begleitete, wo sich die gesamte Dienerschaft in der Eingangshalle vor der Treppe aufgestellt hatte und Fabiola in Empfang nahm, übermannten sie die Erinnerungen an Fabian, die untrennbar mit dem Haus verbunden waren und sie weinte haltlos.

Nahezu mutterlos aufgewachsen als Tochter eines vielbeschäftigten Vaters, hatte Fabiola von klein auf ein vertrautes Verhältnis zu den Dienstboten entwickelt, von denen einige, insbesondere der alte Leonhard und die Köchin Walburga, zu einer Art Ersatzeltern für sie geworden waren. So ließ sie es auch zu, dass die wohlbeleibte Köchin sie in die Arme schloss und tröstete.

»Ich vermisse ihn so sehr«, entrang es sich ihr und sie ergab sich ganz der Trauer um ihren Bruder, da die Tränen, das spürte sie in ihrem tiefsten Innern, heilsamer für ihre Seele waren als die wochenlange Erstarrung.

*

Am Abend fühlte sich Fabiola, die gut gegessen und nach dem Mittagsschlaf sogar ein Stück ihres Lieblingskuchens Frankfurter Kranz verspeist hatte, deutlich gestärkter und wartete im Lehnstuhl am Kamin auf Gerhard und seinen Bruder, die sich für 19:00 Uhr angekündigt hatten.

In einem Karton, der auf der Anrichte stand, hatte Fabiola sorgsam die leere Absinthflasche und das Medizinfläschchen mit dem Heroin verwahrt, die noch von der Todesnacht stammten und einer toxikologischen Untersuchung unterzogen werden sollten.

Das Heroinfläschchen hatte griffbereit im Medizinschrank des Badezimmers gestanden, aber die leere Absinthflasche zu finden, war kein leichtes Unterfangen gewesen. Die von Fabiola befragte Scheuermagd sagte, sie hätte die leere Flasche zu den anderen in den Keller gestellt und da diese nicht mehr an ihrem Platz stünden, müsse sie wohl der Lumpenkrämer abgeholt haben.

Fabiola hatte sich schon enttäuscht damit abgefunden, dass dann leider nur das Heroinfläschchen untersucht werden könne, als ihr Leonhard triumphierend die Absinthflasche präsentierte. Er hatte nämlich die Flaschenkiste schon vorausschauend ins Gartenhaus geräumt, zusammen mit dem anderen

Kerschel, damit er die Sachen gleich griffbereit habe, wenn um die Monatsmitte der Lumpenkrämer käme.

Da die Aufwartefrau den Eindruck hatte, dass es Fabiola mit der Flasche sehr wichtig gewesen war, hatte sie den alten Leonhard, der neben seiner Kutschertätigkeit auch als Faktotum für die jungen Herrschaften arbeitete, auf die Absinthflasche angesprochen, was sich ja auch als richtig erwiesen hatte.

Fabiola war so froh, dass die Flasche doch noch aufgetaucht war, dass sie der Putzfrau als kleines Dankeschön zwei Mark schenkte, was in Anbetracht, dass man in einem gutbürgerlichen Lokal für die Hälfte ein komplettes Menü und ein Glas Wein verzehren konnte, überaus großzügig war.

Walburga hatte für Fabiola und ihre Gäste eine Feuerzangenbowle zubereitet und eine Schale mit Bethmännchen, eine Frankfurter Marzipanspezialität, auf den Tisch gestellt.

Gerhard begrüßte Fabiola mit einem Kuss und stellte ihr seinen älteren Bruder Johannes vor, der hellere Haare hatte als er selbst, ihm aber ansonsten sehr ähnlich sah. Fabiola war der Toxikologe auf Anhieb sympathisch, der sich höflich bei ihr nach ihrem Befinden erkundigte.

»Am heimischen Kaminfeuer und in dieser charmanten Gesellschaft – es könnte kaum besser sein«, gab Fabiola gutgelaunt zur Antwort und bei einem Becher Feuerzangenbowle entspann sich zwischen ihnen ein angeregtes Gespräch.

Der Toxikologe berichtete davon, dass er dem vereidigten Gerichtschemiker Doktor Popp bereits im Jahre 1904 im Mordfall an dem Frankfurter Klavierhändler Hermann Lichtenstein als Gehilfe assistiert hatte und mit daran -beteiligt gewesen war, den blutigen Fingerabdruck zu isolieren, der Bruno Groß schlussendlich als Täter überführen konnte.

»Dann habe ich meinen Studienschwerpunkt auf Pharmakologie und Toxikologie verlegt und im Bereich klinische Toxikologie an der Philipps-Universität Marburg bei Professor Loewy promoviert.«

»Hochinteressant«, sagte Fabiola, die Johannes Rossmann gebannt zuhörte. »Dann behandeln Sie im Diakonissenkrankenhaus wahrscheinlich akute Vergiftungen?«

»Richtig, ich befasse mich mit den Ursachen, insbesondere mit den Therapiemöglichkeiten akuter Vergiftungen. Für zahlreiche Giftstoffe gibt es ja spezifische Gegengifte, die sogenannten Antidote. Außerdem besteht die Möglichkeit, ein bereits aufgenommenes Gift aus dem Körper zu entfernen, beispielsweise durch Magenspülung, bevor es in den Blutkreislauf gelangt und somit zur Wirkung kommt, was leider meistens tödlich endet.«

»Welches Gift wird denn am häufigsten verwendet, wenn jemand einen anderen vergiften will?«, erkundigte sich Fabiola interessiert.

»Ich würde sagen, Arsen«, erwiderte der Toxikologe prompt. »Bei etwa 60 von 100 Vergiftungsfällen war Arsen im Spiel, aber auch Blausäure wird häufig benutzt.«

»Liegt das daran, weil sich Arsen schwer nachweisen lässt?«, erkundigte sich Fabiola.

Johannes Rossmann schüttelte nachdrücklich den Kopf. »Das war früher der Fall, vor der Entdeckung der Marshschen Probe«, erläuterte er. »Die wurde 1836 von dem englischen Chemiker James Marsh entwickelt und ist eine klassische Nachweisreaktion in der Chemie und Gerichtsmedizin für Arsen, Antimon und Germanium.«

»Bei aller Giftigkeit wird das Arsen doch auch als Heilmittel eingesetzt. Soweit ich weiß, wird eine abgeschwächte Lösung in den Tropen gegen die Schlafkrankheit eingesetzt und in jüngster Zeit sogar gegen die Syphilis «, warf Gerhard ein.

»Absolut richtig«, stimmte ihm sein Bruder zu. »Auch die Fowlersche Lösung, eine einprozentige wässrige Arsenlösung, der zur Geschmacksverbesserung Lavendelwasser beigemischt wird, gilt heute noch als ein medizinisches Wundermittel. Sie wird gegen Fieber, Kopfschmerzen, Leukämie und Schuppenflechte eingesetzt und mitunter sogar als Aphrodisiakum eingenommen.« Er nahm einen Schluck Feuerzangenbowle und bat Fabiola, ihm ihren Verdacht, dass ihr Bruder vergiftet wurde, genauer zu erläutern.

»Nun, ich habe über Karl Höpf, der einen denkbar schlechten Einfluss auf Fabian ausübte, seinerzeit Erkundigungen eingezogen. Der von mir betraute Privatdetektiv und ich haben auf einen Hinweis von Kriminalkommissar von Salomon in den Archiven der Frankfurter Zeitung und des Höchster Kreisblatts hochinteressante Artikel über diesen Höpf gefunden. Darin war immer wieder die Rede davon, dass er in Niederhöchstadt von seiner früheren Haushälterin und verschiedenen Anwohnern bezichtigt worden war, seine beiden Ehefrauen und sein Töchterchen vergiftet zu haben. Von der Lebensversicherung seiner ersten Frau, die er selber abgeschlossen habe, soll er angeblich 20.000 Goldmark erhalten haben ...«

Der Toxikologe legte Fabiola angespannt die Hand auf den Arm. »Entschuldigen Sie die Unterbrechung, aber habe ich das richtig verstanden, dass sich das in Niederhöchstadt zugetragen hat?«, fragte er alarmiert.

»Ja, in Niederhöchstadt im Taunus«, antwortete Fabiola, worauf Johannes Rossmann bestürzt die Hände zusammenschlug.

»Das kann kein Zufall sein«, erklärte er verstört. »Im vergangenen Jahr hat mir eine Patientin bei der Anamnese ihr Leid geklagt. Sie litt schon seit Jahren unter Beschwerden wie Übelkeit, Erbrechen, Durchfall und schweren Magen-Darm-Koliken. Immer, wenn sie zu Besuch bei ihren Eltern gewesen war, sei es ihr deutlich besser gegangen. Aber wenn sie dann nach Niederhöchstadt zurückgekehrt sei, habe sich ihr Gesundheitszustand wieder verschlechtert. Deswegen sei ihr auch der Verdacht gekommen, dass ihr Mann, von dem sie Gottlob inzwischen geschieden ist, sie vergiftet habe. Sie habe schließlich Anzeige gegen ihn erstattet, was aber leider im Sande verlaufen sei, denn der mit der Angelegenheit betraute Staatsanwalt habe ihre Aussage als hysterisches Weibergeschwätz abgetan. Besonders untröstlich war die junge Frau über den frühen Tod ihres Töchterchens, das gerade einmal fünf Monate alt geworden sei – auch da müsse ihr Mann dahintergesteckt haben, äußerte die Patientin. Obwohl sie schon seit drei Jahren von ihrem Mann geschieden sei, habe sie noch immer erhebliche gesundheitliche Beschwerden. Sie leide unter Haarausfall, Bindehautentzündung und fühle sich so matt und erschlagen, dass sie sich kaum noch zu irgendetwas aufraffen könne. Wenn es nach ihr ginge, könnte sie den ganzen Tag schlafen. Eine chronische Arsenvergiftung ist mit freiem Auge sichtbar, insofern, als sich an den Fingernägeln helle Streifen zeigen, die brüchig werden und sich auf der Haut dunkelgraue Pigmentflecken bilden. Der Atem des Betroffenen riecht stark nach Knoblauch. Das alles traf absolut auf die Patientin zu. Da sie außerdem noch eine vermehrte Hornhautbildung auf den Hand- und Fußflächen aufwies, auch das ist typisch für eine chronische Arsenvergiftung, nahm ich bei ihr eine Messung des Arsenblutspiegels vor und untersuchte auch ihren Urin. Sowohl im Blut als auch im Urin der Frau konnte ich eine 30-fach höhere Arsenkonzentration als im Normalfall nachweisen. Sie war also eindeutig vergiftet worden. Ich schaltete daraufhin unseren Chefarzt ein, Professor Gödel, der sogleich bei der Frankfurter Staatsanwaltschaft anrief und den Fall schilderte. Der leitende Oberstaatsanwalt Doktor Scheurig versprach ihm persönlich, sich darum zu kümmern. Schon eine Stunde später meldet sich der Oberstaatsanwalt bei Professor Gödel und erstattete Rapport. Was die Frau mir bedauerlicherweise verschwiegen hatte, war Folgendes: Als sie ihren damaligen Ehemann bei der für Niederhöchstadt zuständigen Staatsanwaltschaft in Wiesbaden anzeigte, hatte sie auch in einem Behältnis den Tee mitgebracht, den sie von ihrem Mann bekommen hatte. Der zuständige Staatsanwalt leitete die Probe umgehend an den staatlich vereidigten Handelschemiker Doktor Fritzmann weiter, der den Tee gewissenhaft untersuchte. Der auch von mir sehr geschätzte Kollege, der einen tadellosen Ruf hat, schrieb in seiner Expertise, er habe den Tee auf alle möglichen Gifte untersucht, selbst auf Alkaloide und Schwermetalle, doch keine Gifte darin gefunden. Aus diesem Grund habe der Wiesbadener Staatsanwalt auch die Klage abgewiesen und die Bezichtigungen der Klägerin gegen ihren Ehemann als hysterisch eingestuft. Bei der Weiterbehandlung der Patientin im Diakonissenkrankenhaus stellte sich zwar heraus, dass sie seit ihrer Jugend als Kräftigungsmittel die vorhin schon erwähnte Fowlersche Lösung einnahm, was aber den derart erhöhten Arsenspiegel im Blut und Urin der Patientin nicht annähernd erklärte. Da ihm der leitende Oberstaatsanwalt durch die Blume geraten hatte, keine voreiligen Schritte gegen den ehemaligen Ehemann der Frau, bei dem es sich mit hoher Wahrscheinlichkeit um den von Ihnen verdächtigten Karl Höpf handelt, einzuleiten, bat mich auch mein Chef, einstweilen von weiteren Aktivitäten abzusehen. Woran ich mich auch widerstrebend hielt. Dann verschlechterte sich der Gesundheitszustand meiner Patientin ganz rasant und sie fing an Blut zu husten. Sie wurde auf die Lungenstation verlegt, wo die Kollegen bei ihr eine galoppierende Lungentuberkulose diagnostizierten. Eine Woche später verstarb sie daran, kurz vor ihrem Tod hat sie dem Lungenarzt Doktor Dittges gegenüber geäußert, ihr geschiedener Ehemann habe sie mit Tuberkelbazillen verseucht. – Was unser Chef als ein weiteres Indiz für ihren paranoiden Geisteszustand wertete und ihr Fall wurde vollends zu den Akten gelegt – was ich bis heute sehr bedauere und mir nicht selten in einer Aufwallung von Schuldgefühlen vorwerfe, ein feiger Opportunist zu sein, der aus Angst um seine Karriere geschwiegen hat, anstatt gewaltig Staub aufzuwirbeln, wie es angemessen gewesen wäre«, endete Doktor Rossmann bedrückt.

Gerhard klopfte seinem Bruder aufmunternd auf die Schulter. »Das ist ja auch eine höchst seltsame Geschichte, die auch seitens deiner verstorbenen Patientin voller Widersprüche ist«, konstatierte er stirnrunzelnd.

»Aber vielleicht haben Sie ja jetzt die Chance, durch Ihre Arbeit als Toxikologe dazu beizutragen, dass dieser Teufel, über den das Schicksal viel zu lange seine schützende Hand gebreitet hat, endlich dafür gerade stehen muss, was er meinem Bruder und anderen Menschen angetan hat«, äußerte Fabiola mit einer Eindringlichkeit, die bei Johannes Rossmann auf offene Ohren traf.

»Das würde mich sehr freuen«, erwiderte er bewegt, »auch wegen der armen Frau, Gott hab sie selig.«

»Gott hab sie selig«, wiederholte Fabiola andächtig.

Anschließend nahm der Toxikologe die Absinthflasche und das Heroinfläschchen in Augenschein, verstaute sie behutsam in dem Behältnis und erklärte der verdutzten Fabiola und seinem Bruder, dass er sie gleich im Labor untersuchen werde.

»Heute noch? Es ist doch schon nach 21:00 Uhr«, bemerkte Gerhard verwundert.

»Na und«, wiegelt der Toxikologe ab, verabschiedete sich von Fabiola und Gerhard und eilte zur Tür, wo er ihnen noch einmal zurief, er melde sich, sobald er ein Ergebnis habe.

»Jederzeit – und wenn es morgens um vier ist«, ließ ihn Fabiola wissen und bedankte sich ganz herzlich für seine Hilfe.

3. TEIL/
DIE BLUMEN DES BÖSEN

»Nichts aber gleicht dem Gift aus deinen grünen Augen,
Den tiefen Seen, drin gramerfüllt,
Verzerrt und zitternd malt sich meiner Seele Bild,
Aus denen durstige Träume saugen
Die tiefe Bitternis, die Qualen weckt und stillt.«

CHARLES BAUDELAIRE, »DIE BLUMEN DES BÖSEN«,
GEDICHT »DAS GIFT«, LEIPZIG 1907

KAPITEL 19

Am Morgen des 10. Dezember 1912 erschien ein vierschrötiger Mann im grauen Arbeitskittel in der Wachstube der Kriminalabteilung des Polizeipräsidiums an der Neuen Zeil, der sich dem diensthabenden Beamten Bruno Mackenroth als Lothar Jahn, Hausmeister der Liegenschaft in der Bülowstraße 13 im Gutleutviertel vorstellte.

»Ich möchte Anzeige gegen einen Mieter namens Karl Höpf erstatten. Wegen widernatürlicher Unzucht«, äußerte er gewichtig und holte schon tief Luft, um loszulegen, als der Kriminalbeamte entschieden abwinkte und ihn wissen ließ, für homosexuelle Vergehen gemäß §175 sei die Kriminalabteilung nicht zuständig, da müsse er in den dritten Stock zur Sitte gehen.

»Einen Moment noch bitte«, vernahm Mackenroth plötzlich die Stimme seines Chefs aus dem Hintergrund, der sich aus der großen Blechkanne in der Ecke gerade eine Tasse Muckefuck eingeschenkt hatte, und musterte den wohlbeleibten Hauptkommissar irritiert.

»Nein, nein, der Kollege hat völlig recht, für Sittlichkeitsverbrechen sind die Kollegen von der Sitte zuständig«, erläuterte er mit Blick auf Mackenroth zustimmend. »Dennoch möchte ich Sie bitten, mir die Angelegenheit kurz zu schildern, da ich, sagen wir mal, eigene berufliche Interessen habe, mehr darüber zu erfahren. Sie erwähnten doch eben den Namen Höpf, habe ich das richtig gehört?«, wandte er sich an den Mann im grauen Arbeitskittel.

Dieser nickte. »Karl Höpf heißt er und wohnt im zweiten Stock in einer Drei-Zimmer-Wohnung. – Hat er denn schon mal was ausgefressen?«, erkundigte er sich neugierig.

»Nicht, dass ich wüsste«, erwiderte Hauptkommissar von Salomon ausweichend, »aber es interessiert mich trotzdem, also, nur zu, Herr Jahn, sagen Sie doch bitte, was Sie zu sagen haben.«

»Naja, was sich bei dem Höpf so tut, geht nicht mit rechten Dingen zu«, erklärte der Hausmeister entrüstet. »An zwei Abenden die Woche kommt so ein älterer, dickbäuchiger Mann im dunklen Anzug zu Höpf und dann geht da jedes Mal die Post ab.«

»Inwiefern?«, wollte von Salomon wissen und bot Jahn vor dem Tresen einen Stuhl und einen Malzkaffee an.

Jahns feistes Gesicht war feuerrot geworden und er wand sich regelrecht, bis er es über die Lippen brachte. »Na, er muss es ihm wohl besorgen und zwar so heftig, dass der Schreie von sich gibt, als würde er die Dresche kriegen – vielleicht kriegt er die ja auch, denn das tut Schläge, dass es durchs ganze Haus hallt und meine Frau und ich und unsere fünf Kinder wohnen ja direkt darunter und das hat gescheppert, sage ich Ihnen, dass man fast sein eigenes Wort nicht mehr versteht. Das ist eine Gefahr für das Familienleben und unsere unschuldigen Kinder, die es mit der Angst zu tun gekriegt haben, bei dem Gejaule. Jedenfalls haben sich auch noch andere Mieter darüber beschwert und da hab ich mir den Höpf mal vorgeknöpft. Der ist übrigens verheiratet, stellen Sie sich das mal vor, das arme Frauchen hab ich nur selten zu Gesicht gekriegt, die muss leidend sein, hab ich von anderen Hausbewohnern gehört – was ja bei dem Mann auch nicht erstaunlich ist. Höpf gibt sich im Viertel ja großspurig als Fechtlehrer aus und da muss auch was dran sein, denn ich weiß, dass er im Hinterhaus einen Fechtboden hat und sogar als Degenfechter im Schumanntheater auftritt. Aber deswegen ist er noch lang nix Besseres und muss sich genauso benehmen wie alle anderen anständigen Leute auch, die nicht mit solchen Possen ihr Geld verdienen, sondern hart für ihr täglich Brot arbeiten müssen«, knarzte er verächtlich. »Und davon mal ganz abgesehen, so groß, wie Höpf immer tut, ist der Andrang auf seinem Fechtboden gar nicht. Ab und zu mal ein paar Verbindungsstudenten, die Unterricht bei ihm nehmen, mehr ist das nicht. Also, auf meine Beschwerde hin, hat mir Höpf doch tatsächlich weismachen wollen, dass der ältere Mann im dunklen Anzug, der montags und freitags immer von ihm in die Mangel genommen wird, ein Fechtschüler von ihm wäre. Aber so dickbäuchig und unsportlich, wie der aussieht, kann ich mir das beileibe nicht vorstellen. Außerdem hat der auch nie einen Degen dabei. Ich habe mich nämlich extra schon ein paar Mal auf die Lauer gelegt, wenn der abends gekommen ist, das war meistens so gegen sieben und der war immer sowas von verlegen, wenn der mich gesehen hat, und hat mir auch nie in die Augen schauen können, sondern hat immer so verschämt weggeguckt und flüchtig in meine Richtung gegrüßt. Ein reines Gewissen sieht anders aus, Herr Kommissar. Ich möchte nicht wissen, was dieser perverse Duckmäuser schon alles auf dem Kerbholz hat, da sollten Sie, oder Ihre Kollegen, unbedingt mal nachforschen. Und das Dickste kommt ja noch«, ereiferte sich der rechtschaffene Familienvater. »Neuerdings hat Höpf seine ›Fechtstunden‹ doch tatsächlich auf seinen Fechtboden im Hinterhof verlagert und da scheppert und heult es jetzt über den ganzen Hof, was auch nicht viel besser ist.«

Kriminalkommissar von Salomon, der ihm konzentriert zugehört und sich Notizen gemacht hatte, fragte den Hausmeister, ob er zufällig den Namen des Besuchers kenne, was Jahn verneinte.

»Es wird Zeit, dass die Polizei da mal eine Razzia macht, wie gesagt, immer montags und freitags gegen sieben Uhr, wenn unsereiner das Abendbrot vor sich auf dem Tisch stehen hat und kaum noch was runter kriegt vor lauter Abscheu und Ekel, das kann ich Ihnen verraten ...« Der kräftige Mann verdrehte angewidert die Augen.

Kriminalkommissar von Salomon ging nicht weiter darauf ein und bedankte sich höflich bei dem Hausmeister für die Aussage. Anschließend begleitete er ihn hinauf in den dritten Stock zu den Kollegen von der Sitte.

»Herr Jahn möchte Anzeige wegen widernatürlicher Unzucht gemäß §175 erstatten. Er war unten bei uns und ich habe ihn hierhergebracht, weil das ja in euren Zuständigkeitsbereich fällt«, sagte er dem Kriminal-Schutzmann in der Wachstube, mit der Bitte, der Sache nachzugehen.

»Sind Sie doch bitte so gut, Herr Kollege, und halten mich in der Angelegenheit auf dem Laufenden, denn ich habe diesen Burschen auch schon länger im Blick, mir fehlt nur noch ein Aufhänger, um gegen ihn zu ermitteln«, fügte er an den Beamten gewandt mit gedämpfter Stimme hinzu.

Oben in seinem Büro angekommen, überlegte er kurz, griff zum Hörer und rief Fabiola von Weyrauch an.

*

Es klingelte an der Haustür, als Karl Höpf in seinem Labor die Abendmedizin für seine Frau zubereitete. Da er höchst ungern bei dieser Beschäftigung, die ein hohes Maß an Konzentration erforderte, gestört wurde, stieß er einen wüsten Fluch zwischen den Zähnen aus, schlüpfte hastig durch die Tapetentür hinüber ins Arbeitszimmer, um zu hören, wer gekommen war.

Vom Flur her vernahm er die Stimme der Pflegerin Hedwig, die ihm auch als Haushaltshilfe diente, und eine dunkle Männerstimme, die sich erkundigte, ob der Herr Höpf zu Hause sei.

Da rief sie auch schon lauthals seinen Namen, die blöde Planschkuh, und ihm blieb nichts anderes übrig, als dorthin zu kommen. Vor der Tür stand Georg Klawitter, ein alleinstehender Bierkutscher, der im Dachgeschoss in einer Mansardenwohnung lebte. Der bullige Mann mit dem Stiernacken bezog von Höpf in regelmäßigen Abständen gewisse ›Saubildchen‹, als welche die Männer die schlüpfrigen Fotografien unter sich zu bezeichnen pflegten und sein Bedarf war beachtlich.

»Ach, du willst bestimmt wieder was Neues zu lesen haben, Schorsch«, begrüßte Karl den an unanständigen Themen interessierten Junggesellen, der ihm sehr zugetan war. »Ich bring dir gleich den ›Ölprinz‹ hoch«, rief er ihm zu und zog sich wieder zurück.

Unter den neugierigen Blicken von Hedwig, die die Haustür geschlossen und ihm nach drinnen gefolgt war, nahm er aus dem Bücherschrank im Wohnzimmer den besagten Band und verschwand damit in seinem Geheimzimmer. Im großen Schrank, wo er auch seine Masken und Peitschensammlung aufbewahrte, gab es ein eigenes Fach voller Erotica.

Mal sehen, was er zu erzählen hat, murmelte Höpf und ließ einstweilen die Medikamente stehen, um das Buch entsprechend zu präparieren – mit obszönen Darstellungen von Damen in eindeutigen Posen, die er von einem schmierigen Zigarrenhändler aus der Kaiserstraße bezog. Mit dem Ölprinz in den Händen, dessen Seiten gespickt waren mit Saubildchen, eilte Karl die Treppe hinauf bis zum Dachgeschoss, im dem sich vier Mansardenwohnungen befanden. Er klopfte an die Tür mit dem Namensschild ›Klawitter‹, wo ihm rasch geöffnet wurde.

»Komm rein, Kalli«, forderte ihn der Bierkutscher auf und ließ ihn in das kleine Zimmer mit der Dachschräge und dem winzigen Fenster eintreten, das Schorsch gleichermaßen als Wohn- und Schlafraum diente. Das Klosett am Ende des Flurs und die kleine Küche wurden von den Bewohnern des Dachgeschosses gemeinsam genutzt.

»Willst du ein Bier?«, fragte er Höpf, der dies bejahte und reichte seinem Besucher eine Flasche Henninger Bier, der Großbrauerei am Henninger-Turm im Stadtteil Sachsenhausen, für die er schon seit nunmehr zwei Jahrzehnten arbeitete.

Nachdem sie ihre Bügelflaschen geöffnet und miteinander angestoßen hatten, reichte er dem kräftigen Mann mit dem Stoppelhaar, der noch seine stark müffelnde Arbeitskluft trug, den dicken Schmöker mit den pornographischen Darstellungen zwischen den Seiten. Nachdem Schorsch schon erste begehrliche Blicke darauf geworfen hatte, legte er das Buch beiseite und wurde schlagartig ernst.

»Du, Kalli, ich muss dir was sagen«, fing er an und musterte betreten den Degenfechter, den er als waschechten Teufelskerl bewunderte. »Der Jahn gibt neuerdings im ganzen Haus damit an, dass er dich bei der Polente angezeigt hätte, wegen dem Krach, der immer zu hören ist, wenn dich dein ... Na, du weißt schon, wen ich meine ... Äh, dein Spezi, immer am Montag- und Freitagabend besuchen kommt.«

Der Bierkutscher wand sich regelrecht vor Unbehagen, da es ihm sichtlich peinlich war, einen Pfundskerl wie Höpf als warmen Bruder hinzustellen, was dieser auch sogleich zurechtrückte.

»Ich bin nicht schwul und ich verkehre auch nicht mit Schwuchteln und jeden, der sowas von mir behauptet, mache ich mit dem Degen einen Kopf kürzer, so wahr ich Karl Höpf heiße, damit das ein für alle Mal klar ist!«, wetterte Höpf mit einer Vehemenz, dass Schorsch angstvoll vor ihm zurückwich, obwohl er dem Degenfechter an Körperkraft überlegen war.

»Das, was ich mit meinem Besucher veranstalte, ist rein geschäftlicher Natur, das kann ich dir versichern«, fügte er hinzu und forderte den Bierkutscher auf, ihm Weiteres von Jahn zu berichten.

»Na ja, der Hausmeister schwadroniert in der ganzen Nachbarschaft herum, dass die Gendarmerie demnächst bei dir auf dem Fechtboden eine Razzia veranstalten will, wenn dein Spezi wieder bei dir ist.«

Wie immer, wenn er wütend war, verstärkte sich auch jetzt der Silberblick in Höpfs hellen Augen. »Was heißt denn ›demnächst‹?, brüllte er den Bierkutscher an.

»Mensch, Kalli, das weiß ich doch nicht, so genau hat der Hausmeister das nicht gesagt, weil er wahrscheinlich selber keine Ahnung hat, wann die Gendarmen kommen – aber du solltest in jedem Fall vorsichtig sein, deswegen habe ich dir auch gleich Bescheid gesagt«, erwiderte Schorsch eindringlich, wofür Höpf ihm dann auch dankte.

Er trank in einem Zug das restliche Bier aus und verabschiedete sich von Klawitter mit der Bemerkung, er habe noch einiges zu erledigen, denn morgen sei ja schon Freitag und da wolle er vorbereitet sein, im Falle, dass die Gendarmen antanzen würden.

Unten in seiner Wohnung angekommen, verzog sich Karl sogleich in sein Arbeitszimmer und schloss die Tür, damit das neugierige Weib nichts mitkriegen würde. Selbstredend dachte er dabei an die Pflegerin Hedwig und nicht an seine Frau Wally, die ohnehin nur noch die meiste Zeit vor sich hindämmerte – das zähe Luder, das einfach nicht totzukriegen war.

Höpf griff zum Telefonhörer und wählte eine Frankfurter Nummer, nach wenigen Sekunden meldete sich aus der Hörmuschel eine markige Männerstimme.

»Du bleibst gefälligst morgen Abend zu Hause und kommst nicht hierher, kapiert«, bellte Höpf in den Hörer. »Und das gilt auch für die ganze nächste Zeit, bis ich dir ausdrücklich Bescheid gebe, hast du mich verstanden?«

»Ja, Meister, ich soll morgen nicht bei Euch vorbeikommen und auch demnächst nicht. Erst wieder, wenn Ihr mich dazu auffordert.« Sein Tonfall war sogleich devot geworden, als der honorige Herr am anderen Ende der Leitung die Stimme seines Meisters vernommen hatte.

Da es ihm seitens seines Herrn nicht gestattet war, Fragen zu stellen, oder ohne Aufforderung zu sprechen, fügte er sich den Gegebenheiten und legte den Hörer auf die Halterung, als ihm das Freizeichen aus der Hörmuschel signalisierte, dass sein Gesprächspartner das Telefonat bereits beendet hatte.

*

Nachdem sich zu Fabiolas großer Enttäuschung weder in der Absinthflasche noch in dem Heroinfläschchen, die Doktor Rossmann gewissenhaft in seinem Laboratorium im Diakonissenkrankenhaus untersucht hatte, Giftrückstände hatten finden lassen, war sie überaus froh über das freundliche Angebot des Kriminalkommissars, ihn nach Schönberg zu begleiten.

Sie hatte Felix von Salomon bereits gestern, kurz nachdem sie aus der Anstalt entlassen worden war, angerufen und ihn über alles ausführlich informiert.

Wie zwischen ihnen vereinbart worden war, wollte sie ihn heute am Telefon über das Ergebnis der Giftuntersuchung unterrichten, als er ihr am Vormittag zuvorkam. Er berichtete ihr von den Schilderungen des Hausmeisters aus der Bülowstraße 13, die dieser bei der Sittenpolizei zur Anzeige gebracht habe und dass die Kollegen ihn darüber in Kenntnis gesetzt hätten, am morgigen Abend bei Höpf vorstellig zu werden.

Nach den geballten Verdachtsmomenten gegen Höpf, der trotz alledem immer noch auf freiem Fuße sei, habe er sich dazu entschlossen, genauer nachzuforschen, wem Höpf das eigentlich zu verdanken habe. Er habe den Namen des Gendarmerie-Wachtmeisters aus Schönberg im Taunus herausgefunden, der seinerzeit in Niederhöchstadt erfolglos gegen Höpf ermittelt hatte, und den Kollegen, der inzwischen im Ruhestand sei, gestern Nachmittag angerufen.

Herr Baumann sei sehr entgegenkommend gewesen und so hatten sie kurzerhand den heutigen Termin ausgemacht, um sich in der Angelegenheit ausgiebig auszutauschen. Da Fabiola durch den schrecklichen Tod ihres Bruders persönlich in den Fall involviert sei und über Höpf bereits emsig recherchiert habe, sei er der Meinung, dass es nicht mehr als recht sei, wenn sie bei dem Gespräch mit Herrn Baumann anwesend wäre.

Er habe Herrn Baumann bereits darüber unterrichtet und er habe nichts dagegen einzuwenden, hatte von Salomon erläutert.

Als die schwere, dunkelgraue Maybach-Limousine um elf Uhr vormittags vor dem kleinen Fachwerkhaus in der Kronthalergasse im idyllischen Taunusörtchen Schönberg parkte, kam Gendarmerie-Wachtmeister A.D. Gustav Baumann den Besuchern aus Frankfurt schon am Hoftor entgegen. Fabiola, die inzwischen zwar auf ihre Krücken verzichten konnte, aber immer noch recht schwach auf den Beinen war, hatte sich bei Herrn von Salomon untergehakt.

Herr Baumann, ein drahtiger Pensionär, dessen frische Gesichtsfarbe verriet, dass er viel Zeit in der guten Taunusluft zubrachte, reichte Fabiola höflich die Hand und salutierte zackig vor dem Kriminalkommissar.

In der behaglich warmen Wohnstube, wo die Gäste von der Dame des Hauses mit Bohnenkaffee und Gugelhupf bewirtet wurden, kamen Fabiola und die beiden Männer rasch miteinander ins Gespräch.

Als Fabiola Herrn Baumann von ihrem Verdacht gegen Höpf berichtete, und was sie in den Zeitungsarchiven alles über ihn herausgefunden hatte, traf sie bei dem rüstigen alten Herrn auf offene Ohren.

»Ich erinnere mich noch daran, als wäre es gestern gewesen«, äußerte er erbittert. »Das liegt wohl vor allem daran, dass mich der Fall Höpf bis heute nicht loslässt. Aus dem einfachen Grund, weil da etwas gewaltig faul ist. Das habe ich damals schon gedacht und das lässt mir einfach keine Ruhe. Denn letztendlich sind die Ermittlungen gegen Höpf allesamt am Widerstand des Staatsanwaltes gescheitert, der sich hartnäckig geweigert hat, eine Vorladung, Hausdurchsuchung oder einen Haftbefehl gegen ihn zu erlassen. Ich bin bestimmt niemand, der sich leicht ins Bockshorn jagen lässt, aber was kann denn schon ein kleiner Gendarmerie-Wachtmeister aus der Provinz gegen einen Staatsanwalt der Staatsanwaltschaft Wiesbaden ausrichten«, bemerkte er resigniert.

»Das ist doch nicht zu fassen, wenigstens einer vorläufigen Befragung Höpfs zu den über ihn in der Bevölkerung grassierenden Anschuldigungen hätte er doch stattgeben können«, echauffierte sich auch Kriminalkommissar von Salomon kopfschüttelnd.

»Höpf hat immer ein geradezu unverschämtes Glück gehabt, nicht alleine, was den Staatsanwalt anbetrifft, auch sein Hausarzt, der seine verstorbene Frau behandelt hat, hat ihn immer gedeckt. Selbst der vereidigte Gerichtschemiker, der den Tee von Höpfs zweiter Frau Christine untersucht hat, konnte keine Giftrückstände darin finden – was leider auch auf meine Proben zutrifft, die beweisen sollten, dass Karl Höpf meinen Bruder vergiftet hat«, wusste Fabiola zu berichten, die genauso ratlos war, wie ihre beiden Gesprächspartner.

»So viel Glück kann keiner haben, dafür gibt es ganz reale Gründe, warum Höpf nie verknackt worden ist und die gilt es jetzt verdammt nochmal herauszufinden«, äußerte von Salomon und musterte Baumann nachdenklich.

»Gab es denn für Sie als Ermittler irgendeine stichhaltige Erklärung, warum der Staatsanwalt Höpf seinerzeit geschützt hat?«

»Das habe ich mich auch gefragt und angefangen, Recherchen über Staatsanwalt Dünnebier aus Wiesbaden anzustellen, ganz diskret und unter der Hand versteht sich, denn ich wollte mir ja nicht schon wieder die Finger verbrennen«, erwiderte der ehemalige Gendarmerie-Wachtmeister und seufzte ernüchtert. »Das, was ich herausgefunden habe, war auch eher kurios als wirklich erhellend. Denn die einzige Verbindung zwischen Höpf und Staatsanwalt Dünnebier war die, dass Dünnebier Höpf, der zu dieser Zeit noch auf seinem Hof in Niederhöchstadt Bernhardiner Hunde züchtete, einen Hund für die enorme Summe von 10.000 Goldmark abgekauft hatte. – Reichlich töricht, wie ich finde, aber beileibe nicht strafbar oder auf sonst eine Art verfänglich, oder gar verdächtig«, äußerte der Pensionär mit gerunzelter Stirn.

»Mit Verlaub, Herr Baumann, aber ich finde es hochgradig verdächtig, ein Vermögen für die Anschaffung eines Hundes auszugeben«, hielt Fabiola in höflichem Tonfall dagegen, während ihre jadegrünen Augen vor Empörung funkelten. »Für mein Dafürhalten müsste man diesem Staatsanwalt mal gehörig auf den Zahn fühlen.«

»Es ist nicht leicht, solchen Herren an den Karren zu fahren. Da hält sich auch die Polizei ziemlich zurück, einen so hochkarätigen Staatsdiener in die Mangel zu nehmen, so weit wird es wahrscheinlich gar nicht erst kommen, weil die Beamten von höchster Ebene zurückgepfiffen werden, wenn sie es wagen sollten, dem Herrn Staatsanwalt ans Bein zu pinkeln«, bemerkte der Kriminalkommissar abgeklärt, dem sein pensionierter Kollege nur beipflichten konnte.

»Der Polizeiapparat ist untrennbar mit der Strafjustiz verflochten, eine verschworene Gemeinschaft, da hackt eine Krähe einer anderen kein Auge aus, das ist ein ungeschriebenes Gesetz.«

Fabiola schnaubte empört. »Aber das kann doch nicht angehen, dass ein Staatsanwalt nicht dafür belangt wird, wenn er eine Straftat begeht, beziehungsweise, die Straftaten eines anderen deckt«, äußerte sie fassungslos.

»Das ist eine eindeutige Straftat, gemäß §258 Strafgesetzbuch, Strafvereitelung im Amt«, erwiderte Kriminalkommissar von Salomon, der im Rahmen seiner Ausbildung mehrere Semester Jura studiert hatte. »Wenn man das hieb und stichfest beweisen kann, ich betone: *hieb und stichfest*, dann muss auch ein Staatsanwalt Dünnebier seinen Hut nehmen.«

Er musterte Fabiola und Herrn Baumann eindringlich. »Das will alles wohl durchdacht sein und von irgendwelchen Schnellschüssen kann ich nur dringend abraten, verehrte Frau Doktor, denn man sollte dabei stets bedenken: Wir haben nur den einen Schuss – und wenn der danebengeht, können wir einpacken«, ermahnte er Fabiola, die sich einsichtig zeigte und den erfahrenen Kriminalisten fragte, zu welcher Vorgehensweise er denn rate.

»Wie ich bereits sagte, planvoll und mit Bedacht – aber ein gewisses Vorsondieren kann doch zum jetzigen Zeitpunkt nicht schaden«, fügte er mit listiger Miene hinzu und erkundigte sich bei Herrn Baumann, ob er sein Telefon benutzen dürfe.

»Selbstverständlich«, erwiderte der Angesprochene und bat Herrn von Salomon, ihm in den Flur zu folgen, wo der Telefonapparat an einer Wandhalterung angebracht war.

Als der Kriminalkommissar nach etwa zehn Minuten in die Wohnstube zurückkehrte, umspielte ein triumphierendes Grinsen seine Mundwinkel.

»Also, Doktor Egidius Dünnebier hat vor rund zwei Jahren bei der Staatsanwalt Wiesbaden auf eigenen Wunsch hin den Dienst quittiert«, verkündete er Fabiola und Herrn Baumann, die ihm erwartungsvoll entgegenblickten.

»Nach eigenen Angaben war der Grund seines Ausscheidens der Tod seines Vaters. Kurz nach dessen Tod ist Staatsanwalt Dünnebier wieder in sein Elternhaus im südlich des Mains gelegenen Frankfurter Stadtwald zurückgekehrt, um seiner Frau Mutter, die den Tod ihres Ehemannes nur schwer verkraftete, eine Stütze sein zu können. Eine ausgesprochen vornehme Wohngegend kann ich da nur sagen, dort leben die Metzlers und die Juniors«, äußerte der Kriminalkommissar anerkennend.

»Jedenfalls backt der Herr Staatsanwalt beruflich nun kleinere Brötchen und hat der Strafjustiz den Rücken gekehrt. Doktor Dünnebier arbeitet seit seinem Umzug nach Frankfurt als Verwaltungsjurist im Justiz- und Verwaltungsamt im benachbarten Höchst. Ich habe mir bei dieser Gelegenheit auch von den Kollegen seine vollständige neue Anschrift, inklusive Telefonnummer geben lassen«, er blickte in sein Notizbuch. »Sie lautet: Frankfurt am Main, Mörfelder Landstraße Nummer 277 …«

»Das ist ja wunderbar, Herr Kriminalkommissar, mir ist da nämlich eine Idee gekommen, die ich Ihnen gerne unterbreiten würde«, unterbrach ihn Fabiola enthusiastisch. Die Augen der beiden Herren richteten sich sogleich auf die junge Frau, die zwar noch ziemlich bleich und mitgenommen anmutete, aber eine wilde Entschlossenheit verströmte, die die Männer in den Bann zog.

»Was halten Sie davon, wenn ich den Privatdetektiv, der schon die ganze Zeit für mich tätig war, mit der diskreten Beschattung von Doktor Dünnebier betraue? Er heißt Fridolin Hattsteiner und war früher Mathematiklehrer am Lessing-Gymnasium. Ein guter, besonnener Mann, für den ich mich absolut verbürge. Das könnte dann alles ganz dezent vonstattengehen und da wäre auch die Polizei fürs Erste aus dem Schneider.«

Sie musterte die beiden Herren, die sie anstarrten wie ein Fabelwesen, mit verschmitztem Lächeln.

KAPITEL 20

Als die beiden Schutzwachtmeister von der Sittenpolizei, Alfred Rühl und August Keiper, am Freitagabend gegen 19:30 Uhr von Hausmeister Jahn ins Haus gelassen und durch die Flur-Tür in den Hinterhof geführt wurden, wo sich besagter Fechtboden befand, drangen die markerschütternden Schreie und das ohrenbetäubende Kreischen schon zu ihnen herüber. Sie gemahnten die verstört dreinblickenden Polizeibeamten an einen angeschossenen Vogel, ein fürwahr ohrenbetäubendes Geräusch, das noch von lautem, metallischem Klackern begleitet wurde.

»Was für ein Lärm«, schimpfte der junge August Keiper, der ohnehin zurzeit recht lärmempfindlich war, da seine Zwillinge zu Hause ihre ersten Milchzähne bekamen und nahezu die ganze Nacht im Chor am Schreien waren, sodass an Schlaf kaum zu denken war.

Hausmeister Jahn nickte triumphierend. »Genauso, wie ich es Ihnen gesagt habe, da sehen Sie, dass ich nicht übertrieben habe.«

»Vor allem hören«, erwiderte Alfred Rühl mit grimmiger Miene und klopfte scheppernd gegen die Holztür, als sie gleich darauf den Fechtboden erreicht hatten.

»Was ist denn das für ein Krach da drinnen«, rief er in lautem amtlichem Tonfall. »Hier ist die Polizei, öffnen Sie sofort die Tür!«

Wenig später zeigte sich ein indignierter Karl Höpf im Türrahmen und erkundigte sich forsch bei den beiden Schutzwachtmeistern, weshalb sie ihn behelligten.

Anstatt ihm zu antworten, stellte August Keiper eine Gegenfrage: »Handelt es sich bei Ihnen um Karl Höpf, wohnhaft in der Bülowstraße 13?«

»Jawohl, der bin ich«, erwiderte Höpf zackig.

»Uns liegt eine Anzeige wegen Lärmbelästigung im Zusammenhang mit widernatürlicher Unzucht gegen Sie vor«, blaffte ihm Keiper entgegen und forderte Höpf auf, ihn und seinen Kollegen eintreten zu lassen, was ihm dieser nicht verwehrte.

Zielstrebig wandte sich Alfred Rühl an den etwa 50-jährigen Mann mit dem muskulösen Oberkörper, der im Hintergrund stand und sich auf seinen Degen stützte, und erkundigte sich nach seinen Personalien.

»Ich heiße Winfried Kassupke, bin am 14. Februar 1863 in Offenbach geboren, wohne in Frankfurt in der Gutleutstraße 39 und arbeite im Biertunnel unterm Schumanntheater als Kellner«, gab der Mann mit dem blonden Stoppelhaar mit bärbeißiger Miene von sich, worauf sich der Polizist zur Überprüfung seinen Personalausweis aushändigen ließ.

Während sich sein Kollege Keiper zur gleichen Zeit auch Höpfs Ausweis ansah, nahm Schutzwachtmeister Rühl den Ausweis des Kellners kritisch in Augenschein und wollte von ihm wissen, ob es zutreffe, dass er sich hier jeden Montag- und Freitagabend mit Karl Höpf treffe.

»Ei ja«, erwiderte Kassupke achselzuckend, »da habe ich Fechttraining, aber das ist doch nicht verboten«, meinte er aufsässig.

»Das nicht, aber unzüchtige Handlungen betreffs Paragraph 175 sind das sehr wohl«, belehrte ihn Rühl scharf, worauf Kassupke, vor allem aber Höpf, aus allen Wolken fielen.

»Was sind denn das für haltlose Unterstellungen!«, empörte sich Höpf. »Herr Kassupke und ich betreiben Fechtsport und ich weise es mit allem Nachdruck von mir, dass ich ein warmer Bruder sein soll und das trifft genauso wenig auf meinen Fechtschüler zu!«

»Das Schreien und das Poltern, das an den besagten Abenden aus ihrer Wohnung, oder vom Fechtboden durchs ganze Haus hallte und die Anwohner erheblich in ihrer Abendruhe störte, hörte sich nach Angaben des Zeugen aber genauso an wie widernatürliche Unzucht zwischen zwei Männern«, erwiderte August Keiper und maß Höpf und Kassupke mit vernichtenden Blicken.

»Dass ich nicht lache«, rief Höpf entrüstet. »Sie waren wohl noch nie auf einem Fechtboden, sonst wüssten sie, was da für ein Brüllen und Schreien herrscht. – Auf, wir machen es Ihnen mal vor.«

Höpf gab Kassupke einen Wink und sie eilten auf die Planche und begannen einen Schaukampf. Es war faszinierend, wie präzise und wendig sich die Fechter bewegten. Das leichtfüßige Tänzeln auf der engen Planche und die stets aufrechte Haltung zeugten von großer Körperbeherrschung. Die Polizisten kamen aus dem Staunen gar nicht mehr heraus. Das laute Klackern der gegeneinander schlagenden Klingen erfüllte den kleinen Raum und ehe die Beamten sich's versahen, gelang Höpf eine blitzschnelle Attacke mit der Spitze seines Degens, die durch einen Metallaufsatz abgestumpft war, um seinen Fechtpartner nicht zu verletzen. Gleichzeitig gab Höpf einen durchdringenden Schrei von sich, der die Gendarmen erschrocken zusammenfahren ließ.

»Das sind die typischen Fechtgeräusche, meine Herren«, äußerte er auftrumpfend. »Das ohrenbetäubende Geräusch, das klingt, als würde ein Schwein abgestochen werden, ist nicht der Schrei des Attackierten, es ist der Angreifer, der seine

Freude über den Treffer hinaus plärrt. Im Fechtsport gehören Kampf- und Jubelschreie unweigerlich dazu. Sie verschaffen dem Degenfechter Erleichterung und sind ein Ausdruck seiner Freude. Diese hohen Sirenentöne sind Kampfschreie, das Gebrüll und Wolfsgeheul haben gewissermaßen Tradition in diesem wunderbaren Sport – ich muss es ja schließlich wissen, denn ich verfüge immerhin über einen Weltmeistertitel in der Kunst des Säbelfechtens, den ich 1885 in London erworben habe«, erläuterte Höpf mit stolz geschwellter Brust, wodurch den beiden Polizisten vollends der Wind aus den Segeln genommen wurde und sie wirkten einigermaßen betreten.

Alfred Rühl als der Ältere räusperte sich verlegen. »Wenn das so ist«, erklärte er mit schiefem Grinsen. »Wir müssen halt jedem Hinweis nachgehen, also, nix für ungut.«

Die Polizisten verabschiedeten sich schmallippig und eilten über den Hinterhof davon, wo sie vom Hausmeister bereits sehnsüchtig erwartet wurden.

»Und?«, erkundigte sich Jahn, der vor Neugier schier am Platzen war.

»Nix und«, beschied ihn Rühl unwirsch. »Hat uns nur unnütze Arbeit gemacht, Ihre Anzeige, als ob wir sonst nix zu tun hätten, als uns bei rechtschaffenen Sportsfreunden zu blamieren. Eins steht für mich jedenfalls fest: Die beiden Männer sind genauso wenig vom anderen Ufer wie Sie und ich. Da können Sie noch froh sein, Herr Jahn, wenn Sie für Ihre abgeschmackten Behauptungen nicht noch eine Anzeige wegen Verleumdung und übler Nachrede kriegen.«

Der Hausmeister verstand die Welt nicht mehr. »Aber das stimmt doch, was ich gesagt habe, Sie haben es doch selbst gehört, als Sie gekommen sind«, begehrte er auf, doch die Polizisten winkten ab und wollten nichts mehr hören.

»Außerdem ist das jemand anderes, der jetzt bei dem Höpf ist. Ich hab den doch eben kurz gesehen, als die Tür offen war und Sie reingegangen sind«, krähte Jahn hinter den entschwindenden Sittenwächtern her, die keine Notiz davon nahmen. »Der Mann im dunklen Anzug, den ich damals im Treppenhaus gesehen habe, der sah ganz anders aus«, fügte er wie an sich selbst gerichtet hinzu und ging mit hängenden Schultern in seine Werkstatt im Keller, um einen tiefen Schluck aus der Branntweinflasche zu nehmen.

*

»Leider gibt es über Staatsanawalt Dünnebier bislang nichts Außergewöhnliches zu vermelden«, berichtete Fridolin Hattsteiner Fabiola am Telefon, nachdem er den Juristen drei Tage lang unauffällig beschattet hatte. »Der Junggeselle scheut die Geselligkeit und führt das Leben eines Biedermanns, der nur für seine Arbeit lebt. Fährt jeden Tag um sechs Uhr in der Früh in seinem schwarzen Mercedes-Benz nach Höchst zum Justiz- und Verwaltungsamt in der Bolongarostraße, macht pünktlich um 17:00 Uhr Feierabend und kutschiert zurück nach Frankfurt, in die feudale Villa in der Mörfelder Landstraße 277 im Frankfurter Stadtwald. Etwa eine halbe Stunde später kommt er dann mit seinem Bernhardiner an der Leine aus dem schmiedeeisernen Gartenportal, hat seinen eleganten Kaschmirmantel gegen einen grünen Lodenmantel getauscht und anstelle des grauen Homburger Huts trägt er zu seinen abendlichen Hundespaziergängen eine englische Tweed-Kappe, die er so tief in die Stirn gezogen hat, dass vom Gesicht kaum noch was zu sehen ist, ganz so, als wolle er sich unkenntlich machen und nicht erkannt werden. Warum auch immer – aber vielleicht ist er ja nur einfach menschenscheu, was ich als sehr naheliegend erachte. Denn wenn Dünnebier in der illustren Nachbarschaft des Villenviertels, wo die Häuser allesamt aussehen wie Schlösser und Paläste, tatsächlich mal auf einen Passanten trifft, grüßt er nur höflich und vermeidet jeden weiteren Kontakt. Außer diversen Dienstboten geht niemand in der Villa ein und aus, die Mutter des Staatsanwaltes habe ich bislang noch nicht zu Gesicht gekriegt und es zeigten sich bislang keine Besucher, was selbstverständlich auch für Höpf gilt. Aber was nicht ist, kann ja noch werden, ich bleibe jedenfalls weiter an ihm dran«, endete der Privatdetektiv.

»Wie ich von Kriminalkommissar von Salomon weiß, hat der Hausmeister aus der Bülowstraße 13, dem Haus, in dem Höpf im zweiten Stock eine Drei-Zimmer-Wohnung gemietet hat, den Mann, der immer am Montag- und Freitagabend zu Höpf gekommen ist, folgendermaßen beschrieben: ein älterer Herr im dunklen Anzug, der recht dickbäuchig gewesen sein soll und auf den Zeugen einen eher unsportlichen Eindruck gemacht habe«, äußerte Fabiola konzentriert. »Treffen denn diese Merkmale auch auf Staatsanwalt Dünnebier zu?«

»Durchaus, er ist ziemlich beleibt, eher rundlich als muskulös und wirkt daher alles andere als athletisch«, erwiderte Hattsteiner nachdenklich. »Jemand, der zweimal die Woche zum Fechttraining geht, sollte für mein Dafürhalten deutlich durchtrainierter aussehen. Also, da ist doch wieder etwas oberfaul an dieser Schmierenkomödie mit Höpf und seinem angeblichen Fechtschüler, der ja der reinste Tausendsassa gewesen sein muss, und dem famosen Schaukampf, den sie für die Polizisten von der Sitte inszeniert haben.«

»Da bin ich ganz Ihrer Meinung, Herr Hattsteiner«, entgegnete Fabiola ergrimmt. »Die Razzia ist reichlich danebengegangen, auch da hat sich Höpf wieder aalglatt herauswinden können. Es ist zum Haare raufen mit diesem Schurken, es vergeht kein Tag, an dem ich ihm nicht die Pest an den Hals wünsche und die schwelende Wut und diese mir bis dato völlig unbekannte Rachsucht rauben mir schier den Verstand«, fluchte Fabiola in den Telefonhörer.

»Da täuschen Sie sich, gnädige Frau, wenn ich das einmal so sagen darf«, widersprach ihr Hattsteiner charmant. »Sie sind ausgeschlafener als wir alle zusammen, und wenn es jemand schafft, diese Giftschlange unschädlich zu machen, dann sind Sie es«, fügte der passionierte Schachspieler im Brustton der Überzeugung hinzu und sie vereinbarten, dass der Privatdetektiv die Überwachung von Staatsanwalt Dünnebier fortsetzen werde.

Es war der erste Abend, seit Fabiolas Entlassung aus der Anstalt, dass sie mit Gerhard ausgehen würde. Sie hatten ihr Vorhaben extra auf den heutigen Samstagabend gelegt, an dem der Psychiater einen seiner wenigen freien Tage hatte.

Nach dem Telefonat mit Fridolin Hattsteiner hatte Fabiola nicht nur ein höchst entspannendes und wohltuendes Vollbad, umweht von den warmen, würzigen Duftnoten der Melisse, Myrrhe, Zypresse, Jasmin, Vanille und Tabak, ihres Lieblingsbadesalzes ›Bois Sauvage‹ genommen, sondern auch eine beträchtliche Zeit dafür verwendet, sich für das Treffen mit ihrem Liebsten gebührend herzurichten.

Nach reiflichem Überlegen und Anprobieren hatte sie sich schließlich für das pastellrosa Seidenkleid des gefragten französischen Modeschöpfers Paul Poiret entschieden. Es hatte einen tiefen V-Ausschnitt und der knöchellange enggeschnittene Rock war vorne mit einem langen Schlitz versehen. Darüber trug Fabiola eine Tunika aus fließendem Satin, die eine Nuance heller als das Seidenkleid war. Auf dem Kopf mit den hochgesteckten roten Haaren thronte ein elfenbeinfarbener Samtturban mit einer senkrecht nach oben stehenden weißen Reiherfeder, die von einer schillernden Perlmuttbrosche fixiert wurde. Der kunstvolle Kopfschmuck verlieh Fabiolas gesamter Erscheinung etwas Mondänes und Exzentrisches. Sie wirkte zwar noch immer sehr zerbrechlich, aber ihre Augen sprühten wieder vor Vitalität.

Mit kritischem Blick begutachtete sie sich im großen Wandspiegel im Schlafzimmer, legte noch einen Hauch von Reispuder auf und bestrich ihre feingeschwungenen Lippen mit einem rubinroten Balsam. Das wird nicht lange halten, dachte sie mit versonnenem Lächeln, er wird ihn mir wegküssen – wonach sie sich bereits unsagbar sehnte. Da erklang auch schon die Türklingel. Sie hatten vereinbart, dass Fabiola herunter kommen sollte, wo sie Gerhard mit dem Wagen erwartete.

In Windeseile schlüpfte sie in den knöchellangen Zobelfellmantel, in dessen Weite man sich regelrecht hinein schmiegen konnte, und eilte mit klackernden Absätzen die Treppenstufen hinunter.

Dichte Schneeflocken umschwebten Gerhard, der vor seinem Automobil stand und Fabiola zuvorkommend die Beifahrertür aufhielt. Auch er hatte sich für den Abend entsprechend in Schale geworfen und trug Frack und Zylinder. Er umarmte und küsste sie zärtlich und war ihr ritterlich beim Einsteigen behilflich.

Kaum, dass sie die Türen geschlossen hatten und im Auto saßen, fielen sie einander in die Arme und hörten nicht mehr auf, sich in wilden Küssen zu verbünden. Ihre Körper sehnten sich unsagbar danach, sich im Liebesspiel zu vereinen, doch sie kamen überein, sich diesen magischen Moment noch ein wenig aufzusparen wie einen kostbaren Schatz.

Das im Jahre 1906 errichtete Carlton-Hotel unweit des Schumanntheaters galt als eines der schönsten und vornehmsten Hotels im gesamten deutschen Kaiserreich. Mit einer vom Neoklassizismus geprägten Außenfassade war das Interieur ganz im Stile des Rokokos gehalten.

Im Palm–Court, der von Palmen gesäumten Eingangshalle mit dem riesigen Kristallleuchter unter der hohen Glaskuppel, versammelten sich nachmittags um fünf Uhr illustre Gäste und Besucher, untermalt von den Klängen des Salonorchesters, zum Tanztee.

Als Fabiola und Gerhard einander untergehakt durch das weitläufige Foyer schritten, um zum Grill-Room zu gelangen, wo exquisite amerikanische Grillspezialitäten angeboten wurden und wo sie einen Tisch bestellt hatten, zogen sie sämtliche Blicke auf sich.

Nicht alleine der Attraktivität geschuldet, die das Paar zweifellos auszeichnete, sondern vor allem des Glückes wegen, das sie im Überschwang verströmten und das jeden, der sie anschaute, teils neidvoll, teils wehmütig, an den Zauber der Liebe denken ließ.

Zu den melodischen Ragtime-Klängen des Bar-Pianisten stießen Fabiola und Gerhard an ihrem Fenstertisch mit Blick auf die menschenbelebte Karlstraße auf den Abend an.

Die ›Lynchburg Lemonade‹, eine Spezialität des Hauses, die es in sich hatte und die aus Jack Daniels Whiskey mit Orangenlimonade, Eis und Triple Sec bestand, stieg Fabiola, die noch nicht viel gegessen hatte, sogleich in den Kopf und rötete ihre Wangen.

Nachdem der Kellner ihnen die Speisekarten gebracht und an den Tisch zurückgekehrt war, um die Bestellung aufzunehmen, bestellte Fabiola, die das Restaurant selber vorgeschlagen hatte, mit knurrendem Magen als Vorspeise einen ›Coleslaw‹, einen Krautsalat amerikanischer Art. Als Hauptspeise entschied sich das Paar für eine Grillplatte mit Texanischen Hamburgern und butterzarten Rib-Eye-Steaks, die mit gebackenen Kartoffelspalten und reichlich ›Heinz Tomato Ketchup‹ serviert wurden, eine Art gesüßter Tomatensirup, welcher hervorragend zu den Hamburgern passte und den beide bis dato noch gar nicht kannten.

»Das Zeug sieht aus wie Blut und ist gewöhnungsbedürftig, aber es passt sowohl zu den gebackenen Kartoffeln als auch zum Fleisch«, bemerkte Fabiola, die mit regem Appetit ihr Steak verzehrte.

Gerhard, der seine Last hatte, den kompakten Hamburger zu vertilgen, pflichtete ihr bei, als Fabiola plötzlich hochschreckte.

»Das ist doch Fridolin Hattsteiner, der Privatdetektiv, den ich engagiert habe!«, bemerkte sie erstaunt und wies auf den Mann im Trenchcoat, der auf dem Bürgersteig stehen geblieben war, um sich eine Zigarette anzuzünden. Wenngleich es sich in einem so vornehmen Lokal nicht sonderlich schickte, pochte Fabiola energisch mit dem Fingerknöchel gegen die Fensterscheibe, was auch von Erfolg gekrönt war.

Hattsteiner zuckte zusammen und blickte verwundert zu dem hell erleuchteten Panoramafenster. Als er dahinter seine Auftragsgeberin gewahrte, die ihm zuwinkte, hob er grüßend die Hand. Sie gab ihm unmissverständliche Zeichen, doch hereinzukommen, was er schließlich auch ein wenig widerstrebend tat, da die Dame, die ihm durchaus hätte gefallen können, wäre sie nicht seine Auftraggeberin gewesen, in Herrenbegleitung war. Andererseits konnte er sich so den Telefonanruf sparen und ihr direkt sagen, was er gerade herausgefunden hatte.

Nachdem Fabiola die Herren miteinander bekannt gemacht hatte, lud sie Herrn Hattsteiner höflich ein, sich an ihren Tisch zu gesellen und sich etwas zu Essen zu bestellen, was der Privatdetektiv jedoch dankend ablehnte und sich stattdessen mit einem Bourbon on the Rocks begnügte.

»Nun, es ist kein Zufall, dass ich hier in der Gegend bin«, erläuterte er, nachdem er einen Schluck Whiskey zu sich genommen hatte, der ihm angenehm warm die Kehle herunter rann. »Ich war gerade in der Münchner Straße, wo ich eine höchst interessante Beobachtung gemacht habe, gnädige Frau. Aber am besten alles der Reihe nach. Also, der Herr Staatsanwalt hat vorhin das Haus verlassen und ist in seinen Mercedes gestiegen. Ich saß ein Stück weit entfernt in meinem am Straßenrand geparkten Bugatti, von wo aus ich einen optimalen Blick auf das Anwesen habe, aber gleichzeitig auch genügend Abstand, um von dem Observierten nicht gleich entdeckt zu werden. Jedenfalls fuhr der Staatsanwalt schnurstracks über die Wilhelmsbrücke ins Gutleutviertel in die Bülowstraße 13. Er läutete an der Tür und wartete vor seinem Wagen. Als Höpf herunterkam, verneigte er sich so tief, als sei er der Pabst persönlich, da fehlte nur noch, dass er ihm die Hand küsste«, erläuterte Hattsteiner sarkastisch. »Dünnebier gebärdete sich wie ein unterwürfiger Diener, hielt Höpf zuvorkommend die Tür auf, der auf der Rückbank Platz nahm wie ein Herr und nicht auf dem Beifahrersitz neben dem Chauffeur. Die Fahrt ging in die nahegelegene Münchner Straße, wo die Herren gemeinsam das auf sadomasochistische Praktiken spezialisierte Kabinett aufsuchten.

Da man mich dort bereits von früheren Nachforschungen her kannte, unterließ ich es, hineinzugehen.« Hattsteiner hielt kurz inne und musterte Fabiola unbehaglich. »Ich hatte ohnehin den Eindruck, dass Höpf Lunte gerochen hat. Er hat sich in der Bülowstraße misstrauisch nach allen Seiten umgeschaut, ehe er in den Benz gestiegen ist und hat mich ein Stück weit entfernt am Bürgersteig in meinem Bugatti sitzen sehen. Ich bin mir sicher, dass er mich bemerkt hat, denn er hat mich direkt angeguckt. Ich bin ihnen dann mit Abstand gefolgt, es waren die ganze Zeit zwei oder drei andere Autos zwischen uns, darauf habe ich schon geachtet. Als der Benz dann in der Nähe des Bordells geparkt hat, war mir klar, wo die hinwollten und bin weitergefahren – und genau in dem Moment, wo ich auf gleicher Höhe war wie die beiden, hat Höpf sich umgedreht, als ob er Augen auf dem Rücken hätte und hat mir direkt ins Gesicht gesehen. An seinem Blick wurde deutlich, dass er mich erkannt hat.«

»Soll er doch, dieser Satan, dann weiß er wenigstens, dass es jemanden gibt, der ihn im Blick hat«, zischte Fabiola erbost.

Gerhard, der ihre Forschheit nicht zu teilen schien, konnte nur besorgt den Kopf schütteln.

»Wie verhält sich eine Giftschlange, die verfolgt wird?«, fragte er Fabiola unheilvoll. »Sie verkriecht sich an einen Platz, wo ihr Verfolger sie nicht sehen kann und lässt ihn keine Sekunde mehr aus den Augen, um in einem geeigneten Moment, wenn sich ihr Opfer sicher fühlt und unachtsam wird, zuzuschlagen.«

Fridolin Hattsteiner nickte zustimmend. »Da ist unbedingt Vorsicht geboten, denn Höpf ist gefährlich und schreckt offensichtlich selbst vor Mord nicht zurück.«

»Deswegen kann ich dir nur dringend dazu raten, die Finger von der Sache zu lassen und die Angelegenheit der Polizei zu überlassen, was dir im Übrigen auch Direktor Sioli bei deiner Entlassung unbedingt ans Herz gelegt hat, oder hast du das etwa schon vergessen?«, gemahnte sie Gerhard in aller Strenge.

»Keineswegs«, erwiderte Fabiola ernsthaft. »Es war ausdrücklich mit Herrn Kriminalkommissar von Salomon abgesprochen, dass Herr Hattsteiner den Staatsanwalt dezent beschattet und nun, da es eindeutige Ergebnisse gibt, werde ich Herrn von Salomon so schnell wie möglich darüber in Kenntnis setzen. Ich werde gleich morgen früh im Polizeipräsidium anrufen, vielleicht hat er ja Sonntagsdienst, ansonsten werde ich es am Montag versuchen. Du siehst also, mein Lieber, ich bin durchaus vorsichtig und vernünftig.« Sie lächelte entwaffnend und Gerhard gab sich nach der knappen Verwarnung, das sei auch unbedingt vonnöten, einstweilen damit zufrieden.

Fabiola war Feuer und Flamme über die neuen Erkenntnisse von Privatdetektiv Hattsteiner, dass es zwischen Karl Höpf und Staatsanwalt Dünnebier eine wie immer geartete Verbindung gab, über welche die drei sich im Laufe des Abends die Köpfe heiß redeten und sich in den unterschiedlichsten Mutmaßungen ergingen. Übereinstimmend trat bei allen Spekulationen jedoch zutage, dass das Verhältnis zwischen Höpf und Dünnebier gravierende Ähnlichkeiten zu dem aufwies, welches Höpf zu Fabian hatte.

»Als ich hörte, dass Dünnebier Höpf für sage und schreibe 10.000 Goldmark einen Bernhardiner abgekauft hat, bin ich gleich hellhörig geworden. Diese unbändige Geldgier hat Höpf auch bei meinem Bruder an den Tag gelegt. Kaum, dass sie sich kennengelernt hatten, hat Fabian auch schon das Gemälde Weihrauch verpfändet, um diesem Nimmersatt das Geld in den Rachen zu stopfen«, erklärte Fabiola zornig und orderte beim Ober noch zwei weitere Lynchburg Lemonades für sich und Gerhard und einen Bourbon für Fridolin Hattsteiner.

»Er kann von Geld einfach nicht genug kriegen, dafür mordet er und manipuliert Menschen so weit, bis sie ihm ihr ganzes Hab und Gut überstellen, was ja leider auch bei Fabian der Fall war, wie wir es im Nachhinein anhand seines Testamentes gesehen haben, worin er Höpf zum Alleinerben bestimmt hat«, äußerte Gerhard mit Blick auf Fabiola vorsichtig.

»Eher wird er am Galgen baumeln, als dass er auch nur einen roten Heller von Fabians Vermögen kriegt, so wahr ich Fabiola von Weyrauch heiße!«, verkündete Fabiola mit einer Leidenschaft, dass die beiden Männer unwillkürlich lachen mussten. Doch ihr Lachen hatte auch etwas vom sprichwörtlichen Pfeifen im Walde, da sie ihr im Stillen jedes Wort abnahmen.

Zum Dessert bestellte Fabiola für alle warmen Schokoladenkuchen mit Cranberries und Kaffee Americano.

Sie verabschiedeten sich draußen am Wagen von Privatdetektiv Hattsteiner, der alleine in seinem Bugatti sitzend nicht umhinkam, das Paar um sein augenscheinliches Liebesglück zu beneiden.

»Fahren wir zu mir, oder zu dir?«, fragte Fabiola, nachdem Gerhard den Motor gestartet hatte und schmiegte sich sinnlich an ihn.

»Entscheide du, meine Liebe, aber ich möchte dich daran erinnern, dass ich im Gegensatz zu dir nur eine bescheidene Dienstwohnung auf dem Anstaltsgelände bewohne«, er küsste sie beim Fahren auf den Mund und fügte lüstern hinzu, dass er auch nicht so ein breites weiches Himmelbett habe wie sie. »Und da ich morgen tagsüber frei habe und erst am Abend wieder zur Nachtschicht antreten muss, kann ich mir nichts Schöneres vorstellen, als mit dir den ganzen Sonntag im Bett zu verbringen.«

KAPITEL 21

Als sich Gerhard am Sonntagabend schweren Herzens auf den Weg zur Arbeit gemacht hatte, war Fabiola zwar zu Tode betrübt, den Geliebten ziehen lassen zu müssen, doch gleichzeitig empfand sie ein Hochgefühl, wie sie es noch nie zuvor erlebt hatte.

Im Nachhinein erkannte sie, dass es dieses Glücksgefühl war, gepaart mit grenzenloser Selbstüberschätzung, das sie so tollkühn gemacht hatte und so nahmen die Dinge ihren Lauf.

Kurz nach 20:00 Uhr bog eine Mietdroschke in die verschneite Münchner Straße ein und hielt vor dem Haus Nummer 23. Eine tief verschleierte Dame im knöchellangen Zobelfellmantel stieg aus und läutete an der Tür des geheimen Bordells. Gleich darauf wurde sie von einem nur mit Haube und einer langen weißen Schürze bekleideten Dienstmädchen hereingebeten und in den Empfangsraum geleitet.

»Guten Abend, die Dame, was kann ich für Sie tun?«, fragte sie eine Frau mit Maske, die am Empfangstresen saß, mit dunkler rauchiger Stimme.

»Das kommt darauf an, was Sie anbieten können, ich war nämlich noch nicht bei Ihnen und kenne mich daher in Ihrem Etablissement nicht so gut aus«, antwortete Fabiola mit leicht bebender Stimme. »Ich weiß nur, dass man hier sowohl dominante als auch devote Neigungen befriedigen kann.«

»Das ist richtig, Teuerste – darf ich fragen, welche Kategorie Sie bevorzugen?«, erkundigte sich die Frau mit der Maske und der gewaltigen Oberweite lauernd.

Fabiola räusperte sich verlegen, ehe sie zur Antwort gab: »Nun, ich glaube, ich bin eher devot.«

Die Maskierte lächelte gönnerhaft. »Das habe ich ehrlich gesagt schon gesehen, als Sie hereingekommen sind, Madam. Alleine schon Ihr Gang und die Art, wie Sie sich bewegen, verrät mir, als einer Eingeweihten sozusagen, dass Sie der Dulder-Seite angehören.«

Fabiola war über diese Unverfrorenheit einigermaßen verblüfft. Wenn ich seltsam laufe, dann nur, weil ich etwas ermattet bin – von unserer heißen Liebesnacht, dachte sie belustigt, ließ sich aber von der kecken Empfangsdame nicht weiter aus der Reserve locken.

»Und, wenn ich weiter fragen darf, bevorzugen Sie einen männlichen Zuchtmeister, oder eine gestrenge Gouvernante? Denn erfahrungsgemäß kann es durchaus vorkommen, dass sich die Neigungen gewisser Gäste auf das eigene Geschlecht richten. Doch das lässt sich alles arrangieren, meine Dame, im Kabinett ist uns nichts Menschliches fremd«, erläuterte die Maskierte anheischig.

»Nun, ich bevorzuge eher einen strengen Zuchtmeister«, äußerte Fabiola bedachtsam. »Haben Sie da jemanden für mich?«

Die Empfangsdame lächelte entgegenkommend. »Ich denke, da lässt sich was machen.« Sie holte ein in Leder gebundenes Fotoalbum unter dem Tresen hervor, schlug es auf und schob es Fabiola hin.

»Blättern sie ruhig ein wenig darin und suchen Sie sich den geeigneten Meister aus, wir haben insgesamt drei Herren, die dafür infrage kommen – es gibt aber auch Kunden, die gerne Damen züchtigen. Die sind in dem Album natürlich nicht aufgeführt, aber auch in diesem Fall könnten wir ein Treffen vermitteln«, erklärte die vollbusige Blondine geschäftstüchtig, da ihr Fabiolas Zobelfellmantel verriet, dass es sich bei ihr um eine wohlhabende Dame der guten Gesellschaft handelte, die sie sich gerne gewogen halten mochte.

Fabiola schlug interessiert die erste Seite auf. Sie zeigte die Fotografie eines Herrn mit Allongeperücke, Gehrock und Kniebundhosen, der eine Peitsche schwang und sich wohl in Anlehnung an Marquis de Sade ›Marquis‹ nannte. Auf den nächsten beiden Seiten war er gewissermaßen in Aktion zu sehen, beim Auspeitschen und dem Träufeln von Kerzenwachs auf gewisse empfindliche Stellen des weiblichen Körpers.

Dann folgte ein unheimlich aussehender Mann im schwarzen Lederanzug mit Ledermaske, der sich als ›Der Ledermann‹ bezeichnete und eine neunschwänzige Katze durch die Luft sausen ließ.

Auf den Folgeseiten kamen endlich die Fotos des von Fabiola so brennend erwarteten Captains. Sie zeigten Karl Höpf in einer Art Rittmeisteruniform, mit einer Maske vorm Gesicht, der mit einer Reitgerte den Rücken einer angeketteten Dame malträtierte. Obgleich sein Gehilfe, der neben seinem Meister stand und ein Tablett mit Peitschen in den Händen hielt, ebenfalls eine Maske trug, erkannte Fabiola sogleich Fabian, was ihr einen Stich ins Herz versetzte.

Angespannt blätterte sie zum nächsten Motiv, das Höpf auch wieder beim Züchtigen zeigte, doch sein Assistent war nicht mehr Fabian, sondern ein anderer. Ein korpulenter Mann, der kurioserweise eine Hundemaske vor dem Gesicht hatte, auf allen Vieren ging und ein Hundehalsband um den Hals trug, an welchem eine herunterbaumelnde Lederleine befestigt war.

»Wer ist denn das?«, fragte Fabiola, die bemüht war, ihr loderndes Interesse zu kaschieren, amüsiert und deutete auf den Mann mit der Hundemaske.

»Das ist der ›Hund‹, so lautet sein Sklavenname, er dient seinem Herrn zuweilen als Folterknecht«, antwortete die Maskenfrau mit süffisantem Lächeln und erkundigte sich bei Fabiola, ob sie denn schon einen Favoriten habe.

»Am ehesten noch den ›Captain‹, erwiderte Fabiola.

»Gut, dann trage ich Sie für seinen nächsten Termin ein, der ist allerdings erst am kommenden Mittwochabend um 21:00 Uhr.«

Fabiola nickte. »Das ist mir recht, Sie können mich gerne vormerken, mein Name lautet La Voisin, Cordelia La Voisin.«

Die Maskierte grinste. »Wie originell, Frau Nachbarin, Ihr Termin ist vermerkt. – Aber wenn Sie nicht mehr so lange warten wollen und ganz spontan Lust auf ein schnelles Abenteuer haben, dann kann ich Ihnen nur wärmstens unser Dunkelzimmer empfehlen.«

»Nein Danke, ich warte lieber bis Mittwoch – und grüßen Sie mir den Captain und seinen hündischen Gehilfen«, entgegnete Fabiola verbindlich, bedankte sich und wünschte der Empfangsdame noch einen angenehmen Abend.

*

Zu Hause angekommen, streifte Fabiola rasch ihren Mantel und die Verschleierung ab, schenkte sich aus der Karaffe im Salon ein Glas Cognac für ihre angespannten Nerven ein und rief Gerhard in der Anstalt an.

Als sie ihm davon berichtete, wo sie gewesen war, machte er ihr sofort Vorwürfe. »Zu behaupten, du wärst tollkühn, ist noch deutlich untertrieben!«, klang seine verärgerte Stimme aus dem Hörer. »Was hat dich denn da geritten? Man könnte fast meinen, du bist nicht ganz bei Trost. Geht in ein Sadomaso-Bordell, als wär's ein harmloser Kaufladen ... Und, bist du etwa Höpf über den Weg gelaufen, oder diesem anderen Heini, Staatsanwalt Dünnkirschen?«

Fabiola musste unversehens kichern. »Dünnebier heißt er ... und sein Sklavenname lautet ›Hund‹«, prustete sie los. »Die Dame vom Empfang hat mir ein Fotoalbum gezeigt mit verschiedenen Züchtigern und da war auch Höpf abgebildet mit seinen Assistenten, einer von ihnen trug eine Hundemaske vorm Gesicht und hatte ein Hundehalsband um den Hals, ich gehe jede Wette ein, dass es sich bei ihm um Staatsanwalt Dünnebier handelt. – Der andere Gehilfe von Höpf war Fabian.« Bei der Erwähnung ihres Bruders war Fabiola unversehens todernst geworden.

»Ich habe für Mittwochabend einen Termin in Höpfs Folterkabinett ausgemacht, natürlich nicht unter meinem richtigen Namen, und ich werde selbstverständlich auch nicht hingehen«, fuhr sie fort.

»Sag doch sowas nicht, das wäre dir auch noch zuzutrauen«, kam es grimmig von Gerhard. »Hundertprozentig erwiesen ist das zwar noch nicht, dass dieser Staatsanwalt Höpfs devoter Diener ist, der für ihn bei der Staatsanwaltschaft beide Augen zudrückte, doch ich kann dir nur unbedingt zu absoluter Vorsicht raten. Rufe bitte gleich morgen früh Kommissar von Salomon an und betraue ihn mit der Angelegenheit, ehe du dich weiter in höchste Gefahr begibst. Ich flehe dich an, Fabiola, keine Privatermittlungen mehr!«

»Versprochen, mein Liebster, ich werde nichts dergleichen mehr tun und am Montagmorgen den Kriminalkommissar kontaktieren«, versicherte ihm Fabiola eindringlich. »Ich liebe dich«, hauchte sie in den Hörer, vernahm überglücklich die Liebesbeteuerung von Gerhard und legte den Hörer auf die Gabel.

*

Fabiola war noch im Morgenmantel, als ihr ein Bote einen riesigen in Seidenpapier geschlagenen Blumenstrauß ohne Karte des Absenders überbrachte. Es waren wundervolle rosafarbene Lilien, die einen betörenden Duft verströmten. Sie stellte die Blumen in die Vase und platzierte sie auf ihrem Schreibtisch. Da sie des Glaubens war, dass Gerhard sie geschickt habe, um ihr eine Freude zu machen, griff sie sogleich zum Telefonhörer, um sich bei ihm zu bedanken. Es war viertel nach acht, seine Nachtschicht war schon seit über einer Stunde zu Ende, also rief sie die Nummer des Gemeinschaftstelefons auf dem Flur des Ärztewohnheims an. Wie Fabiola wusste, pflegte Gerhard nach der Nachtschicht nämlich nicht gleich zu Bett zu gehen, sondern trank erst mal einen Kräutertee mit Honig und las ausgiebig in der Frankfurter Zeitung, bis ihn dabei die Müdigkeit übermannte. Vielleicht hatte sie ja Glück und er war noch wach.

»Klopfen Sie bitte sachte an die Tür, er hatte Nachtschicht und vielleicht schläft er ja schon«, sagte sie wenig später dem Arztkollegen am Telefon. »Er braucht mich auch nicht unbedingt zurückzurufen, ich möchte mich nur bei ihm für den Blumenstrauß bedanken, es wäre sehr freundlich von Ihnen, wenn Sie ihm das ausrichten könnten, aber falls er schon schläft, ist das auch in Ordnung.«

Der junge Arzt versprach, sich darum zu kümmern, wofür sich Fabiola herzlich bei ihm bedankte.

Sie wartete eine Weile und als kein Rückruf von Gerhard erfolgte, wählte sie die Nummer von Kommissar von Salomon und berichtete ihm von dem, was Fridolin Hattsteiner über Staatsanwalt Dünnebier herausgefunden und was sie gestern Abend im Kabinett über den Herrn in Erfahrung gebracht hatte.

»Sein Sklavenname lautet ›Hund‹«, sagte sie gerade, als ihr die eigene Stimme plötzlich sonderbar verzerrt und fremd vorkam, so als käme sie aus weiter Ferne. Fabiola hatte mit einem Mal so fürchterliche Kopfschmerzen, dass sie das beklemmende Gefühl hatte, ihr platze jeden Moment der Schädel und dann fing auch noch alles an sich zu drehen, und ihre Kehle war wie zugeschnürt. Panisch stammelte sie in den Hörer, sie bekäme keine Luft mehr, und im nächsten Augenblick wurde ihr schwarz vor Augen.

Etwa zur gleichen Zeit setzte sich Gerhard, der die ganze Zeit vergeblich versucht hatte, Fabiola telefonisch zu erreichen, ins Auto und fuhr im Eiltempo zum Grüneburgweg.

Die Sache mit dem Blumenstrauß, der mitnichten von ihm war, beunruhigte ihn über die Maßen, denn er fragte sich die ganze Zeit, wer ihn Fabiola geschickt haben könnte. Die Geschichte gefiel ihm ganz und gar nicht und er ahnte Schreckliches, was er indessen rasch wieder verdrängte, um beim Autofahren nicht vollends den Kopf zu verlieren.

Gerhard war gerade mit quietschenden Reifen in die Straße eingebogen, als ihn ein Mannschaftstransportautomobil der Polizei überholte und vor Fabiolas Villa parkte. Der wuchtige Daimler war mit Querbänken aus Holz ausgestattet und hatte einen offenen Einstieg, der mit einem Segeltuchvorhang abgedeckt war, aus dem vier Gendarmerie-Wachtmeister stürmten. Auch Kriminalkommissar von Salomon, der vorne neben dem Fahrer Platz genommen hatte, stieg rasch aus dem Fahrerhaus und gesellte sich zu seiner Truppe, zu der Gerhard hinzukam.

Nach einem knappen Austausch, was vorgefallen war, eilten die Männer zur Haustür, wo sie der besorgte Diener

Leonhard bereits erwartete und hinauf in die Beletage begleitete.

Fabiola lag bewusstlos auf dem Boden vor ihrer Bürotür, da sie es gerade noch geschafft hatte, die Tür zu öffnen und lauthals um Hilfe zu rufen, bevor sie vollends ohnmächtig zusammengebrochen war.

Die Köchin und ein Dienstmädchen knieten neben ihr und hatten ihr ein Kissen unter den Kopf geschoben.

»Gehen Sie bitte zur Seite und lassen Sie mich nach ihr sehen«, forderte Gerhard die beiden Frauen auf.

»Sie atmet kaum noch und auch der Puls ist schon sehr schwach«, murmelte er beunruhigt und versuchte sogleich Fabiola durch Mund-zu-Mund-Beatmung zu reanimieren, doch da verließen ihn plötzlich seine Kräfte. Gerhard bekam es gerade noch zustande, den Kommissar zu bitten, seinen Bruder im Diakonissenkrankenhaus zu benachrichtigen, bevor auch er das Bewusstsein verlor und ohnmächtig neben Fabiola zusammenbrach.

Der erfahrene Toxikologe diagnostizierte nach seiner dortigen Ankunft aufgrund der rosigen Gesichtsfarbe von Fabiola und Gerhard und des Bittermandelgeruchs, der von ihnen ausging, sofort eine Vergiftung mit Blausäure und ließ die beiden umgehend von dem Polizeimannschaftswagen ins Diakonissenkrankenhaus bringen.

Gerhard, der nur leicht vergiftet war, kam bald wieder zu sich. Fabiola schwebte jedoch weiterhin in Lebensgefahr.

»Ihr Zustand ist besorgniserregend, doch es besteht noch eine gewisse Hoffnung«, sagte Johannes zu seinem Bruder, als dieser sich, kaum dass er aus der Ohnmacht erwacht war, nach Fabiola erkundigte.

Der Psychiater schluchzte verzweifelt. »Bitte, sie darf nicht sterben! Kann ich zu ihr?«, brach es aus ihm heraus.

Johannes legte tröstend den Arm um seine Schulter. »Momentan ist es besser, sie ganz in Ruhe zu lassen. Ihr Körper ist schon sehr geschwächt und hat schwer mit dem Gift zu ringen. Ich habe ihr eben Natriumthiosulfat und Methämoglobin injiziert, die einzigen Antidots gegen Blausäure, mehr kann ich im Augenblick nicht tun. Jetzt hilft nur noch hoffen und beten. Du ruhst dich jetzt erst mal eine Weile aus, ich lasse dir von der Schwester eine Karaffe Milch bringen, sie entgiftet und kräftigt den Körper nach einer überstandenen Vergiftung und wenn du möchtest, kann ich auch Fabiolas Angehörigen Bescheid geben.«

*

Da es naheliegend erschien, dass der Lilienstrauß vergiftet worden war, ließ ihn Kriminalkommissar von Salomon von dem Gerichtschemiker Doktor Popp einer chemischen Untersuchung unterziehen.

Sobald das Ergebnis vorlag, erstattete der renommierte Chemiker, der seit der Aufklärung mehrerer spektakulärer Kriminalfälle in Frankfurt und Umgebung in weiten Fachkreisen längst als Koryphäe galt, von Salomon und seinen Mitarbeitern in dem im Keller des Polizeipräsidiums gelegenen, noch eher behelfsmäßigen Labor Rapport.

»Die Lilien weisen in der Tat eine hohe Dosis gasförmiger Blausäure auf. Eine intensive Inhalation bewirkt eine sofortige Bewusstlosigkeit und innerhalb von Sekunden, bereits nach zwei bis drei Atemzügen, tritt der Tod ein, da das Blausäure-Molekül über Lunge und Schleimhäute sehr schnell aufgenommen werden kann. Der Täter hat also den Tod der Vergifteten billigend in Kauf genommen, wenn nicht gar beabsichtigt. Wie geht es denn dem Vergiftungsopfer? Wie ich hörte, befindet sich die Dame im Diakonissenkrankenhaus unter der Obhut meines fähigen Kollegen Rossmann.« Der sympathische Naturwissenschaftler mit dem silbergrauen Schnurrbart blickte den Kriminalkommissar fragend an.

»Soweit ich weiß, befindet sich Fräulein Doktor von Weyrauch noch immer in Lebensgefahr«, erwiderte von Salomon mit besorgter Miene. »Eine beeindruckende, blitzgescheite junge Dame, ich hoffe inständig, sie kommt durch.«

»Das kann man ihr nur wünschen«, äußerte Doktor Popp empathisch und reichte dem Kriminalkommissar seinen schriftlichen Bericht.

»Unbedingt«, bekräftigte von Salomon und dankte dem Gerichtschemiker für seine fundierte Expertise. »Damit sollte es kein Problem sein, bei der Staatsanwaltschaft einen Haftbefehl gegen Karl Höpf und einen Durchsuchungsbefehl für seine Wohnung zu erwirken. Ich werde mich gleich dahinterklemmen.«

»Viel Erfolg und halten Sie mich bitte über alles auf dem Laufenden. Sie wissen ja, wo Sie mich finden, hier unten in meinem Mauseloch, oder bei meinen Laborratten im Westend«, äußerte Doktor Popp humorvoll.

»Selbstredend, Herr Doktor, ich denke sowieso, dass da noch jede Menge Arbeit auf Sie zukommen wird, wenn wir dem Höpf seine Bude filzen«, erwiderte von Salomon mit grimmigem Lächeln.

KAPITEL 22

Nachdem er den restlichen Montagnachmittag darauf verwendet hatte, den zuständigen Staatsanwalt, Doktor Gottlieb von Reden, davon zu überzeugen, gegen Höpf einen Haftbefehl, gekoppelt mit einer Hausdurchsuchung zu erlassen, hatte Kriminalkommissar von Salomon den Polizeieinsatz auf den Dienstagmorgen um sechs Uhr festgelegt.

An diesem bitterkalten Dezembermorgen eilte der Kriminalkommissar in Begleitung von acht bewaffneten Gendarmerie-Wachtmeistern durch den knöchelhohen Schnee zum Wohnhaus in der Bülowstraße 13 und betätigte die Klingel, die neben der Haustür angebracht war.

Nur ein einziges Mal, das war ohnehin viel zu kulant für diesen Verbrecher, denn bei Gefahr im Verzug war die Polizei eigentlich berechtigt, ohne Vorwarnung die Tür aufzubrechen.

Als auf sein Klingeln jedoch keine Reaktion erfolgte, ordnete er daher umgehend an, die Tür gewaltsam zu öffnen, was mit erheblichem Lärm verbunden war. Daher kam dem in den Flur stürmenden Polizeitrupp aus der Wohnungstür im Erdgeschoss auch der noch reichlich verschlafene Hausmeister entgegen.

Vom Kriminalkommissar in aller Schärfe gemaßregelt, er solle sich umgehend wieder in seine Wohnung begeben, um die Polizeiarbeit nicht zu behindern, verschwand Jahn unwillig hinter der Tür, wo er mit angehaltenem Atem ins Treppenhaus lauschte, in dem treppaufwärts das laute Poltern der Polizeistiefel zu hören war.

»Endlich schnappen sie ihn«, murmelte er schadenfroh, was sich noch steigerte, als er die lauten, erregten Stimmen aus dem zweiten Stock vernahm.

»Karl Höpf – ich habe gegen Sie einen Haftbefehl«, schrie von Salomon dem stattlichen Mann im marineblauen Seidenpyjama ins Gesicht, dessen Müdigkeit schlagartig von einer großen Fassungslosigkeit abgelöst wurde.

»Weshalb denn das?«, fragte Höpf verstört.

Anstelle einer Antwort hielt ihm der Kommissar nur den Haftbefehl vor die Nase. »Und einen Hausdurchsuchungsbefehl habe ich auch noch dabei«, fügte er hinzu und erteilte den Beamten den Befehl, Höpf Handschellen anzulegen, »damit er keine Dummheiten macht.«

»Wie ist denn überhaupt Ihr Name, Herr Kommissar, denn soweit mir bekannt ist, ist es mein gutes Recht, den zu erfahren?«, erkundigte sich Höpf, der umgehend wieder seine Fassung erlangt hatte, angriffslustig.

»Kriminalhauptkommissar Felix von Salomon«, erwiderte der Angesprochene barsch.

»Sie machen einen großen Fehler, Herr Kriminalhauptkommissar von Salomon«, kam es von Höpf hämisch. »Ich habe gute Freunde bei der Staatsanwaltschaft und werde dafür sorgen, dass Sie baldigst Ihren Dienst quittieren.«

»Ach, was Sie nicht sagen«, erwiderte der Kommissar ungerührt. »Der Name dieses Herrn ist uns hinlänglich bekannt und wir werden ihn, genauso wie Sie, demnächst einem Verhör unterziehen. So, und jetzt lassen Sie mich gefälligst unbehelligt meine Arbeit machen.«

Felix von Salomon beauftragte einen jungen Gendarmen, Höpf zu bewachen. Als dieser indessen dem Kommissar hinterhereilen wollte, wurde er unsanft von dem Polizeiwachtmeister in den Schwitzkasten genommen. »Sie rühren sich jetzt nicht von der Stelle, kapiert, sonst muss ich von meinem Schlagstock Gebrauch machen«, raunzte er ihm zu.

»Sie sind ruiniert, Herr Kriminalkommissar, ich werde dafür sorgen, dass Sie schon in absehbarer Zeit auf der Kreuzung den Verkehr regeln dürfen«, rief Höpf von Salomon hohntriefend zu.

»*Sie* sind ruiniert, denn ich werde dafür Sorge tragen, dass Sie endlich hinter Gitter kommen, wo Sie hingehören, und jetzt hören Sie endlich auf, mir zu drohen, sonst lasse ich Ihnen das Maul stopfen.«

Von Salomon wandte sich an den jungen Kollegen. »Wenn der Drecksack noch einen Muckser von sich gibt, dann brätst du ihm eins über, dass ihm hören und sehen vergeht!«

»Nix lieber als das, Chef«, entgegnete der Wachtmeister mit tückischem Grinsen.

Inzwischen war auch die Pflegerin Hedwig aus ihrem Zimmer gekommen und blinzelte die Polizeibeamten aus müden Augenschlitzen an.

»Was ist denn hier los?«, fragte sie verstört. Sogleich trat ein Polizeiwachtmeister an sie heran und nahm ihre Personalien auf.

»Hedwig Reiche, ich bin die Krankenpflegerin von Frau Höpf und führe den Herrschaften auch den Haushalt.«

»Wie lange arbeiten Sie schon hier?«, fragte der Polizist und machte sich Notizen.

»Seitdem Frau Höpf krank geworden ist, das muss so Anfang April gewesen sein«, gab die Frau, die stark nach Alkohol roch, zur Antwort.

»Woran ist Frau Höpf denn erkrankt?«, wollte der Kriminalkommissar, der hinzugekommen war, im amtlichen Tonfall wissen.

»An einer hartnäckigen Magen- und Darmgeschichte, die behält ja kaum noch was bei sich, ist nur noch Haut und Knochen ...«

»Bringen Sie mich sofort zu ihr«, befahl der Kommissar.

Die ausgemergelte Frau, die in dem nassgeschwitzten Bett lag, blickte ihn aus fiebrig glänzenden Augen teilnahmslos an.

Kriminalkommissar von Salomon legte der Bedauernswerten begütigend die Hand auf die knochige Schulter. »Keine Sorge, Frau Höpf, ich bin hier, um Ihnen zu helfen. Ich rufe jetzt einen Krankenwagen an, der Sie ins Krankenhaus bringen wird, wo gut für Sie gesorgt wird. Haben Sie denn irgendwelche Angehörigen, die ich beachrichtigen soll?«

Wallys Augen füllten sich unwillkürlich mit Tränen. »Meine Mutti und meinen Vati, Agnes und Otto Siewic, sie leben in Dresden«, erwiderte die Kranke mit brüchiger Stimme. »Ich habe vor einiger Zeit schon mal versucht, sie anzurufen, doch da hat das Telefon nicht funktioniert und dann habe ich es noch mal probiert, aber das ging wieder nicht und dann habe ich es aufgegeben. Bitte, bitte sie sollen unbedingt zu mir kommen«, stammelte sie schluchzend.

»Ganz ruhig, Frau Höpf, ich werde ihnen sofort Bescheid geben, darauf können Sie sich verlassen«, sprach Felix von Salomon beruhigend auf die Frau ein, die ihm bei aller beruflichen Abgebrühtheit, welche in seinem Gewerbe leider unerlässlich war, von Herzen leid tat.

Daher ließ er es sich auch nicht nehmen, vom Telefonapparat in Höpfs Arbeitszimmer persönlich im Diakonissenkrankenhaus anzurufen, um eilends einen Krankentransport zu bestellen, mit der ausdrücklichen Anweisung, die Patientin der Obhut des Toxikologen Doktor Rossmann zu übergeben, da sie mit hoher Wahrscheinlichkeit über einen längeren Zeitraum vergiftet worden sei. Anschließend beauftragte er einen Kollegen, die Telefonnummer von Wally Höpfs Eltern in Dresden ausfindig zu machen.

Bei der anschließenden Durchsuchung von Höpfs Büro, in dem sich nichts Verdächtiges finden ließ, stießen die Polizisten auch auf die Tapetentür, die selbstredend verschlossen war. Ohne viel Federlesens traten sie die Tür ein und gingen gemeinsam mit Kriminalkommissar von Salomon in Höpfs Geheimzimmer. Schon auf den ersten Blick gewahrte der erfahrene Ermittler die Unmengen von Giftampullen auf dem Regal und traf die umsichtige wie vernünftige Entscheidung, den Spezialisten Doktor Popp mit der genaueren Sichtung zu betrauen.

Währenddessen richteten die Polizeibeamten ihre Aufmerksamkeit auf den großen Holzschrank an der Stirnseite des Raumes, den sie mithilfe eines Dietrichs öffneten.

Die Ermittler entdeckten darin ein großes Sortiment an Peitschen, Ruten und anderen Folterwerkzeugen, unter denen sich mehrere schwarze Ledermasken befanden. Neben schweren Militärstiefeln und einem Paar mit Sporen versehener Reitstiefel hingen im Schrank auch ordentlich auf Kleiderbügeln die Fantasieuniformen, die Höpf als Captain im Folter-Kabinett zu tragen pflegte. Auf dem Boden des Schrankes machten die Beamten die womöglich spektakulärste Entdeckung unter all den skurrilen Devotionalien des Fetisch-Schrankes: In einer schwarzen Lederkladde, auf der sinnigerweise die martialischen Stiefel gestanden hatten, befanden sich Schriftstücke, die sich als zwei Sklaven-Kontrakte erwiesen, die Höpf als Meister mit Fabian und Staatsanwalt Dünnebier abgeschlossen hatte.

Vom Wortlaut her waren sie nahezu identisch, lediglich das Unterzeichnungsdatum variierte. Der Kontrakt mit dem Staatsanwalt, der unter seinem Sklavennamen ›Hund‹ aufgeführt worden war, war bereits vor rund acht Jahren von diesem unterzeichnet worden.

Als der Kriminalkommissar die Kontrakte laut vorlas, konnten sowohl er als auch seine Mitarbeiter eine gewisse Belustigung nicht ganz unterdrücken und man mokierte sich allgemein darüber, dass sich hochintelligente Leute einem derartigen Mumpitz unterwarfen.

Zu von Salomons großer Erleichterung war inzwischen nicht nur der Krankenwagen eingetroffen, der Wally Höpf ins Diakonissenkrankenhaus brachte, sondern auch Doktor Popp, den er freudig begrüßte und in das Geheimlabor führte.

Ehe der Chemiker mit der Sichtung der Stoffe und Chemikalien begann, legte er zum Schutz vor giftigen Dämpfen eine Atemschutzmaske an und zog sich Handschuhe über.

Dass seine Vorsicht mehr als angemessen war, erwies sich schon nach wenigen Minuten. In den Regalen fanden sich große Mengen hochkonzentrierter Gifte, darunter Blausäure, Arsen und Digitalis, sowie lebende Kulturen von Tuberkulose, Typhus- und Cholera-Bazillen, die eine große Anzahl an Menschen infiziert hätten.

Doktor Popp verstaute sie allesamt als Beweisstücke in einem eigens dafür mitgeführten, speziell isolierten Metallkoffer. Auch die Medikamentenfläschchen, die auf Wally Höpfs Nachtkonsole standen, wurden darin verwahrt.

Es ging bereits auf die Mittagszeit zu, als die Hausdurchsuchung abgeschlossen war.

Da die Gendarmen Höpf ja schwerlich im Schlafanzug mitnehmen konnten, wurde ihm von Kriminalkommissar von Salomon gestattet, sich unter Polizeiaufsicht anzukleiden. Der aufmerksame junge Wachtmeister konnte es gerade noch verhindern, dass sich Höpf mit einer Zyankalikapsel vergiftete, die er in seiner Westentasche bei sich trug. Er umklammerte Höpfs Handgelenke wie ein Schraubstock und rief seine Kollegen zur Hilfe, die Höpf gewaltsam die zur Faust geballte Hand öffneten und die noch unversehrte Glaskapsel an sich nehmen konnten, die sie dem Kriminalkommissar übergaben.

Nach einem ausdrücklichen Lob an den jungen Kollegen, raunzte von Salomon mit einem gewissen Sarkasmus in Höpfs Richtung: »So einfach kommen Sie mir nicht davon, darauf können Sie Gift nehmen!«

*

»Komm mit, meine Schöne«, sagte Fabian zärtlich und fasste Fabiola an der Hand. Sie hüpften frohgemut wie Kinder über das Kopfsteinpflaster einer fremden Stadt, der Himmel war blau und die Sonne strahlte – ähnlich wie Fabian. Sie hatte ihn noch nie so schön und erhaben gesehen. »Mein Engel«, flüsterte sie liebevoll und sie umarmten sich in inniger Geschwisterliebe.

»Ich liebe dich, Fabiola, für immer und ewig«, raunte er ihr ins Ohr – wie er es stets getan hatte, wenn sie als Kinder Braut und Bräutigam gespielt hatten. Sie trug eine alte Gardine aus der Gartenhütte als Schleier und Fabian Papas viel zu großen alten Zylinder. Sie lachten übermütig und kamen zu einer Kirche, die sehr groß und sehr alt war. Sie war größer und älter als jede andere Kirche, die Fabiola jemals gesehen hatte. So uralt wie die Welt war sie und unendlich groß wie das Universum. Sie traten gemeinsam über die Schwelle in das Innere. Ein wundervoller Duft von Myrrhe und Weihrauch stieg Fabiola in die Nase. Er kam von der Figur, die auf einem Thron auf dem Altar saß, die keusche Jungfrau, vor der sie ehrfürchtig ihre Häupter neigten.

In der linken Hand trug die Himmelskönigin einen fragil wirkenden Glaskelch mit einem langem Stiel, ihr Kopf war umgeben von einem Heiligenschein aus purem Gold, in den die Worte ›Deo Dei‹ geprägt waren – ›Dem Gott des Gottes‹, oder auf eine andere Lesart, ›Ein Geschenk des Himmels‹ – was Fabiola am besten gefiel. Die Madonna war in ein bis zum Hals hochgeschlossenes kostbares Seidengewand mit einem Brokatmuster von stilisierten Myrrhezweigen gehüllt, die einen betörenden Duft verströmten. »Myrrhe«, murmelte Fabiola mit Blick auf das Brokatgewand verzückt. Da vernahm sie dicht neben sich Fabians Stimme. »Weihrauch«, sagte er mit großer Eindringlichkeit und wies auf den Glaskelch der Jungfrau, der sich auf wundersame Weise verwandelt hatte und aussah wie eine der Duftlampen unter dem Gemälde ›Weihrauch‹ aus dem Salon. Aus der Duftlampe stieg schlangengleich ein hauchdünner Duftschleier, der Fabiola an den Tanz der sieben Schleier aus der Oper ›Salome‹ von Richard Strauss erinnerte, die sie gemeinsam mit Fabian vor Jahren im Frankfurter Opernhaus besucht hatte. Fabian inhalierte tief und unablässig die Weihrauchschwaden, die sich aus der Duftlampe schlängelten, da vernahm Fabiola ein unheimliches Rauschen, das immer intensiver wurde. »Was ist das?«, fragte sie Fabian bange. Er lag auf der Ottomane und sah aus, als ob er schliefe. »Keine Angst«, sagte er mit einer seltsam tonlosen Stimme, ohne die Lippen zu bewegen. »Das sind nur die Flügel des Todesengels.«

*

Da Fabiolas Leben nur noch am seidenen Faden hing, hatte Gerhard sich freigenommen, um rund um die Uhr am Krankenbett der geliebten Frau sein zu können.

Um vier Uhr früh, in der dunkelsten Stunde der Nacht, hatten sich Fabiolas Vater und ihre Brüder auf den Heimweg gemacht, mit der strengen ärztlichen Anweisung, dass sich der alte Herr, der in den vergangenen Stunden um Jahre gealtert war, wenigstens für eine Weile hinlegen solle.

Gerhard, der nun mit Fabiola alleine im Raum war, klammerte sich mit aller Verzweiflung an die Hoffnung, dass sich ihr Zustand trotz der düsteren Prognosen noch bessern würde, wie ein Ertrinkender an den berühmten letzten Strohhalm.

Doch während er Fabiola noch liebevoll über die Wange strich, überkam ihn jäh die blanke Furcht. Er hielt seine Hand vor ihren leicht geöffneten Mund und musste erkennen, dass er sich nicht getäuscht hatte: Ihr Atem war kaum noch wahrnehmbar. Er hastete hinüber ins Nachbarzimmer, wo sich sein Bruder Johannes um die todkranke Wally Höpf kümmerte, die unter schweren Vergiftungssymptomen litt.

»Du musst unbedingt kommen, Fabiola atmet kaum noch«, rief Gerhard außer sich vor Sorge. Johannes folgte ihm und überprüfte Fabiolas Herzschlag, Puls und Atem.

»Du hast recht, der Puls ist kaum noch zu ertasten und auch der Atem und der Herzschlag sind so schwach, dass jeden Moment der Tod eintreten kann«, bestätigte der Toxikologe mit belegter Stimme und stürmte plötzlich hinaus, wie von Hunden gehetzt.

Gleich darauf kehrte er mit einer weißlichen Gelatinekapsel in der gewölbten Handfläche zurück, die er mit Daumen und Zeigefinger behutsam wie ein rohes Ei entnahm und Fabiola vorsichtig unter die Zunge legte.

»Die sublinguale Resorption von Glycerinnitrat, besser bekannt als Nitroglycerin, ist das letzte Mittel, das wir haben«, ließ er seinen Bruder wissen. »Wenn das Medikament versagt, ist jegliche Hoffnung dahin.«

»Es ist mir bekannt, auch wenn ich es noch nie bei einem Patienten angewendet habe«, erwiderte Gerhard, der mit aller Kraft um Fassung rang. »Das medizinische Nitroglycerin hilft wegen seiner gefäßerweiternden Wirkung bei Angina Pectoris, Herzinsuffizienz und auch als lebensrettende Maßnahme bei Herzinfarkt…«

Dann versagte ihm vor Schmerz die Stimme. Mit dem letzten Quäntchen Hoffnung, das ihm noch geblieben war, blickte er auf Fabiola. »Du schaffst es, meine Liebste, du schaffst es«, beschwor er sie inständig.

Fabiolas Lider flatterten ganz leicht und zaghaft wie ein sterbender Schmetterling, ehe ihre Lebenskraft völlig zum Erliegen kam.

Während Gerhard schluchzend sein Gesicht in den Händen barg, breitete der Toxikologe schon das Laken über Fabiolas Gesicht, als diese unversehens die Augen aufschlug.

Ihre Lippen formten ein Wort. Johannes beugte sich über ihren Mund und glaubte etwas wie »Weihrauch« zu hören.

4. TEIL / HÜTTENRAUCH (ARSENIK)

»Eine neue Art des Mordens, die man wohl als wissenschaftlichen Mord bezeichnen muss. Hopf hat mit wahrhaft teuflischer Berechnung gearbeitet.«

STAATSANWALT VON REDEN, PROZESS IM FRANKFURTER SCHWURGERICHT, JANUAR 1914

KAPITEL 23

Agnes und Otto Siewic, die ihre Tochter schon fast ein Jahr nicht mehr gesehen hatten, hatten nicht nur nach dem Anruf des Polizeiwachtmeisters sogleich den nächsten Zug nach Frankfurt genommen, sondern sich auch in einer kleinen Pension unweit des Diakonissenkrankenhauses eingemietet, um täglich bei Wally sein zu können.

Der Beistand der Eltern und die hervorragende medizinische Behandlung, die Doktor Rossmann der Kranken zukommen ließ, hatten bewirkt, dass es der jungen Frau von Tag zu Tag besser ging. Inzwischen war Wally soweit gestärkt und wieder bei klarem Verstand, dass auch vom medizinischen Standpunkt aus gegen eine eingehende kriminalistische Befragung durch Kriminalkommissar von Salomon nichts einzuwenden war.

»Herr Oberkommissar Felix von Salomon, der Mann, der mir das Leben gerettet hat«, stellte Wally, die zwar noch recht blass war, aber dank der gehaltvollen Speisen und Süßigkeiten, welche ihr die Eltern stets mitzubringen pflegten, schon deutlich zugenommen hatte, den wohlbeleibten Mann mit dem Vollbart vor. Herr und Frau Siewic reichten dem Kommissar die Hand und dankten ihm aufrichtig.

»Also, meine Dame, dann wollen wir mal«, richtete von Salomon leutselig das Wort an Wally, ließ sich auf einem Stuhl neben dem Krankenbett nieder und zückte Stift und Notizblock aus der Jackentasche.

»Am besten, wir fangen ganz am Anfang an, wie haben Sie denn Ihren Ehemann kennengelernt?«

Wally errötete. »Das ist mir jetzt ein bisschen peinlich, aber ich habe ihn über eine Kontaktanzeige kennengelernt, das war im November 1911. Ich war zu Besuch bei meiner Schwester Gudrun, in Glashütten im Taunus.«

Der Kommissar war hellhörig geworden. »Lebt Ihre Schwester denn noch dort, denn dann hätte ich ja auch ihr Bescheid geben können, weil das nicht weit von Frankfurt entfernt ist?«

Wally schüttelte den Kopf. »Nein, sie ist diesen März nach Königs Wusterhausen in Brandenburg gezogen, ihr Mann ist Major beim Kaiserlich-Preußischen Heer und dorthin versetzt worden. Jedenfalls war ich zu dieser Zeit bei Gudrun und ihrem Mann zu Besuch und da lese ich in der Taunuszeitung diese Anzeige, ich habe sie auch heute noch genau im Kopf«, berichtete sie lächelnd. »›Vermögender, gutsituierter Witwer sucht Seelenverwandte. Spätere Heirat nicht ausgeschlossen, ja erwünscht. Keine finanziellen Interessen‹«, rezitierte Wally die Kontaktanzeige aus dem Gedächtnis. »Ja, und dann habe ich zuerst mit Gudrun darüber gesprochen und weil ich zu der Zeit schon fast dreißig und noch nicht verheiratet war, haben wir beide gedacht, ein vermögender, gutsituierter Witwer klingt ja nicht schlecht und ich könnte es doch zumindest mal versuchen. Also haben wir gemeinsam ein Schreiben aufgesetzt, aber unseren Eltern noch nichts davon erzählt. Kurzum, der Herr war einem Treffen nicht abgeneigt, was aber aus Sicherheitsgründen in der Wohnung meiner Schwester in Glashütten in ihrem Beisein stattfinden sollte. Mein Schwager war zum Glück nicht zu Hause, sondern auf Manöver.« Wally grinste in sich rein. »Ich kann mich noch gut an unser erstes Treffen erinnern.

Karl trug einen schicken marineblauen Anzug und dank seiner muskulösen, durchtrainierten Statur war ihm sein Alter überhaupt nicht anzusehen, er war ja schon fast fünfzig, also gut zwanzig Jahre älter als ich. Auch sein Gesicht mit dem gezwirbelten Schnurrbart wirkte noch so frisch und energisch, ein attraktiver, gepflegter Herr, der außerdem gut nach einem edlen Rasierwasser roch. – Der Meinung war übrigens auch meine Schwester. Wir verstanden uns auf Anhieb und unterhielten uns angeregt über Gott und die Welt und lästerten gemeinsam ab, über den ersten Internationalen Frauentag, der im Frühjahr in Frankfurt stattgefunden hatte und noch immer für großen Gesprächsstoff sorgte. Meine Schwester und ich halten nicht viel von Clara Zetkin und den anderen Suffragetten und sind den Sozis schon von Haus aus nicht sonderlich gewogen. Das sah Karl im Übrigen genauso. Er war der gleichen Meinung wie wir, dass Frauen in die Küche an den Herd gehören und nicht in die Politik. Nach Kaffee und Kuchen genehmigten wir uns ein Schnäpschen und die Stimmung wurde immer fröhlicher. Karl kann sehr witzig und unterhaltsam sein und erzählte uns interessante Geschichten von seinen Reisen in ferne Länder und ich hätte ihm noch stundenlang zuhören können. – Ich muss zugeben, dass ich mich schon damals in ihn verliebt habe«, fügte sie verschämt hinzu.

Der Kommissar nickte verständnisvoll. *Diese Erklärung hättest du dir sparen können, Mädchen,* dachte er bei sich, da Wally regelrecht ins Schwärmen geraten war, als sie über ihr erstes Rendezvous mit Karl Höpf gesprochen hatte.

»Wenn ich kurz etwas sagen darf«, meldete sich Wallys Mutter zu Wort. »Auch mein Mann und ich waren durchaus von Herrn Höpf angetan, als er Wally dann im Januar 1912 bei uns zu Hause in Dresden besucht hat und wir Wallys Zukünftigen zum ersten Mal kennenlernten«, sagte Agnes Siewic in einem Tonfall, als wolle sie ihre Tochter verteidigen. »Er erzählte uns von seiner Ausbildung zum Drogisten in London und dass er dort nicht nur das Säbelfechten, sondern sogar einen Weltmeistertitel darin erlangt habe. Gut, Bescheidenheit war nicht unbedingt seine Stärke, doch er war durchaus charmant und sympathisch.«

»Er wirkte auch auf mich wie ein vermögender, weltgewandter Mann«, fühlte sich nun auch der Vater bemüßigt, Wally keineswegs als das erscheinen zu lassen, was sie leider im Grunde genommen war: Ein recht blauäugiges, naives Geschöpf, das nicht nur auf einen Windhund, sondern auf einen gefährlichen Mörder hereingefallen war, von dem sie sich nur allzu bereitwillig hatte blenden lassen.

»Bei seinem Besuch in Dresden öffnete mir Karl sein Herz«, erklärte Wally mit Rührung in der Stimme. »Er erzählte von seiner Vergangenheit, dem frühen Tod des geliebten Vaters, seiner unglücklichen Ehe mit seiner verstorbenen Frau Josefa und dass er erst kürzlich seine Mutter verloren habe, die ihm ein beträchtliches Vermögen hinterlassen habe. Kurzum, am 31. Januar 1912, meinem 30. Geburtstag, verlobten wir uns und am neunten April dieses Jahres heirateten wir in London. Es war der glücklichste Tag meines Lebens, niemals hätte ich es für möglich gehalten ... dass Karl ... dass er mir eines Tages nach dem Leben trachten würde und das schon kurze Zeit später ...« Wally brach lauthals in Tränen aus und wurde von ihren Eltern liebevoll getröstet.

»Dabei waren wir damals doch so glücklich und ich habe ihn so sehr geliebt«, brach es aus Wally heraus und Kriminalkommissar von Salomon empfand Mitleid mit der unglücklichen jungen Frau, die nur knapp dem Tode entronnen war.

Wally schnäuzte sich die Nase und fuhr mit ihrem Bericht fort. »In unserer Hochzeitsnacht schenkte er mir nicht nur einen Brillantring, den er inzwischen schon längst zum Pfandleiher getragen hat«, erklärte sie mit einem plötzlichen Anflug von Bitterkeit. »Er übergab mir auch einen Umschlag mit seinem Testament, worin er mir vom Tage unserer Hochzeit an sein gesamtes Vermögen überschrieb. Ich habe vor lauter Rührung weinen müssen. Karl sagte mir daraufhin, er sei zwanzig Jahre älter als ich und es wäre ihm überaus wichtig, dass ich als seine Ehefrau abgesichert sei, wenn ihm etwas passieren würde und wenn wir aus London zurück seien, würde er sogar noch zusätzlich eine hohe Lebensversicherung zu meinen Gunsten abschließen.«

Sie blickte aus tränenumflorten Augen zu dem Kommissar auf. »Sagen Sie doch selbst, Herr Kriminalkommissar von Salomon, wie kann man denn von so einem anständigen, großmütigen Menschen irgendetwas Schlechtes denken?«

»Liebe kann zuweilen blind machen, mein Kind, da sind Sie in allerbester Gesellschaft, lassen Sie sich das gesagt sein«, kam es von dem lebenserfahrenen Mann trocken.

Wally nickte grimmig. »Aber der dickste Klops kommt ja noch«, erklärte sie in tiefstem Sächsisch, was im Laufe ihrer Schilderung immer stärker hervorgetreten war. »Keene zwee Wochen später, wir waren gerade in unsere hübsche Drei-Zimmer-Wohnung in der Bülowstraße gezogen, legte er mir beim Frühstück ein Schreiben vor und reichte mir einen Füllfederhalter. ›Du brauchst nur da unten zu unterschreiben‹, sagte er zu mir und weil er es damit so eilig hatte, wurde ich misstrauisch und schaute mir das Dokument genauer an. Es war die Lebensversicherung, von der er mir in London erzählt hatte und die er ja angeblich zu meinen Gunsten abschließen wollte. Nur, jetzt sah ich, dass die Lebensversicherung auf beide Ehegatten ausgestellt werden sollte. Er hatte mich in der Versicherungs-Police doch tatsächlich mit 80.000 Goldmark versichert. Ich habe ihn dann gefragt, warum er uns beide versichern will, denn ich hätte gedacht, dass er nur sich versichern will, weil er ja älter ist. Da hat er mir zwar rechtgegeben, hat aber gemeint, dass ihn der Versicherungsagent darauf hingewiesen hätte, dass es für Ehepaare billiger sei als für eine Einzelperson. Ich habe dann schließlich unterschrieben – auch, weil ich mich nicht getraut habe, mich zu widersetzen, denn Widerworte konnte Karl nun mal nicht leiden. Das war auch das einzige Mal, dass wir Unstimmigkeiten hatten, ansonsten war die erste Zeit unserer Ehe ganz wunderbar und wir waren sehr glücklich – nur der Kontakt zu meinen lieben Eltern, meiner Schwester und meiner besten Freundin aus Dresden fehlte mir ein bisschen, aber Karl hat das nicht gewollt und ich habe mich dem gefügt, denn er war ja schließlich der Mann und hatte das Sagen, und ich als seine Frau habe mich ihm untergeordnet«, erklärte Wally, die diese Rollenverteilung nicht im Geringsten zu hinterfragen schien, mit großer Selbstverständlichkeit. »Denn einen Hampelmann, der zu allem Ja und Amen sagt, will man ja als Frau auch nicht haben, oder?«

»Zu einer guten Ehe gehören zwei gleichberechtigte Partner. Meine Frau würde mir ganz schön was husten, wenn sie nicht mitentscheiden könnte«, erwiderte der Kriminalkommissar nachdrücklich. »Im Haushalt ist sie die Chefin und zieht unsere fünf Kinder groß und ich frage sie auch sonst gerne um Rat. Aber sagen Sie«, Felix von Salomon stockte plötzlich und musterte die junge Frau nachdenklich. »Bitte vielmals um Entschuldigung, die Herrschaften, aber würde es Ihnen etwas ausmachen, wenn ich mit Ihrer Tochter einmal kurz unter vier Augen sprechen dürfte?«, wandte er sich an Wallys Eltern, die ihn verwundert anstarrten.

»Aber natürlich, Herr Kommissar, wenn es der Wahrheitsfindung dient«, erwiderte Otto Siewic und erhob sich. »Komm, Mutti«, forderte er seine Frau auf und hielt plötzlich inne. »Eines möchte ich aber noch klarstellen, Herr Kommissar, das ist mir sehr wichtig, damit nicht der Eindruck entsteht, wir hätten uns um Wally nicht genug gekümmert. Wir haben immer wieder angerufen und wollten sie sprechen, doch die meiste Zeit wurden wir von unserem Schwiegersohn mit der Erklärung abgespeist, Wally sei gerade unterwegs oder verhindert, und die wenigen Male, wenn wir sie am Hörer hatten, hat sie immer gesagt, es gehe ihr ausgezeichnet und alles wäre in bester Ordnung und wenn wir dann gesagt haben, dass wir sie gerne mal besuchen würden, oder uns auch umgekehrt sehr über ihren Besuch in Dresden freuen würden, hat sie uns immer auf unbestimmte Zeit vertröstet. Die Mutti hat oft deswegen geweint und gesagt, die Wally ist jetzt was Besseres und will nix mehr von uns wissen ...«

»Das stimmt doch gar nicht, Vati, ihr habt mir immer am Herzen gelegen, nur ging es mir mit der Zeit gesundheitlich immer schlechter und dann war mir alles nur noch egal, so traurig das klingt, aber das war so«, erklärte Wally schuldbewusst.

»Das kann man Ihnen auch weiß Gott nicht zum Vorwurf machen, liebe Frau Höpf, denn Ihr Ehemann hat Ihnen ja nicht nur Gift unter die Speisen und Getränke gemischt, um durch Ihr Ableben die Versicherungssumme zu kassieren, sondern Sie auch noch unter Drogen gesetzt, um Sie willenlos zu machen«, bemerkte Felix von Salomon bedauernd.

Agnes Siewic schluchzte auf. »Mein armes Kind ... Wie gut, dass diese Bestie endlich hinter Schloss und Riegel sitzt!«

»Das wird sich auch nicht mehr ändern, bis zur Urteilsverkündung – und auf Mord und versuchten Mord steht die Todesstrafe«, erwiderte der Kommissar ungerührt und wartete geduldig, bis die Eltern das Krankenzimmer verlassen hatten.

»Nun, ich komme im Zuge der Ermittlungen leider nicht umhin, Ihnen auch gewisse intime Fragen zu stellen, gnädige Frau, und es ist sicher in Ihrem Interesse, dass wir Ihre Eltern nicht damit belasten«, begann er vorsichtig, was Wally ihm einigermaßen verstört bestätigte.

»Wir haben im Geheimzimmer Ihres Mannes, von dem sie ja keinerlei Kenntnis hatten, wie Sie unlängst Doktor Rossmann gegenüber bekundeten, jede Menge Peitschen und andere Folterwerkzeuge gefunden. Wie wir inzwischen wissen, hat Ihr Mann ausgeprägte sadistische Neigungen, die er auf geradezu teuflische Weise ausgelebt hat. Daher nun meine Frage an Sie: Hat Ihr Gatte solche ... Abartigkeiten auch bei Ihnen an den Tag gelegt? Ich meine, war er zu Ihnen gewaltsam beim Sexualverkehr?«

Wally nickte verlegen. »Anders ging es nicht bei ihm, das war von Anfang an so.«

Dem biederen Kommissar war es offenbar sehr unangenehm, derartige Fragen zu stellen, doch um ein umfassendes Bild in dem Fall zu erhalten, musste er auch in solche Abgründe vordringen. »Und Sie haben sich dem nicht widersetzt?«

Wally schüttelte den Kopf und senkte betreten den Blick. »Es war genau das, was ich wollte«, gestand sie beschämt. »Ich habe alles getan, was er mir befohlen hat, er wollte von mir hören, dass ich ihm gehöre und er mit mir machen kann, was er will – das habe ich dann auch gesagt und daran hat er sich gehalten.«

Wally brach in Tränen aus. »Ich bin selber schuld, dass es so weit gekommen ist«, wimmerte sie aufgelöst.

»Sie tragen keinerlei Schuld, gnädige Frau, reden Sie sich das bloß nicht ein. Schuld alleine ist Ihr Ehemann, der aus den niedersten Beweggründen fast zu Ihrem Mörder geworden wäre«, erwiderte Felix von Salomon mit großer Bestimmtheit.

KAPITEL 24

Fabiola war es, als wäre sie in einem tiefen schwarzen See und versuchte verzweifelt an die Oberfläche zu gelangen, doch das Wasser über ihr war einfach zu hoch. Je weiter sie nach oben schwamm, desto kraftloser wurde sie. Sie bekam keine Luft mehr und panische Todesangst erfasste sie.

»Hilfe!«, schrie sie außer sich, »ich will nicht sterben!«

Just in diesem Moment durchbrach sie die Oberfläche und rang röchelnd nach Atem.

Es war fast wie eine Geburt. Ihre zweite Geburt, sie war schon auf der anderen Seite gewesen und alles, was sie dort erlebt hatte, war ihr noch sehr gegenwärtig.

»Weihrauch«, stieß sie hervor, doch ihre Stimme war nicht mehr als ein Wispern.

»Weihrauch?«, fragte die Gestalt über ihr, die sie nur sehr verschwommen wahrnahm, und sie nickte.

»Fabiola, meine Liebste«, vernahm sie da die vertraute Stimme von Gerhard und das unglaubliche Glücksgefühl, welches sie in jenem Augenblick durchströmte, katapultierte sie vollends ins Hier und Jetzt.

Sie konnte es kaum fassen, als sie das Gesicht des Geliebten gewahrte und das von Doktor Rossmann direkt daneben, der genau wie sein Bruder Freudentränen in den Augen hatte und von einem Wunder sprach.

Da Fabiola noch sehr schwach war, kostete sie das Sprechen ungeheuer viel Kraft, was sie jedoch nicht davon abhielt, zu sagen, was sie zu sagen hatte, wenn auch nur mit leiser Stimme.

»Die Duftlampen im Salon, Sie müssen sie unbedingt nach Giftrückständen untersuchen«, bat sie Doktor Rossmann mit solcher Inständigkeit, dass der Toxikologe ihr fest zusagte, die Untersuchung sogleich in die Wege leiten zu lassen – von keinem geringeren, als dem Gerichtschemiker Doktor Popp, denn er selber sei im Augenblick unabkömmlich, da er sich um seine Patientin kümmern müsse, fügte er berührt hinzu.

Nach der toxikologischen Untersuchung der Duftlampen aus dem Salon der Villa Weyrauch, in denen Fabian in der Nacht vor seinem Tod Weihrauch verbrannt hatte, erschien der Gerichtschemiker Doktor Popp persönlich im Diakonissenkrankenhaus, um Fabiola und seinem Kollegen Doktor Johannes Rossmann das Ergebnis zu präsentieren. Auch Gerhard, der an Fabiolas Krankenbett saß und ihre Hand hielt, war gespannt, was der Chemiker zu berichten hatte.

Nach einer kurzen Begrüßung beschloss Doktor Popp, die Anwesenden nicht länger auf die Folter zu spannen. »Also, die Weihrauchrückstände in den beiden Duftlampen ergaben tatsächlich eine hohe Konzentration an Cyanwasserstoff. Ihre Eingebung, gnädige Frau, hat Sie also nicht getrogen«, wandte er sich an Fabiola, die über den Befund sichtlich bewegt war, sich aber trotz ihrer Gebrechlichkeit mühte, Haltung zu bewahren.

»Darf ich fragen, Fräulein Doktor von Weyrauch, wie Sie zu dieser ... äh ... Vision gelangt sind, denn nach dem, was mir Doktor Rossmann über Ihren Gesundheitszustand gesagt hat, befanden Sie sich ja bereits mit mehr als nur einem Bein im Grabe und hatten kaum noch Vitalfunktionen. Erst durch die Eingabe von Nitroglycerin sind Sie Gottlob wieder ins Leben zurückgekehrt und das Erste, was Sie sagten, war ›Weihrauch‹. Wie kam es dazu, dass Sie diese Erkenntnis hatten? Verstehen Sie mich bitte nicht falsch, ich bin in erster Linie Naturwissenschaftler und im weiten Feld der Metaphysik völlig unbedarft.«

Fabiola lächelte versonnen. »Das geht mir als Ärztin genauso. Aber ich erinnere mich leider nur noch sehr vage daran, ich hatte einen Traum von meinem verstorbenen Zwillingsbruder Fabian, der mir diesen Hinweis gab. Er wies im Traum auf die Duftlampen in unserem Salon und sagte laut und deutlich ›Weihrauch‹. Das war es, was mich zu der Erkenntnis brachte, dass die Räucherschalen mit Gift präpariert worden waren, was sich nun durch Ihre Untersuchung bestätigt hat. Meinen aufrichtigen Dank, Herr Doktor Popp.«

Obgleich sich Fabiola ganz entgegen ihrer Bekundung noch sehr wohl an jedes Detail ihres Traumes erinnern konnte, hatte sie für sich den Entschluss gefasst, ihn mit niemandem zu teilen – selbst mit Gerhard nicht. Er sollte für immer ein Geheimnis zwischen ihr und Fabian bleiben, denn dass es sich hierbei um eine Botschaft aus dem Jenseits handelte, die Fabian ihr in Form eines Traumes gesendet hatte, als sie selbst bereits an der Schwelle des Todes stand, war für Fabiola eine wundersame Gewissheit, die ihr heilig war.

»Ich danke Ihnen, dass ich durch Ihren wertvollen Hinweis zur Aufklärung eines Verbrechens beitragen kann.« Doktor Popp verneigte sich in Fabiolas Richtung.

»Und ich bin unendlich froh, dass wir nun gegen den Mörder meines Bruders einen stichhaltigen Beweis in den Händen halten«, erklärte Fabiola erleichtert.

»Es ist momentan leider nicht mehr als ein Indiz, da man es Höpf nicht eindeutig nachweisen kann, dass er derjenige war, der die Räucherschalen mit Cyanwasserstoff präpariert hat, was

Ihren Herrn Bruder zweifellos getötet hat. Natürlich gibt es genug zwingende Verdachtsmomente gegen Höpf – zumal wir auch genau dieses Gift und zahlreiche andere in seiner Wohnung sichergestellt haben. Auch der Lilienstrauß, der Ihnen zugeschickt worden war, war mit Blausäuregas versetzt worden.« Der Gerichtschemiker musterte Fabiola ernst.

»Meines Wissens wird Karl Höpf seit seiner gestrigen Verhaftung im Verhörraum des Polizeipräsidiums von Kriminalhauptkommissar von Salomon und seinen Mitarbeitern einer umfassenden Befragung unterzogen, doch bislang leugnet er hartnäckig, die Giftmorde und Mordversuche begangen zu haben.«

Fabiola legte sich entsetzt die Hand an die Stirn. »Heißt das etwa, dass dieser Satan nur verurteilt werden kann, wenn er seine Schandtaten gesteht?«

»Das wäre ja nochmal schöner, diesen Massenmörder einfach laufen zu lassen, nur weil er kein Geständnis ablegt«, empörte sich nun auch der Toxikologe Doktor Rossmann.

Über Doktor Popps Gelehrtengesicht huschte ein ausgekochtes Lächeln. »Nun, Kollegen, möglicherweise gibt es noch ganz andere Mittel und Wege, ihn dranzukriegen.«

Gerhard musterte den Gerichtschemiker verblüfft. »Meinen Sie etwa die Möglichkeit, das Geständnis aus ihm heraus zu prügeln?«

»Wo denken Sie hin, verehrter Herr Doktor?«, erwiderte der Gerichtschemiker empört. »Ich bin ein Mann der Wissenschaft, das ist es, wovon ich überzeugt bin. Die moderne Gerichtsmedizin steckt zwar noch in den Kinderschuhen, aber immerhin ist es mir mit meinen toxikologischen und mikroskopisch-chemischen Untersuchungen von Asche, Blut, Erde, Haaren, Textilien, Grashalmen und Blütenstaub gelungen, vier Mordfälle aufzuklären«, erläuterte Doktor Popp nicht ohne Stolz. »Genauer gesagt, der Fall Lichtenstein, der Fall Disch, der Fall Kroll und der Fall Filbert. Vor zwei Jahren habe ich in meinem alten Labor im Hinterhaus im Frankfurter Westend das ›Institut für gerichtliche Chemie und Mikroskopie‹ ins Leben gerufen, wo die neusten Erkenntnisse der modernen Gerichtsmedizin zur Anwendung gelangen – und ich hege die berechtigte Hoffnung, dass es mir mit mithilfe wissenschaftlicher Untersuchungsmethoden durchaus gelingen könnte, Höpf als Giftmörder zu überführen.« Der Gerichtschemiker lächelte enthusiastisch. »Ich versuche schon seit einiger Zeit ein Geheimnis zu knacken und bin auf einem guten Wege, dass mir das in nicht allzu ferner Zukunft endlich gelingen möge – und wenn das der Fall ist, haben wir Höpf in der Tasche, dann hilft ihm all sein Leugnen nicht mehr.«

Fabiola, die Doktor Popp aufmerksam zugehört hatte, hatte unversehens wieder zu ihrer alten Begeisterungsfähigkeit zurückgefunden.

»Wenn es jemand schafft, dann Sie, Herr Doktor Popp!«

»Ihr Vertrauen ehrt mich, gnädige Frau, und seien Sie versichert: Ich werde mein Bestes geben.«

Der vielbeschäftigte Mann verabschiedete sich von Fabiola und den Brüdern Rossmann mit der Erklärung, sowohl im Behelfslabor im Polizeipräsidium als auch in seinem Institut im Westend warte noch viel Arbeit auf ihn und wünschte der Patientin gute Besserung.

*

Nachdem Kriminalinspektor von Salomon, zwei seiner Mitarbeiter und ein Protokollführer hinter dem Tisch gegenüber dem

Angeklagten im Verhörraum Platz genommen hatten, erklärte von Salomon das Verhör gegen Karl Höpf für eröffnet.

Auch Stunden nach seiner Verhaftung hatte Höpf für sich entschieden, seinen Kurs beizubehalten und den Empörten zu spielen.

»Was soll das denn alles? Was genau liegt gegen mich vor? Was soll ich denn getan haben?«, bestürmte er den Kommissar mit Fragen.

Der erfahrene Verhörspezialist hatte vor, Höpf zunächst ein wenig in die Irre zu führen und nicht gleich mit den Vorwürfen der Vergiftung zu konfrontieren.

Stattdessen richtete er sein Interesse auf Höpfs Nebeneinkünfte.

»Ihr Honorar, das Sie vom Schumanntheater für Ihre Auftritte als Degenfechter erhalten, ist nicht der Rede wert und der Erlös aus Ihrer Fechtschule erst recht nicht. Jetzt erklären Sie mir mal gefälligst, wie ein Hungerleider wie Sie, bei der ›Thuringia‹ eine Lebensversicherung in Höhe von 80.000 Goldmark mit einer Jahresprämie von 4.170 Goldmark abschließen konnte?«

Höpf war sichtlich nervös geworden. »Das geht Sie gar nichts an«, murmelte er gereizt. »Auf was wollen Sie eigentlich hinaus?«

»Das kann ich Ihnen genau sagen«, entgegnete Felix von Salomon auftrumpfend. »Sie haben Ihre erste Frau vergiftet, um ihre Lebensversicherung von 20.000 Mark zu kassieren und wollten jetzt Ihre Frau Wally ebenfalls vergiften, um an die stattliche Versicherungssumme von 80.000 Mark heranzukommen. Nur deswegen haben Sie Wally überhaupt geheiratet.«

Höpf schwieg betreten, mühte sich aber, eine unbeteiligte Miene aufzusetzen.

Von Salomon beschloss, ihn weiter aus der Reserve zu locken. »Warum tragen Sie eigentlich Zyankali bei sich?«, wechselte er geschickt das Thema. »Tragen Sie sich etwa mit Selbstmordabsichten?«

Höpf verstand zwar nicht genau, was der Kommissar im Schilde führte, ließ sich jedoch zu einem Zugeständnis herab.

»Ja, ich glaube schon, wahrscheinlich hätte ich mich umgebracht, wenn der Polizist es mir heute Mittag nicht abgenommen hätte.«

»Was ist denn das für ein Humbug!«, empörte sich der Kriminalinspektor. »Was heißt denn ›wahrscheinlich‹? Hätten Sie Selbstmord begangen oder nicht? Ich erwarte jetzt eine klare Antwort!«

»Ja – ich hatte das Gift bei mir, um mich umzubringen, falls ich verhaftet werde«, gestand Höpf betreten.

Das Verhör dauerte nun schon gute zwei Stunden und Höpfs zur Schau gestellte Kaltschnäuzigkeit erhielt immer mehr Risse, sodass der Kriminalinspektor beschloss, einen weiteren Vorstoß zu wagen.

»Herr Höpf, ich kann Ihnen nur dringend dazu raten, ein umfassendes Geständnis abzulegen. Wir haben inzwischen eindeutige Beweise gegen Sie und können Ihnen nachweisen, dass Sie Ihrer Frau Wally über einen längeren Zeitraum regelmäßig Gift eingegeben haben. Der Toxikologe Doktor Rossmann hat im Diakonissenkrankenhaus sorgfältige Untersuchungen des Blutes und des Urins Ihrer Frau vorgenommen. Der von uns hinzugezogene Gerichtschemiker Doktor Popp und andere Mediziner bezeugen, dass eine eindeutige Vergiftung vorliegt.«

Von Salomon fixierte Höpf, der stumm blieb und trotzig die Unterlippe vorschob, unnachgiebig. »Von etlichen Verdachtsmomenten in der Vergangenheit, denen wir noch genauer nachgehen werden, möchte ich zum jetzigen Zeitpunkt noch gar nicht sprechen, doch nach meinem Dafürhalten sind Sie außerdem hochgradig verdächtig, Ihren Fechtschüler Fabian von Weyrauch vergiftet und versucht zu haben, seine Schwester Fabiola durch einen mit Blausäure präparierten Blumenstrauß zu vergiften ...«

Höpf verlor zum ersten Mal die Fassung. »Damit habe ich nichts zu tun!«, schrie er aufgebracht. »Was wollen Sie mir denn noch alles anhängen?«

»Ihr Leugnen bringt gar nichts, denn wie gesagt, wir sind schon jetzt in der Lage, hieb und stichfest zu beweisen, dass Sie Ihrer Frau Wally Gift verabreicht haben und darauf steht im Deutschen Kaiserreich die Todesstrafe«, beschied ihn der Kriminalkommissar mit vernichtendem Blick.

»Falls Sie aber ein umfassendes Geständnis ablegen, kann das durchaus als strafmildernd berücksichtigt werden. Also, überlegen Sie sich gut, ob Sie weiterhin verstockt bleiben. Und lassen Sie mich Ihnen eines versichern, Herr Höpf: Von mir können Sie keine Extra-Würste erwarten wie von einem gewissen Staatsanwalt Dünnebier, den wir in Bälde ebenfalls verhören werden. Ganz im Gegenteil, ich werde Sie mit aller Unerbittlichkeit, die unser Gesetz für Verbrecher Ihres Schlages vorsieht, für all das belangen, was Sie verbrochen haben, dessen können Sie sich gewiss sein, und da hilft Ihnen auch Ihr Sklavenkontrakt nicht mehr, den Sie mit dem Staatsanwalt geschlossen haben«, äußerte von Salomon mit hämischem Grinsen.

»Was erlauben Sie sich!«, begehrte Höpf auf. »Das geschah in beidseitigem Einverständnis und ist daher kein Strafbestand.«

»Aber versuchter Giftmord schon, das reicht völlig aus, um Sie zum Tode zu verurteilen – und bei uns in Frankfurt wird die

Todesstrafe mit dem Handbeil vollzogen. Das heißt, Sie werden einen Kopf kürzer gemacht.«

Er streifte Höpf, der kreidebleich geworden war, mit einem diabolischen Blick und ordnete eine dreißigminütige Pause an.

KAPITEL 25

Pünktlich um sechs Uhr an jenem schicksalsträchtigen Donnerstagmorgen verabschiedete sich Egidius Dünnebier von seiner Mutter, die es sich trotz der frühen Stunde nicht nehmen ließ, ihren Sohn, der auch im reifen Alter von 53 Jahren noch ihr großer Junge war, zur Tür zu begleiten.

Sie küsste den Widerstrebenden, der ihre feuchten Lippen nicht mochte, herzhaft auf den Mund.

»Und dass du mir ja nicht wieder den vollen Tender mit nach Hause bringst, weil du keine Zeit zum Mittagsessen hattest, mein Junge«, ermahnte sie den Staatsanwalt besorgt. »Den ganzen Tag mit leerem Magen, das geht doch wirklich nicht.«

Der Jurist gelobte Besserung, obgleich es ihn vor der fettigen Hausmannskost der Köchin Helene, die diese auf Geheiß der Mutter täglich für ihn in den blechernen Vorratsbehälter stopfte, grauste, als es plötzlich an der Tür läutete.

Mutter und Sohn fuhren erschrocken zusammen.

»Wer kann denn das sein, in aller Herrgottsfrühe?«, murmelte Magda Dünnebier ungehalten – und die Antwort folgte auf der Stelle.

»Hier ist die Polizei, bitte öffnen Sie die Tür!«, erklang eine laute amtliche Stimme, der Egidius trotz banger Ahnungen, die ihm schlagartig kamen, umgehend Folge leistete.

Denk daran, was ich dir gesagt habe, hallte ihm gleichzeitig die Warnung des Meisters durch den Sinn und er klappte augenblicklich das Visier seines imaginären Ritterhelms herunter.

»Herr Staatsanwalt Doktor Dünnebier, ich habe einen Haftbefehl gegen Sie, wegen des dringenden Verdachts des wiederholten Amtsmissbrauchs sowie der Strafvereitelung im Amt, bitte folgen Sie mir umgehend aufs Polizeipräsidium«, vernahm er den harschen Befehlston des kräftigen Mannes in Zivil, der von zwei uniformierten Gendarmerie-Wachtmeistern flankiert wurde.

»Selbstverständlich, mein Herr«, erwiderte der Staatsanwalt gefasst und bat die Gendarmen in aller Höflichkeit – die aufgeregten Rufe der Mutter mit stoischer Miene ignorierend – um Erlaubnis, nur rasch einen Telefonanruf zu tätigen, um seiner Dienststelle Bescheid zu geben.

»Das können Sie auch noch auf dem Revier machen«, beschied ihn Kriminalkommissar von Salomon resolut, doch da hatte sich der Staatsanwalt schon zum Gehen gewandt und eilte, den Beamten den Rücken kehrend, den langen, nur notdürftig erleuchteten Flur entlang, bis er wenig später zu Füßen der ihm nachfolgenden Gesetzeshüter auf dem Parkettboden zusammenbrach.

Die Reste einer zerbissenen Glaskapsel unweit des Kopfes und der starke Bittermandelgeruch, der aus dem geöffneten Mund wahrzunehmen war, verrieten dem bestürzten Kriminalinspektor, dass der Staatsanwalt, um feige seiner gerechten Strafe zu entgehen, mithilfe einer Zyankalikapsel den Freitod gewählt hatte.

Es blieb ihm daher nur noch, einen Krankenwagen für die alte Dame herbei zu rufen, die einen schweren Nervenzusammenbruch erlitten hatte, sowie einen Leichenwagen, um den Toten in die Gerichtsmedizin zu überstellen.

»Fängt ja gut an, der Tag«, knurrte Felix von Salomon verdrossen und zündete sich, entgegen seiner Gewohnheit, erst nach der Frühstückspause zu schmauchen, draußen vor der Tür eine Zigarre an, denn der Frühstückshunger war ihm nachhaltig vergangen.

*

»Guten Morgen, meine Liebe, wie geht es Ihnen denn heute?«, fragte Fabiola freundlich und ließ sich auf dem Besucherstuhl neben dem Bett von Wally Höpf nieder.

Da sie vormittags stets eine Kochsalzinfusion erhielt, um die Reste des Giftes aus ihrem Körper heraus zu spülen und Doktor Rossmann auch sonst nichts unversucht ließ, um seine Schwägerin in spe wieder aufzupäppeln, ging es Fabiola so gut, dass sie möglicherweise schon in der nächsten Woche aus dem Krankenhaus entlassen werden konnte.

»Danke der Nachfrage, Fräulein Doktor von Weyrauch, seit ich im Krankenhaus bin, geht es mir zwar schon etwas besser, aber richtig gesund bin ich noch nicht«, gab die Angesprochene zur Antwort und fügte hinzu, wie wohltuend die Besuche der Eltern und der Schwester für sie seien.

»Und dass Sie mich neuerdings als meine Zimmernachbarin besuchen, freut mich am allermeisten. Sie glauben ja gar nicht, wie gut es mir tut, mit Ihnen über all das zu reden, was mir widerfahren ist. Ich weiß nicht genau, warum das so ist, aber so offen, wie mit Ihnen, kann ich sonst mit niemandem sprechen. Weder mit meinen Eltern noch mit meiner Schwester«, bekannte Wally und bedachte die von ihr so bewunderte junge Ärztin mit einem schüchternen Lächeln.

Obgleich die jungen Frauen nicht unterschiedlicher hätten sein können, hatten sie sich doch auf Anhieb gut verstanden, was sicherlich auch der Tatsache geschuldet war, dass sie Leidensgenossinnen waren und beide durch die Giftverabreichungen von Karl Höpf fast zu Tode gekommen wären.

Zu einem Gutteil lag es aber auch an Fabiolas warmherziger, verständnisvoller Art, dass Wally ihr Herz öffnete und ihr Dinge anvertraute, die für die meisten Menschen ein Tabu darstellten.

Als angehende Psychiaterin wusste Fabiola natürlich, dass die Begriffe ›Sadismus‹ und ›Masochismus‹ von dem renommierten Neurologen Richard von Krafft-Ebing stammten. Inspiriert von den literarischen Werken des Marquis Donatien Alphonse François de Sade und des Leopold von Sacher-Masoch, verwendete er die Bezeichnungen 1891 erstmals in seiner Abhandlung ›Psychopathia Sexualis‹ und betrachtete sie als degenerative Erkrankungen des Gehirns.

Dennoch mühte sich Fabiola, nicht voreingenommen zu sein und der leidgeprüften jungen Frau mit Verständnis zu begegnen, da sie die Gespräche mit Wally ja vor allem als Mensch und weniger als Psychiaterin führte. Sie erhoffte sich zudem, Fabian besser verstehen zu können, dessen Verhältnis zu Höpf gleichermaßen wie bei Wally von Unterwürfigkeit geprägt gewesen war.

Sie schilderte Wally, die sich nur noch sehr verschwommen an Fabian erinnern konnte, wie das Unheil bereits seit der ersten Begegnung von Fabian und Höpf seinen Lauf genommen hatte. Der Sog, den Karl Höpf auf ihren Bruder ausgeübt hatte, war Wally nicht unbekannt.

»Ich hatte schon immer eine Schwäche für ältere Männer und Karl war ein Mann, der etwas darstellte und als er dann so herrisch über diese Suffragetten gesprochen hat, die auf dem Internationalen Frauentag in Frankfurt für das Frauen-Wahlrecht demonstriert hatten, bekam ich am ganzen Körper eine Gänsehaut«, bekannte Wally, deren dunkles Haar akkurat gescheitelt und zu zwei geflochtenen Schnecken beiderseits des Kopfes hochgesteckt war, und hüstelte verlegen.

»Ich war übrigens auch auf dieser Demonstration«, erklärte Fabiola unumwunden und war gespannt, wie Wally darauf reagieren würde, doch diese lächelte nur säuerlich und wechselte das Thema.

Im weiteren Gespräch zeichnete sich jedoch deutlich ab, dass Wally bei aller Duldsamkeit, die ihrem Wesen innewohnte, die dauerhaften Vergiftungsversuche ihres Ehemannes als Akte der Grausamkeit ansah, denen sie sich niemals freiwillig unterzogen hätte. Das Gleiche galt auch für die Heroininjektionen, mit denen Höpf Wally von der Droge abhängig gemacht hatte.

»Sie entwöhnen mich im Krankenhaus langsam von diesem Teufelszeug und ich bin heilfroh, wenn ich es endgültig los bin«, erklärte sie erbittert.

Was Fabiola ungemein freute und imponierte, war die Tatsache, dass Wally absolut bereit war, vor Gericht gegen ihren Mann auszusagen und es für sie keineswegs infrage kam, den Mann, den sie einmal geliebt hatte und dem sie zutiefst ergeben war, auf irgendeine Weise zu schonen.

Die Tatsache, dass er sie töten wollte, um die auf sie abgeschlossene hohe Lebensversicherung zu kassieren, war stärker als alles, was sie jemals mit Höpf verbunden hatte.

»Das werde ich ihm niemals verzeihen«, sagte Wally mit Tränen in den Augen.

»Das ist auch unverzeihlich«, stimmte ihr Fabiola zu und ließ Wally wissen, dass sie immer für sie da sei, auch wenn sie aus dem Krankenhaus entlassen werden würde, wie es vermutlich für die kommende Woche geplant sei.

Wally dankte ihr und erklärte, darauf komme sie gerne zurück.

»Wissen Sie, ich habe die Hoffnung, wenn ich Sie verstehen kann, auch meinen Bruder besser zu verstehen. Denn alles in mir wehrt sich dagegen, Fabians Hang zur Unterwerfung als krankhaft und entwürdigend zu betrachten«, äußerte Fabiola. »Das wird ihm nicht gerecht und Ihnen genauso wenig.«

Als es gleich darauf an der Tür klopfte und Wallys Eltern in Begleitung ihrer älteren Schwester Gudrun ins Zimmer traten, verabschiedete sich Fabiola von ihr mit der Zusage, morgen wieder zu kommen.

*

Da er nicht wusste, wie er sich weiterhin verhalten sollte, wand sich Karl Höpf hinter dem Verhörtisch wie ein Aal und seine gestern noch zur Schau gestellte Ruhe, war einer starken Erregung gewichen.

Auf seiner hohen Stirn mit den Geheimratsecken schimmerten Schweißperlen.

Er war bis spät in die Nacht hinein verhört worden und hatte später in seiner engen, stinkenden Gefängniszelle vor innerer Anspannung und blanker Bedrängnis nicht schlafen können.

Felix von Salomon ließ Höpf bewusst über den aktuellen Stand der Ermittlungen im Ungewissen und erwähnte auch mit keiner Silbe, dass Staatsanwalt Dünnebier Selbstmord begangen hatte.

»Sie haben doch gestern zu mir gesagt, dass ich mildernde Umstände bekomme, wenn ich mich geständig zeige«, erkundigte sich Höpf verschlagen.

»So ist es, aber nur, wenn Sie ein umfassendes Geständnis ablegen«, machte ihm der Kriminalinspektor unmissverständlich klar.

Der Mann mit den kurzgeschnittenen grauen Haaren und den schmalen hellen Augen stieß vernehmlich die Luft aus.

»Also gut, ich gebe zu, dass ich meiner Frau Wally Gift gegeben habe, aber das war ein Versehen, ich wollte sie nie vergiften, bitte glauben Sie mir das, Herr Kriminalkommissar.«

Höpf schielte regelrecht vor Anspannung. Von Salomon blieb stumm und fixierte ihn mit einem kalten Blick ohne zu blinzeln.

»Es ... Es war Digitalis, ich wollte ihr die Magenmedizin geben und habe aus Versehen das Fläschchen verwechselt. Diese Arzneifläschchen sehen ja alle gleich aus ...«, murmelte Höpf fahrig.

Erich von Salomon spürte, dass Höpf nicht mehr weit davon entfernt war, einzuknicken, was bedeutete, dass er ihn entsprechend bearbeiten musste.

»Ich glaube Ihnen kein Wort, Herr Höpf«, schmetterte er dem Mann mit dem Silberblick ins Gesicht. »Sie als ausgebildeter Drogist und hochgradig kundig im Umgang mit Giften, wie wir anhand ihrer umfangreichen Giftsammlung in Ihrem Geheimlabor sehen konnten, wollen mir weismachen, dass Sie Ihre Frau versehentlich vergiftet haben? Und wenn man dazu noch bedenkt, dass Sie auf Ihre Frau eine hohe Lebensversicherung zu Ihren Gunsten abgeschlossen haben, kommt einem Ihre Behauptung völlig absurd vor, das werden auch die Geschworenen vor Gericht so einschätzen. Also, hören Sie endlich auf, mir etwas vorzulügen. Wir haben entsprechende Beweise, dass Sie Ihre Frau mit Arsen in Form einer hoch angesetzten ›Fowlerschen Lösung‹ vergiften wollten. Gestehen Sie, sonst machen Sie alles nur noch schlimmer! Auf Giftmord steht im Deutschen Kaiserreich die Todesstrafe, doch ein Geständnis kann bewirken, dass Sie der Kaiser begnadigt.«

Schlagartig verlor Höpf die Fassung und ließ schluchzend den Kopf auf das Schreibpult sinken. »Dann soll er mich begnadigen, ich gestehe alles«, stammelte er in tiefstem Selbstmitleid mit tränenerstickter Stimme. »Bitte, bitte, dann soll er mich begnadigen ...! – Kann ich mich denn auch darauf verlassen?«

Mitten im Satz hatte sein Kalkül wieder die Oberhand erlangt und er blickte von Salomon aus tränengeröteten Augen an.

»Das liegt an Ihrem Geständnis, also los jetzt, ich will endlich etwas hören«, erwiderte von Salomon scharf und klatschte auffordernd in die Hände.

»Als ich Wally letztes Jahr kennengelernt habe, ging es mir finanziell sehr schlecht«, begann Höpf mit bebender Stimme. »Da kam mir die Idee, sie hoch zu versichern und sie dann nach der Hochzeit mit Gift umzubringen. Ich ... äh ... Ich habe damals in meiner Verzweiflung viel Alkohol getrunken und war nicht mehr Herr meiner Sinne.«

»Und dann haben Sie angefangen, Ihre Frau systematisch zu vergiften«, bemerkte der Kriminalkommissar verächtlich.

»Nein, so kann man das nicht sagen. Ich habe ihr ab und zu mal ein Gläschen Sekt gereicht, in das ich mit Lavendel vermischtes Arsenik geschüttet habe, damit es nicht so bitter schmeckt. Wie gesagt, das habe ich hin und wieder gemacht und davon hat sie dann Erbrechen und Durchfall gekriegt, bis es so schlimm wurde, dass ich einen Arzt rufen musste. Der hat ihr dann das Heroin verschrieben, das ich ihr regelmäßig gespritzt habe. Das ist alles, mehr war da nicht.«

Höpfs Kaltschnäuzigkeit, mit der er das von sich gegeben hatte, verschlug von Salomon regelrecht den Atem.

»Fehlt nur noch, dass Sie jetzt fragen – ›und, kann ich jetzt gehen‹«, äußerte er kopfschüttelnd.

Höpfs helle Augen funkelten berechnend. »Das nicht«, räumte er ein und musterte den Kommissar lauernd. »Aber ich denke, es ist mein gutes Recht, Sie daran zu erinnern, ein Begnadigungsschreiben aufzusetzen und es möglichst heute noch an den Kaiser weiterzuleiten. Denn ich habe ja jetzt ein Geständnis abgelegt.«

Felix von Salomon und seine Mitarbeiter brachen daraufhin in schallendes Gelächter aus. So etwas Unverfrorenes hatten sie noch nie erlebt.

»Frechheit siegt nicht immer, Herr Höpf«, beschied ihn von Salomon schneidend, als er sich wieder halbwegs beruhigt hatte. »Das Einzige, was ich jetzt noch ›aufsetze‹, ist meine Unterschrift auf das Verhörprotokoll mit Ihrem Geständnis, welches ich Ihnen im Anschluss mit der Aufforderung vorlege, es abschließend zu unterzeichnen«, äußerte er hohntriefend.

Nachdem Höpf, der nach dem stundenlangen Verhör sichtlich erschöpft war, mit zitternder Hand unterschrieben hatte, wandte er sich noch ein weiteres Mal an den Kriminalinspektor mit der Ermahnung, seine Begnadigung nicht zu vergessen.

Der Kommissar, der sich nach dem langen anstrengenden Tag müde und ausgebrannt fühlte und eigentlich nur noch nach Hause wollte, musste schwer an sich halten, nicht die Beherrschung zu verlieren.

»Wissen Sie, was ich bei Ihnen am widerwärtigsten finde?«, raunzte er Höpf zu. »Sie haben sich kein einziges Mal nach dem Gesundheitszustand Ihrer Frau erkundigt, sondern denken immer nur an sich, Sie herzloses Ungeheuer!«

Von Salomon veranlasste, dass Höpf in seine Zelle zurückgebracht wurde und verließ angewidert den Verhörraum, um so schnell wie möglich bei seiner Frau und den Kindern zu sein.

Denn nach dieser ›Haifischzahnechse‹, wie der passionierte Hobby-Paläontologe Höpf im Stillen zu nennen pflegte, stand ihm der Sinn nach häuslicher Geborgenheit.

KAPITEL 26

Am Morgen des 28. Dezember 1913 wollten sich Fabiola und Gerhard, die am 12. Dezember geheiratet hatten, auf ihre Hochzeitsreise begeben, die mit einer Zugfahrt von Frankfurt nach Hamburg beginnen sollte, doch ein heftiger Schneesturm durchkreuzte ihre Reisepläne.

Der Sturm, der bereits in der Nacht eingesetzt hatte, verursachte nicht nur tagelange Störungen im Telefonnetz, sondern brachte den gesamten Personen- und Schienenverkehr völlig zum Erliegen – bis zum 31.12.1913.

So konnte das frischvermählte Paar seine Schiffsreise von Hamburg nach Südamerika auf dem Luxus-Kreuzfahrtschiff ›König Wilhelm II‹, welches über ein tempelartiges Hallenbad, gediegene Rauchsalons und komfortable Schlafzimmer mit Tiffany-Fernstern verfügte, leider nicht antreten.

Viel zu glücklich, um sich darüber zu grämen, vergruben sie sich an jenen Wintertagen, die zu den kältesten zählten, die Frankfurt je erlebt hatte, im kuschelig warmen Bett. Konnten einfach nicht genug kriegen von dem, was Liebende gemeinhin am liebsten tun, sprachen über ihre Arbeit, aßen und tranken nach Herzenslust und feierten das Leben.

Thema war auch der anstehende Prozess gegen Karl Höpf vor dem Frankfurter Schwurgericht, der für den 12. Januar 1914 angesetzt war.

Fabiola hatte zwar aufgrund der geplanten Hochzeitsreise ihre vollständigen Aussagen gegen den Giftmörder bereits zu

Protokoll gegeben, doch nun, da die Reise verschoben werden musste, wollte sie sich die Verhandlungen keineswegs entgehen lassen und würde sich als Zeugin zur Verfügung stellen.

*

Am Montag, den 12. Januar 1914, war es so klirrend kalt, dass sich kaum jemand, der nicht unbedingt musste, länger draußen aufhielt. Außer vielleicht ein paar frohgemute Schlittschuhläufer, Kinder und Erwachsene gleichermaßen, die auf dem seit Wochen zugefrorenen Main am Eisernen Steg Fangen spielten, oder ihre Pirouetten drehten und sich an einem der Stände mit heißen Getränken aufwärmten.

Auf derartigen Komfort mussten die zahllosen Menschen, die sich seit den frühen Morgenstunden vor dem Gerichtsgebäude drängten, um einen Blick auf den berüchtigten Giftmörder Karl Höpf zu erhaschen, freilich verzichten.

Clevere Geschäftemacher, die von der Sensationsgier der Massen profitierten, vermieteten in der Nähe geparkte Automobile und die Fenster der an das Gerichtsgebäude grenzenden Häuser und Wohnungen als Tribünenplätze.

Ein Heer von Fotografen wartete auf der Straße auf eine günstige Gelegenheit, den Angeklagten, den die meisten als den allseits beliebten Degenfechter Captain Charles Veston aus dem Schumanntheater kannten, vor die Linse zu bekommen.

Der komplette Verkehr war zusammengebrochen und der Gefängniswagen mit dem Gefangenen hatte größte Mühe, sich an den dicht an dicht stehenden Fahrzeugen vorbei einen Weg zum Hauptportal des Gerichtsgebäudes zu bahnen.

Es war neun Uhr, als Karl Höpf, der keine Gefangenenkleidung, sondern einen marineblauen Anzug, schwarze Schuhe und ein weißes Hemd trug, aus dem Auto stieg und von mehreren Gendarmerie-Wachtmeistern rasch ins Gebäude geführt wurde.

Während in jenem flüchtigen Moment Tausende von Augen auf den blassen, deutlich gealterten Höpf gerichtet waren, schien dieser die Menschenmassen, die eigens gekommen waren, um ihn zu sehen, gar nicht wahrzunehmen und starrte mit leerem Blick durch sie hindurch.

Genauso verhielt er sich auch im großen Schwurgerichtssaal, als der Landgerichtsdirektor Doktor Heldmann die Verhandlung eröffnete.

In dem Prozess waren insgesamt 64 Zeugen und Sachverständige geladen. Höpf wurde angeklagt, seinen Vater, seine erste Frau, seinen unehelichen Säugling, sein Töchterchen Elsa aus seiner zweiten Ehe und Fabian von Weyrauch mit Gift ermordet zu haben. Desgleichen wurde er des Mordversuches in drei Fällen an seiner zweiten Frau Auguste Christine, an seiner dritten Frau Wally und an Fabiola bezichtigt.

Karl Höpf zuckte nicht mal mit der Wimper und hatte einen derart unbeteiligten Gesichtsausdruck, als würde ihn das Ganze nichts angehen.

Gegen 15 Uhr wurde Wally Höpf in den Zeugenstand gerufen, die sehr vergrämt und mitgenommen wirkte. Das Laufen fiel ihr sichtlich schwer. Fabiola, die schon länger keinen Kontakt mehr mit Wally hatte und wusste, dass sie im Sanatorium Weißer Hirsch bei Dresden zur Kur war, war bei ihrem Anblick schockiert.

Auch der Staatsanwalt Doktor Bluhme musterte sie betroffen.

»Wie geht es Ihnen, gnädige Frau? Soll ich Ihnen ein Glas Wasser bringen lassen? Haben Sie denn noch Beschwerden?«, fragte er die Zeugin mitleidig.

»Mir geht es nicht gut«, antwortete Wally kurzatmig. »Ich habe schlimme Herzschmerzen und bin todmüde, weil ich unter chronischer Schlaflosigkeit leide. Meine Füße sind geschwollen und tun höllisch weh, deswegen habe ich auch so Probleme mit dem Laufen. Die Ärzte sagen, das sind Spätfolgen der Vergiftung und es braucht seine Zeit, bis es besser wird – ich hoffe, ich erlebe das noch«, äußerte sie bitter.

Der Blick des Staatsanwalts richtete sich wütend auf Höpf. »Haben Sie die Frau denn nur geheiratet, um sie umzubringen?«, herrschte er den Angeklagten an.

»Nicht, dass ich wüsste«, erwiderte Höpf schnippisch.

»Sie haben sie aber umbringen wollen, um die Versicherungssumme zu kassieren«, polterte der Staatsanwalt aufgebracht. »Und dann haben Sie an ihrem Bett gesessen, Händchen gehalten und sie getröstet, nachdem Sie ihr das Gift eingeflößt haben. Was sind Sie nur für ein gefühlskalter Schurke!«

»Davon kann ja gar keine Rede sein«, begehrte Höpf auf. »Ich war damals geistig nicht zurechnungsfähig und wusste nicht, was ich tat. Man könnte sagen, ich war nicht mehr Herr meiner selbst.«

Ein empörtes Murren ging durch den Saal, als sich Höpf selbstmitleidig eine Träne aus dem Augenwinkel wischte.

Dieser Schuft, dachte Fabiola erzürnt und hielt angespannt die Luft an, als sie sah, wie Wally Höpf, die ihren Ehemann die ganze Zeit keines Blickes gewürdigt hatte, ihn plötzlich mit einer tiefen Traurigkeit anschaute, die Fabiola sehr bewegte.

»Das ist doch gelogen«, richtete Wally empört das Wort an ihn. »Du hast mir über einen längeren Zeitraum regelmäßig Gift gegeben und den treusorgenden Ehemann gespielt, der mir nur helfen will, wieder gesund zu werden. Dabei hast du auf mich immer sehr vernünftig gewirkt und nie den Eindruck gemacht, dass du geistig gebrochen, oder nicht mehr Herr deiner selbst bist. Ganz im Gegenteil, du wusstest immer ganz genau, was du tatest, das ist ja das Teuflische daran.«

Wally brach in Tränen aus und wandte sich dem Richter zu. »Einmal hat er sogar meine Hand genommen und mich ganz besorgt angesehen. ›Dass du auch immer krank sein musst, wo ich mir doch so eine Mühe mit dir gebe. Aber keine Angst, mein Schatz, das wird schon wieder. Du kannst dich darauf verlassen, ich werde immer gut für dich sorgen‹. – Wie gut, das hat man ja gesehen.«

Sie barg weinend ihr Gesicht in den Händen. Ein betroffenes Raunen war aus dem Publikum zu vernehmen.

»Äh, entschuldigen Sie bitte, Frau Höpf«, meldete sich der Obmann der Geschworenen betreten zu Wort. »Haben Sie Ihrem Mann eigentlich nie vorgeworfen, er wolle Sie vergiften?«

Wally Höpf tupfte sich mit einem Taschentuch die Tränen von den Wangen. »Solange ich noch Herr meiner Sinne war, habe ich so etwas schon mal geäußert, dass es mir manchmal so vorkommen würde, als ob er mich vergiften wolle – und da ist er jedes Mal ganz böse geworden und hat mich angeschrien, ich solle doch um Gottes Willen nicht so etwas behaupten. Später, als ich dann das Heroin bekommen habe, war ich nicht mehr in der Lage, solche Fragen zu stellen, und es war mir ehrlich gesagt auch egal, so egal, wie alles andere auch. Ich wollte nur noch meine Dosis kriegen und schlafen, mehr hat mich damals nicht interessiert.«

Am Tag darauf rief der Staatsanwalt Fabiola in den Zeugenstand und da ihm hinlänglich bekannt war, dass sie durch Höpfs vergifteten Blumenstrauß fast zu Tode gekommen wäre, erkundigte er sich höflich nach ihrem Wohlergehen.

»Zum Glück bin ich körperlich wieder völlig genesen und leide nicht unter Spätfolgen wie die bedauernswerte Frau Höpf«, erwiderte Fabiola mit mitfühlendem Blick auf Wally, die mit ihren Eltern in der ersten Reihe des Gerichtssaals saß. »Ich gehe seit einem Jahr wieder arbeiten und bin uneingeschränkt belastbar, was man in meinem Beruf auch sein muss.«

»Soweit mir bekannt ist, sind Sie angehende Psychiaterin und arbeiten in der Dependance der Frankfurter Anstalt für Irre und Epileptische in Friedrichsdorf-Köppern«, warf der Staatsanwalt mit anerkennender Miene ein.

Fabiola nickte zustimmend und fuhr fort. »Aber seelisch verfolgen mich die schrecklichen Ereignisse auch heute noch«, gestand sie unverblümt. »Ich habe den Tod meines Bruders und die eigenen erlittenen seelischen Erschütterungen durch den heimtückischen Mordversuch leider noch nicht ganz verarbeitet und muss selber psychiatrische Behandlung in Anspruch nehmen, die mir jedoch eine große Hilfe ist. Mein Chef und Kollege, Oberarzt Doktor Gans, der auch mein Psychoanalytiker ist, ist der Meinung, dass es noch Jahre dauern könne, bis meine seelischen Wunden geheilt seien.«

Der Staatsanwalt nickte verständnisvoll. »Dem Gericht ist bekannt, dass der Tod ihres Bruders ein so schwerer Schock für sie war, dass sie in eine wochenlange Depression stürzten.«

»Ich wollte nicht mehr leben, als mein Bruder starb«, erläuterte Fabiola mit bebender Stimme. »Erst als mir der furchtbare Verdacht kam, dass Fabian von dieser Bestie vergiftet worden war, erwachten meine Lebensgeister wieder.«

Fabiolas Augen waren auf den Mann in der Anklagebank gerichtet und funkelten hasserfüllt. »Seitdem habe ich nichts unversucht gelassen, den Mörder meines Bruders zu entlarven, was mir Gottlob auch gelungen ist.«

»Meinen größten Respekt, Frau Doktor Rossmann! Dank Ihres wertvollen Hinweises konnte der Gerichtschemiker Doktor Popp eindeutig nachweisen, dass der Weihrauch in den Räucherschalen, den Ihr Bruder im Salon vor seinem Tod entzündet hatte, hochgradig mit Arsen versetzt worden war. In der polizeilichen Befragung leugnete der Angeklagte jedoch, die Räucherschalen mit Gift präpariert zu haben.«

Der Staatsanwalt fixierte Höpf, der gleichgültig, fast schon gelangweilt, seine Fingernägel betrachtete, mit vernichtender Miene.

»Daher frage ich Sie jetzt noch einmal, Herr Höpf: Geben Sie zu, das Arsen in die Duftschalen mit Weihrauch gefüllt zu haben?«

Mit unübertroffener Impertinenz begutachtete der Angesprochene weiterhin seine Hände und zuckte nur desinteressiert mit den Achseln, ehe er zur Antwort gab: »Wie komme ich denn dazu? Wer immer das getan hat, ich war's jedenfalls nicht.«

»Und Sie haben auch nicht den Lilienstrauß mit Arsenik präpariert, den Sie Frau Doktor Rossmann geschickt haben?«, insistierte der Staatsanwalt erbittert.

»Natürlich nicht«, gab Höpf ungerührt zur Antwort. »Weshalb sollte ich denn auf die Idee kommen, der einen Blumenstrauß zu schicken?«

Als der Staatsanwalt Höpf anschließend ein Schriftstück vorlegte und ihn fragte, ob es ihm bekannt vorkomme, nickte Höpf und erklärte, der Kontrakt sei in beiderseitigem Einverständnis geschlossen worden, wie es ja auch in der ersten Präambel zu lesen sei.

Fabiola schäumte vor Wut und war kaum noch in der Lage, sich zu beherrschen.

»Sie haben meinen Bruder von der ersten Minute an ausgenommen wie eine Weihnachtsgans und damit nicht genug, haben Sie ihn auch noch verhöhnt und entehrt und zu Ihrem willenlosen Diener gemacht.«

»Wie schon gesagt, das geschah nicht gegen seinen Willen, ganz im Gegenteil, er war ganz erpicht darauf, endlich mal eine strenge Hand zu spüren, nachdem er sein Lebtag nichts anderes gemacht hat, als sein Schwesterlein anzuschmachten«, äußerte Höpf mit anzüglichem Grinsen an Fabiola gewandt.

»Ich lasse mich von Ihnen nicht provozieren, Sie gewissenloser Mörder. Sie haben verloren und ich habe gewonnen, nichts anderes zählt für mich«, erklärte Fabiola mit eisiger Ruhe. »Deswegen sitzen Sie auch jetzt auf der Anklagebank, wo Sie hingehören und werden bald Ihr gerechtes Urteil erhalten. Ich bin überaus glücklich und dankbar, dass ich dazu beitragen durfte – und eines möchte ich Ihnen noch sagen, Herr Höpf ...«

Fabiola hielt kurz inne und betrachtete den Mann mit dem Silberblick kaltlächelnd.

»Es wird für mich auf ewig ein Freudentag bleiben, wenn Sie endlich unters Fallbeil kommen.«

Zum ersten Mal seit Prozessbeginn verlor Karl Höpf die Beherrschung und zeigte, wenn auch nur für kurze Zeit, sein wahres Gesicht.

»Ich werde vom Kaiser begnadigt, du Miststück und dann mache ich dich kalt!«, schrie er außer sich und wollte sich schon wie ein Berserker auf Fabiola stürzen, als er von mehreren Gerichtsdienern daran gehindert und tobend aus dem Saal geführt wurde.

Zunächst war aus der Menge zustimmendes Gemurmel zu vernehmen, dann erhoben sich die ersten Zuschauer von ihren

Plätzen und applaudierten, bis nach und nach der ganze Saal Fabiola stehenden Beifall spendete.

Verstört und einigermaßen schockiert über sich selber, blieb sie sitzen und war erleichtert, als der Richter dem Spektakel Einhalt gebot und die Verhandlung für den heutigen Tag beendete. Es war außerdem bereits nach 17:00 Uhr.

»Wie konnte ich nur so etwas sagen?«, wandte sich Fabiola nach der Verhandlung zerknirscht an Gerhard, der ebenfalls im Gerichtssaal gewesen war. »Ich mag Hinrichtungen nicht und bin eigentlich gegen die Todesstrafe.«

»Das ist das kollektive Unbewusste von Carl Gustav Jung, welches sich bei dir Bahn gebrochen hat«, erwiderte Gerhard mit ironischem Lächeln. »Ich erinnere nur daran, dass für die Menschen des Mittelalters Hinrichtungen, ähnlich wie der Jahrmarkt und die Messen, überaus beliebte Veranstaltungen waren, wo man sich in einer Atmosphäre verlustierte, die gleichermaßen Spannung und Zerstreuung bot. Alle Stände liebten diese sogenannten ›Galgenfeste‹ und wehe, der Henker verfehlte mit dem Richtschwert den Hals des Delinquenten, dann fiel das blutrünstige Hinrichtungspublikum über den Profoss her und lynchte ihn auf der Stelle. Das ist alles im kollektiven Gedächtnis gespeichert, es befindet sich im Großhirn.«

Fabiola musterte ihn amüsiert. »Du bist mir ja einer, was erzählst du denn da für Geschichten?«, flachste sie stirnrunzelnd.

»Das sind keine Geschichten, das ist Geschichte. Wenn wir zu Hause sind, gebe ich dir das Buch, es steht in unserer Bibliothek. Dann hast du es schwarz auf weiß«, beharrte Gerhard in gespieltem Eigensinn und küsste sie.

EPILOG

Trotz der erdrückenden Beweislast leugnete Höpf auch weiterhin beharrlich, die Giftmorde begangen zu haben.

Daraufhin ließ der Gerichtschemiker Doktor Popp die Leichen von Höpfs Angehörigen exhumieren, und erstmals in der Kriminalgeschichte gelang ihm auf wissenschaftlichem Wege der Giftnachweis in den Knochen und Leichenteilen der Ermordeten.

Höpf legte noch an den geöffneten Gräbern ein umfassendes Geständnis ab – im Stillen immer noch auf eine Begnadigung hoffend.

Doch am Freitag, den 20. März 1914, ging noch kurz vor Dienstschluss im Büro der Staatsanwaltschaft die telegraphische Benachrichtigung ein, dass der Preußische König im Fall des Karl Höpf von seinem Begnadigungsrecht keinen Gebrauch mache.

Als dem Angeklagten diese Nachricht überbracht und ihm mitgeteilt wurde, dass seine Hinrichtung am Montag, den 23. März in der Früh stattfinden solle, nahm Höpf dies mit der gleichen unbeteiligten Miene auf, die er auch die meiste Zeit während der Gerichtsverhandlung gezeigt hatte. Lediglich in seinem Flehen um Begnadigung wurde er emotional und weinerlich, was zu seiner üblichen Kaltschnäuzigkeit nicht so recht passen mochte. Darin spiegelt sich eine Ambivalenz, die nicht so einfach aufzulösen ist, für eine psychopathische Persönlichkeit wie Karl Höpf jedoch nicht untypisch ist.

In der Nacht vor seiner Hinrichtung erwachte Höpf um vier Uhr morgens und bat die Wärter mit der Erklärung, er wolle seiner Frau Wally einen Abschiedsbrief schreiben, um Stift und Papier.

Dazu der folgende Auszug aus einem Artikel der ›Frankfurter Nachrichten‹ vom 5. April 1914:

»... *Die dritte Frau des hingerichteten Giftmörders Höpf ist durch den Abschiedsbrief ihres Gatten eine neue Nervenerschütterung bereitet worden. Den Brief hat Höpf, eine Stunde vor der Hinrichtung, während er seelenruhig Zigaretten rauchte, geschrieben. Er beteuerte darin seine ›Unschuld‹ und überhäufte die Frau, die er mit Arsenik und Bazillen zu beseitigen versucht hatte, mit Vorwürfen. Sie sei, so erklärt er, an seinem Unglück schuld* ...«

Das Todesurteil wurde im Innenhof des Strafgefängnisses Frankfurt-Preungesheim unter Ausschluss der Öffentlichkeit vollstreckt.

»Euer Leben ist verwirkt, Gott sei Eurer Seele gnädig«, erklärte Staatsanwalt Hoffmann am frühen Morgen des 23. März 1914 dem Todeskandidaten formell und übergab ihn dem Henker mit den Worten: »Scharfrichter, walten Sie Ihres Amtes und vollziehen Sie das Urteil!«

Mit gleichgültigem Blick ließ sich der Verurteilte von den Gehilfen des Scharfrichters packen. Sie streiften ihm das Hemd herunter und führten ihm zum Richtblock.

Mit stoischer Ruhe und einer atemberaubenden Gleichgültigkeit ließ er sich ohne jegliche Gegenwehr auf den Richtblock drücken und festbinden.

»Harter Hund«, murmelte Scharfrichter Gröpler mit gesenkter Stimme, sodass es nur der Todeskandidat und seine Gehilfen hören konnten, trat seitlich an den Delinquenten heran und hob das schwere Handbeil zum tödlichen Schlag.

Im Sekundenbruchteil war der Kopf des Giftmörders vom Rumpf getrennt und Medizinalrat Doktor Beyer stellte den Tod von Karl Höpf fest, der bis zum letzten Atemzug keinerlei Anzeichen von Reue gezeigt hatte. Er war zum Todeszeitpunkt 51 Jahre alt.

Der Prozess gegen den Massenmörder Karl Höpf, der laut Staatsanwalt ›mit wahrhaft teuflischer Berechnung gearbeitet‹ habe, war weltweit der erste Indizienprozess, bei dem es Chemikern gelang, einen Giftmörder aufgrund chemischer Analysen zu überführen.

Fabiola löste das Gemälde ›Weihrauch‹ des belgischen Malers Fernand Khnopff nicht wieder aus, da sich für sie mit dem Bild zu viele schlechte Erinnerungen verbanden.

Als Psychiaterin beschäftigte sie sich intensiv mit dem Phänomen des Sadomasochismus, zu dem sie, betreut von Professor Sigmund Freud, im Jahre 1926 habilitierte.

Ihr Vortrag vor der ›Südwestdeutschen Arbeitsgemeinschaft für Psychoanalyse‹, dem Vorläufer des 1929 gegründeten »Frankfurter Psychoanalytischen Instituts«, im Auditorium Maximum der Frankfurter Universität, war von durchschlagender Bedeutung für die internationale Fachwelt.

Hier eine kurze Passage aus der Vorlesung:

»Nach den neusten Erkenntnissen der Psychoanalyse kann davon ausgegangen werden, dass die Anlage zu Sadismus oder Masochismus in jedem Menschen vorhanden ist. Selbst im normalen Sexualvorgang werden bereits leichte Ansätze von Sadismus und Masochismus sichtbar, deren Ausprägung und Fixierung zu den Abirrungen führt, die Sigmund Freud in seinen ›Drei Abhandlungen zur Sexualtheorie‹ aus dem Jahre 1905 als Perversionen beschrieben hat. Neueste Fallstudien machen jedoch deutlich, dass der Mensch gewissermaßen von Geburt an

›polymorph-pervers‹ ist und sich die unterschiedlichen perversen Anteile im Laufe seiner Entwicklung zur Erreichung der genitalen Sexualität mehr oder weniger abschwächen und vermischen. Im Falle einer Fixierung auf diese frühkindlichen polymorph-perversen Partialtriebe entwickelt das Individuum allerdings eine Präferenz für sadomasochistische Praktiken, welche die Libido zeitlebens prägen.«

Fabiola hatte ihre Habilitationsschrift ihrem Bruder Fabian gewidmet.

Sigmund Freud, der zu Fabiolas Vorlesung eigens aus Wien angereist war, deklarierte ihre Forschungsergebnisse als aktuelle Lehrmeinung, die auch heute noch Gültigkeit hat.

Die Ehe von Fabiola und Gerhard war sehr glücklich, sie hatten zusammen sieben Kinder.

Schlussbemerkung – Geschichte und Geschichten

Reale Personen

Karl Emanuel Hopf (26.03.1863–23.03.1914)
Der in Frankfurt geborene Karl Hopf hatte nachweislich seinen Vater, seine erste Frau, seinen unehelichen Säugling und sein Töchterchen Elsa aus zweiter Ehe vergiftet.

Außerdem wurde er des versuchten Mordes in drei Fällen für schuldig gesprochen: an seiner Mutter und seiner zweiten Frau Auguste Christine und seiner dritten Frau Wally.

Der Fall Karl Hopf ist ein echter Fall, der sich so abspielte. Auch die von mir beschriebene Vita des Giftmörders und sonstigen Lebensumstände decken sich mit der Wirklichkeit.

Hinzu erfunden sind nur Fabian und Fabiola. Sie sind fiktive Personen und der echte Karl Hopf hat sich nie mit Gift an ihnen zu schaffen gemacht. Daher habe ich auch seinen Namen in meiner Geschichte ein wenig verfremdet.

Es trifft gleichermaßen zu, dass in Hopfs Geheimzimmer eine umfangreiche Sammlung von Peitschen und Folterwerkzeugen gefunden wurde. Im Gegensatz zu meiner Kunstfigur Karl Höpf, der ein ausgeprägter Sadist war, hatte Karl Hopf jedoch masochistische Neigungen.

Obgleich Hopf durch die Auszahlung der Lebensversicherung seiner ersten Frau und der Hinterlassenschaft seiner Mutter über beträchtliche Geldsummen verfügte, befand er sich dennoch in notorischen Geldnöten, was von seinem verschwenderischen Lebensstil und seinen sexuellen Ausschweifungen herrührte.

Die von mir beschriebene Hinrichtung Hopfs im Gefängnis Frankfurt-Preungesheim ist ebenso authentisch wie die Passagen aus den im Text erwähnten Zeitungsartikeln.

Heinrich Hoffmann (13.06.1809–20.09.1894)
Heinrich Hoffmann war Psychiater, Lyriker und Kinderbuchautor. Er ist der Verfasser des berühmten Kinderbuchs »Struwwelpeter«.

Nach seinem Medizinstudium an der Ruprecht-Karls-Universität Heidelberg und der Friedrichs-Universität Halle wurde er 1835 vom Magistrat der Freien Reichsstadt Frankfurt am Main zum städtischen Leicheninspektor berufen.

Daneben arbeitete er bis 1846 in der Frankfurter »Armenklinik in der Meisengasse«.

Von 1851 bis zu seiner Pensionierung am 1. Juli 1888 war Heinrich Hoffmann Direktor der »Anstalt für Irre und Epileptische« in Frankfurt am Main, der städtischen Nervenheilanstalt.

Auf sein Betreiben hin entstand in den Jahren 1859 bis 1864 ein moderner Neubau, das sogenannte »Irrenschloss«, auf dem Affensteiner Feld im damals noch unbebauten nördlichen Westend.

Heinrich Hoffmann war ein sehr geselliger, humorvoller Mensch und gehörte vielen Vereinen an – unter anderem auch einer skurrilen Zusammenkunft, bei der alle Mitglieder mit Früchtenamen angesprochen wurden.

Auch seine schriftstellerische Betätigung war von Vielfalt geprägt, unter anderem schrieb er auch ein lustiges Trinklied für Ärzte.

Er starb nach einem Schlaganfall und wurde auf dem Frankfurter Hauptfriedhof in einem Ehrengrab beigesetzt. Nach ihm ist eine Straße in Frankfurt-Niederrad benannt, an der sich heute die »Klinik für Psychiatrie, Psychosomatik und Psychotherapie« der Frankfurter Universitätsklinik befindet.

Emil Sioli (29.07.1852–16.06.1922)
Emil Sioli war Psychiater und übernahm 1888 von Heinrich Hoffmann die Direktion der »Anstalt für Irre und Epileptische« in Frankfurt am Main.

Ebenso wie sein Vorgänger Heinrich Hoffmann, trat auch Sioli für die Abschaffung von Zwangsmaßnahmen innerhalb der Anstalt ein.

Zwangsjacken, Zwangsfütterungen und andere Zwangsmittel sollten unbedingt vermieden werden. In großen Wachsälen wurde die Bettbehandlung der Kranken eingeführt, besonders unruhige Patienten wurden durch wärmende Dauerbäder therapiert.

Einigen Patienten wurde gestattet, sich im Park der Klinik frei zu bewegen, andere wurden sogar zu Ausflügen in die Umgebung mitgenommen.

Von 1888 bis 1894 arbeitete der Neurologe Alois Alzheimer als Assistenzarzt in der »Frankfurter Anstalt für Irre und Epileptische«.

Am 1. April 1901 gründete Emil Sioli im heutigen Friedrichsdorf das »Waldkrankenhaus Köppern«, in dem Alkoholkranke und Nervenkranke behandelt wurden.

Die Beschäftigung der Patienten in der Landwirtschaft in einer naturnahen Umgebung stellte ein bedeutendes Therapeutikum dar.

Die damals noch »Anstalt Hüttenmühle« genannte Klinik erlebte einen stetigen Bettenzuwachs. Im Jahre 1913 verfügte sie über 130 Betten.

Heute ist das »Waldkrankenhaus Köppern« eine Psychiatrische Klinik mit einem Versorgungsauftrag für den Hochtaunuskreis.

Emil Siolis Sohn Franz Sioli war ebenfalls Psychiater.

Sigmund Freud (06.05.1856–23.09.1939)
Als Begründer der Psychoanalyse gilt Sigmund Freud als einer der einflussreichsten Denker des 20. Jahrhunderts.

Er wurde als Sohn jüdischer Eltern in Freiberg in Mähren geboren. Später zog die Familie nach Wien, wo Freud ein Medizinstudium mit Bestnoten absolvierte.

Ab 1881 war er als Doktor im Wiener Allgemeinen Krankenhaus im Bereich der Neurophysiologie beschäftigt.

Im Jahre 1885 widmete er sich zunächst der Hypnose, mit deren Hilfe er in die unbewussten Bereiche der menschlichen Seele eindringen wollte.

Er fokussierte sich mehr und mehr auf die Traumdeutung und stellte 1889 fest, dass es in der menschlichen Seele das sogenannte Unbewusste gibt, das für unser Handeln verantwortlich ist.

Den Begriff »Psychoanalyse« verwendete er erstmals im Jahr 1896. 1899 erschien sein Werk »Die Traumdeutung«, in dem er belegte, dass jeder Traum unbewusste Wünsche enthält.

Er entdeckte wenig später, dass die menschliche Psyche aus drei Teilen besteht: Dem »Es«, das für die Triebe verantwortlich ist, dem »Über-Ich«, welches als Gewissen agiert, und dem »Ich«, das beständig zwischen Es und Über-Ich hin und her pendelt.

Der Kampf zwischen diesen Instanzen bestimmt nach dem Freudschen Modell alles menschliche Handeln. Erlangt ein Teil das Übergewicht, entstehen psychische Krankheiten.

Sigmund Freud gelang mit dieser Theorie der Durchbruch als Wissenschaftler und beeinflusste ohnegleichen das Geistesleben seiner Zeit bis in die Gegenwart hinein.

Freud, der bis zu 20 Zigarren am Tag rauchte, erkrankte 1922 an Gaumenkrebs.

Als die Nationalsozialisten 1933 an die Macht kamen, fielen viele seiner Werke der Bücherverbrennung zum Opfer.

Sigmund Freud floh nach London, wo er sich am 23. September 1939 aufgrund seiner schweren Krebserkrankung das Leben nahm.

Doktor Johannes Rossmann

Johannes Rossmann, der als Toxikologe im Frankfurter Diakonissenkrankenhaus arbeitete, hat es tatsächlich gegeben.

Genauere Daten zu seiner Person ließen sich leider nicht ausfindig machen. Sein Bruder, der Psychiater Gerhard Rossmann, ist jedoch Fiktion.

Felix von Salomon (1875–(?))

Er war preußischer Rittmeister und Polizeibeamter. Von Salomon wurde 1909 nach Frankfurt versetzt, wo er zunächst als Kriminalkommissar tätig war und später zum Abteilungsleiter der Kriminalpolizei befördert wurde. Felix von Salomon war der leitende Ermittler im Fall des Giftmörders Karl Hopf.

Bezüglich seines Namens gibt es Abweichungen, ein Autor erwähnt ihn als Kriminalkommissar von »Salamon« (vgl. Raiss, Gerhard 1994), in einer aktuellen Publikation wird er als »Erich von Salomon« bezeichnet (vgl. Schnepf, Thomas 2021).

In der Genealogie der ursprünglich aus dem Elsass stammenden Adelsfamilie von Salomon wird ein Felix von Salomon aufgeführt, der 1909 ins Polizeipräsidium Frankfurt versetzt wurde, wo er als Kriminalkommissar tätig war, woran ich mich in meinem Kriminalroman auch gehalten habe.

Georg Popp (31.07.1861–15.02.1943)

Der Gerichtschemiker Doktor Popp studierte in Marburg, Leipzig und Zürich Handels- und Nahrungsmittelchemie und gründete 1888 ein Labor in Wiesbaden.

Als er von der Kriminalpolizei mit der Untersuchung giftverdächtiger Substanzen betraut wurde, fing er an, sich für die forensische Chemie und Toxikologie zu begeistern.

In einem Hinterhof im Frankfurter Westend gründete er das »Institut für gerichtliche Chemie und Mikroskopie«, in dem er sich auf toxikologische Untersuchungen im Rahmen der Kriminalistik spezialisierte.

Er gilt als der Begründer der naturwissenschaftlich fundierten Rechtsmedizin. Im Falle Hopf gelang es ihm als erstem Gerichtschemiker, in Knochen und Asche von Toten Arsen nachzuweisen, was eine weltweite Sensation darstellte.

Im Jahre 1924 wurde Georg Popp zum Honorarprofessor für forensische Chemie ernannt. In Frankfurt hatte er aufgrund seiner Jagdleidenschaft den Spitznamen »Jäger«. Im Alter von 82 Jahren starb er in seiner Jagdhütte in Rödermark.

Fernand-Edmond-Jean-Marie Khnopff

(12.09.1858–02.11.1921)

In seinem Essay über Fernand Khnopff bezeichnet Thomas Michel den rätselhaften belgischen Maler als die »Sphinx des Symbolismus«.

In seiner 1902 ganz im Jugendstil erbauten Villa in Brügge führte Khnopff gemeinsam mit seiner Schwester Marguerite das privilegierte Leben eines weltabgewandten Aristokraten.

Der exzentrische Dandy frönte der französischen Décadence, aus der sich um 1880 auch der Symbolismus entwickelte, und liebte die Musik Richard Wagners.

In seinen kunstvoll eigerichteten Atelierräumen, die er als seinen »Tempel des Ichs« entworfen hatte, stilisierte er sein Leben als Gesamtkunstwerk, um sich wie ein Mönch darin zurückzuziehen und ganz in die Kunst zu versenken.

Von der androgynen Schönheit seiner Schwester Marguerite war der Maler absolut besessen. Er porträtierte sie in seinen einzigartigen symbolistischen Bildrätseln als die keusche, reine Göttin, die unerreichbar und erhaben über den Verlockungen des Fleisches thronte.

Eine das geschlechtliche negierende Androgynie wurde im Symbolismus und der Dekadenz zum Kult erhoben. So stellte auch Khnopff die platonische Liebe zu seiner Schwester, die er wie eine Göttin anbetete, über alles.

Kaum ein Kunstwerk des Malers verkörpert diese Vergötterung anschaulicher als das Gemälde »Weihrauch« – das mich, ebenso wie das geheimnisvolle Geschwisterpaar, zu meinem Kriminalroman »Weihrauch« inspirierte.

Da die Idylle förmlich danach schrie, erschüttert zu werden, habe ich Karl Höpf in das Leben meiner Protagonisten treten lassen und einen zeitgenössischen Kriminalfall mit der Geschichte verwoben.

Reale Orte

Das Schumanntheater
Der im Dezember 1905 von dem Berliner Zirkusdirektor Albert Schumann eröffnete Zirkus- und Theaterbau befand sich schräg gegenüber dem Hauptbahnhof, an der Ecke zwischen Taunusstraße/Karlstraße.

Der monumentale Jugendstilbau beherbergte Veranstaltungsräume, Bars und Restaurants, darunter ein Weinlokal, eine Likörstube, das holländische Café und den Biertunnel.

Das Schumanntheater galt neben dem Berliner Wintergarten als die bedeutendste Varietébühne Deutschlands.

Die Akademie für Sozial- und Handelswissenschaften
Das große Hörsaal-Gebäude unweit des Naturmuseums Senckenberg in der Senckenberganlage war der Vorläufer der am 18. Oktober 1914 gegründeten Königlichen Universität zu Frankfurt am Main.

Am 16. Juni 1932 verlieh ihr das preußische Staatsministerium das Privileg, sich nach Johann Wolfgang von Goethe zu benennen.

Der Kursaal Milani
Er befand sich in der Friedberger Anlage unweit des heutigen Odeons.

Der Kaiserkeller
Das exklusive Restaurant war im Hohenzollernhaus Ecke Kaiserstraße untergebracht.

Die elektrische Trambahn
Fuhr seit 1898 durch die Frankfurter Innenstadt.

Das Café Hauptwache
Das Café mit dem großen Gesellschaftssaal befindet sich auch heute noch an der Hauptwache/Zeil.

Ashby's Tea Rooms
Auch die mondäne Teestube am Goetheplatz hat es tatsächlich gegeben.

Das Carlton-Hotel
Das im Stile des Neoklassizismus erbaute Hotel an der Ecke Karl- und Hohenzollernstraße galt als eines der schönsten und vornehmsten Hotels Deutschlands.

Neben einem Restaurant, das auch für Nichtresidenten zugänglich war, gab es einen Grill-Room mit amerikanischen Spezialitäten.

Zu den Konzerten der im Palm-Court aufspielenden Salonorchester kamen auch Angehörige der Frankfurter High Society.

Das Palmengartengesellschaftshaus
Das 1879 eröffnete Gesellschaftshaus im Palmengarten war der bedeutendste Restaurationsbetrieb des Westends.

Es stellte für das Frankfurter Bürgertum ein beliebtes Zentrum des gesellschaftlichen Lebens dar.

Das Gesellschaftshaus verfügte über einen 600 Quadratmeter großen Konzert- und Restaurationssaal, welcher bis zu 2.000 Gäste beherbergen konnte, mehrere Nebenräume und ein Gartenrestaurant.

Das ganze Jahr über fanden in dem großen Festsaal inmitten des Botanischen Gartens Bälle, Konzerte, Kongresse und Tanzvergnügen statt.

Der Affensteiner Felsenkeller

Das Restaurant unweit des Affensteins war ein beliebtes Ausflugslokal, das im Ersten Weltkrieg als Reservelazarett genutzt wurde, musste 1928 der Anlage der Hansaallee weichen.

Das Strafgefängnis Frankfurt-Preungesheim

Die Haftanstalt lag im Frankfurter Stadtteil Preungesheim. Es wurde 1888 als Gefängnis für Männer errichtet.

Im Innenhof des Gefängnisses fanden Hinrichtungen statt. Auch in der Zeit des Nationalsozialismus diente es als Hinrichtungsstätte.

Nach dem Zweiten Weltkrieg war es zunächst ein Militärgefängnis.

1955 wurde es zum Frauengefängnis umgewandelt. Das historische Gebäude ist heute Teil der Justizvollzugsanstalt Frankfurt am Main III.

Die Frankfurter Anstalt für Irre und Epileptische

Das sogenannte »Irrenschloss« auf dem Affensteiner Feld, unweit des heutigen Campus West, hat es in der von mir beschriebenen Form gegeben.

Das Gleiche trifft auf das Waldkrankenhaus Köppern zu.

Reale zeitliche Phänomene

Den von mir erwähnten Schneesturm, der am 28. Dezember 1913 einsetzte und drei Tage lang in Frankfurt wütete und alles lahm legte, hat es tatsächlich gegeben.

Auch der Main war an jenem Montag, den 12. Januar 1914, dem ersten Tag des Strafprozesses gegen Karl Hopf, zugefroren und Kinder und Erwachsene vergnügten sich beim Schlittschuhlaufen bei klirrender Kälte.

Die »Tangomanie« war für die Fin-de-Siècle-Stimmung zwischen 1890 und 1914 genauso typisch wie die »Dekadenz«.

Der Geist der Dekadenz spiegelte sich in den Werken Rainer Maria Rilkes, Arthur Schnitzlers, Thomas Manns und im Frühwerk Hugo von Hofmannsthals wider.

Théophile Gautier und Charles Baudelaire idealisierten die Décadence zu einer eigenständigen künstlerischen Haltung.

Die postulierte Endzeitstimmung verstand sich als antibürgerliche Auflehnung, die von extravaganter Sinnlichkeit und einer morbiden Lust am Weltuntergang geprägt wurde – einer Welt, die von Eros und Thanatos regiert wurde.

Eine regelrechte Tangomanie ergriff die europäischen Großstädte in den letzten Jahren vor dem Ersten Weltkrieg.

Der neue Modetanz verbreitete sich auf den Bühnen der Music Halls und Varieté-Theater.

Doch der Tango war nicht nur auf den Bühnen zu sehen, sondern eroberte auch die Tanzflächen der glamourösen Ballsäle, Restaurants und Cafés.

Das Tango-Fieber ging quer durch die Bevölkerung und war für das Groß- und Bildungsbürgertum genauso »en vogue« wie für die Halbwelt und die Arbeiterklasse.

Fernand Khnopff,
L'ensens (Weihrauch), 1898, Öl auf Leinwand, 86 x 50, Musée d'Orsay, Paris.*

Für das Gemälde posierte Khnopffs Schwester Marguerite. Es ist frei erfunden, dass das Bild jemals im Besitz von Fabian von Weyrauch war.

** Quelle: Musée d'Orsay, CC BY 3.0 <https://creativecommons.org/licenses/by/3.0>, via Wikimedia Commons*
Link: https://commons. wikimedia.org/wiki/File: Fernand_khnopff,_l'encens,_1898, _01.JPG

Danksagung

Danken möchte ich den Menschen, die die Entwicklung von »Weihrauch« begleitet haben.

Allen voran Bettina Querfurth, meiner Agentin und klugen Beraterin, der Verlagsleiterin Bianca Haag, für ihre Offenheit für mein Romanvorhaben, meiner Lektorin Julia Lübbecke für ihre wertvollen Denkanstöße und den sprachlichen Feinschliff, die das Manuskript zu einer runden Geschichte gemacht haben sowie dem gesamten Team des Societäts-Verlags für die angenehme Zusammenarbeit, meinem Freund Markus Wild, der immer unverbrüchlich hinter mir und meinen Büchern steht, meinem Vater Helmut Neeb für seine Begeisterung, mit der er alle meine Bücher gelesen hat, meinem Freund Gerold Hens, der alle meine Werke als mein erster Lektor und profunder Berater grandios begleitet hat, und meinem Freund Jürgen Blümel, der mir beim Schreiben wie im Leben einzigartig den Rücken gestärkt hat und meinen treuen Leserinnen und Lesern, die meine Bücher in ihre Herzen geschlossen haben – ihnen gebührt mein ganz besonderer Dank!

Die Autorin

Ursula Neeb studierte Geschichte, Kulturwissenschaften und Soziologie an der Goethe-Universität Frankfurt. Aus der Idee für eine Doktorarbeit über verfemte Berufe im Mittelalter entstand später ihr erster Roman »Die Siechenmagd«. Inzwischen arbeitet sie seit 2005 als freie Autorin im Taunus und veröffentlichte bereits zahlreiche historische Romane und Kriminalromane.